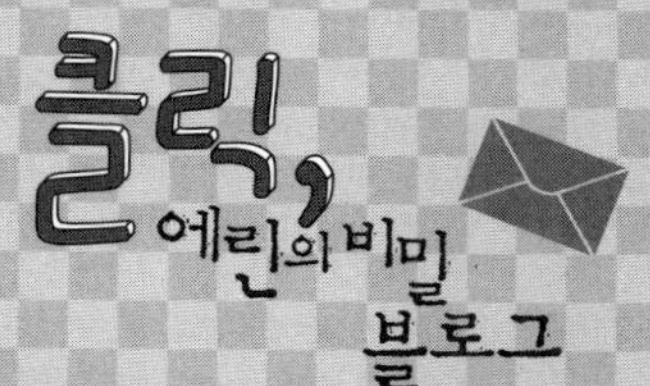
클릭,
에린의 비밀
블로그

클릭, 에린의 비밀 블로그

1판 1쇄 찍음 | 2011년 5월 16일
1판 2쇄 찍음 | 2012년 7월 10일

지은이 | 데니즈 베가
옮긴이 | 최지현
펴낸이 | 박철준
편집 | 홍연숙, 이상연
디자인 | 박소희
펴낸곳 | 찰리북
등록 | 2008년 7월 23일 (제313-2008-115호)
주소 | 서울시 마포구 서교동 393-5 화승리버스텔 501호
전화 | 02)325-6743 팩스 | 02)324-6743
전자우편 | charliebook@gmail.com

ISBN 978-89-94368-05-4 43840

★ 잘못된 책은 바꾸어 드립니다.

클릭, 에린의 비밀 블로그

데니즈 베가 지음 | 최지현 옮김

찰리북

한국에 있는 독자들이 한글로 번역된 이 책을 읽는다는 사실을 알고 너무 기뻤어요. 이 책을 쓰면서 주인공 에린과 비슷한 또래의 독자들이 겪고 있을, 비슷하거나 혹은 서로 다른 경험들을 상상해 보니 너무 재미가 있더군요.

나는 재미있으면서도 생각해 볼 만한 거리를 담은 책을 쓰고 싶었고, 이 책이 그런 책이었으면 하고 바란답니다. 이 책은 친구 사이의 우정과 자신의 행동에 대한 책임, 그리고 용서에 관한 이야기를 담고 있어요. 이 세 가지가 없다면 우리는 진정한 인간으로 성장할 수 없을 거예요.

『클릭, 에린의 비밀 블로그』는 청소년을 위한 내 첫 번째 소설이며, 소설가가 되고 싶던 내 꿈을 이루어 준 첫 번째 책이에요. 그러니 내게 있어서 얼마나 특별한 책인지 여러분 모두 충분히 짐작할 수 있겠지요.

이 책에 나오는 에린과 다른 친구들의 이야기를 시간을 내어 읽어 주어 고마워요. 만약 나중에라도 기회가 된다면 내 웹 사이트 (www.denisevega.com)에 들러서 여러분의 생각을 올려 주어도 좋겠네요.

고마움을 담아,

데니즈 베가

나의 일상 | 얼굴들 | 몰리브라운 중학교 | 스니커즈

에린의 블로그. 접근 금지! (너 말이야, 너!)

여기는 에린 페넬로페 스위프트의 은밀하고 개인적인 블로그야. 가만, 이걸 블로그라고 불러도 될지 모르겠어. 대부분의 블로그는 많은 사람들이 방문할 수 있지만 내 블로그는 나만 볼 수 있거든.

난 다른 사람이 내 블로그를 방문하지 않아도 상관없어. 커서 웹 마스터가 되려면 지금부터 블로그를 만들어서 연습을 해야 하니까. 그리고 이 블로그에 내가 하고 싶은 이야기들을 다 털어놓을 작정이라서 다른 사람들에게 보여 줄 수 없어.

사실 하고 싶은 이야기를 단짝인 질리에게 털어놓을 수도 있지만 질리는 다른 사람의 이야기를 잘 들어주는 편은 아니야. 하지만 난 이런 사실을 질리에게 말하지는 않아. 이런 말을 들으면 질리가 기분 나빠할지도 모르니까.

나는 누구일까요? 

✖ 난 발이 커. 큰 발은 농구나 축구를 할 때는 좋지만 춤을 출 때는 불편해. 다행히 나는 농구나 축구를 좋아하고, 아직까지 내게 춤을 추자고

한 사람은 없었어. 휴~

✖ 질리안 게일 헤네시는 유치원 때부터 나랑 가장 친한 친구야. 모두 예쁘고 다정한 질리를 좋아해. 가끔 나는 그런 질리가 내 친구라는 걸 믿을 수가 없어.

✖ 내게는 오빠가 한 명 있어. 크리스 오빠는 고등학교 2학년인데 운전도 할 수 있어. 그런데 오빠는 나를 애완동물처럼 대해. 오빠는 초록색 개구리가 그려져 있는 밝은 오렌지색의 웃긴 팬티를 입고, 손에 입김을 불어 냄새를 맡으며 입 냄새가 나지 않는지 확인하곤 해. 그리고 자기가 좋아하는 여자아이들의 사진을 서랍장 위의 상자 밑에 숨겨 두고는 가끔 한 장씩 꺼내서 그 사진과 이야기를 하곤 해. 마치 진짜 그 여자아이와 이야기하는 것처럼 말이야. 오빠는 내가 그 사실을 알고 있다는 걸 몰라.

블로그 정보

나의 일상

여기에는 나와 내 생활에 관한 이야기를 담을 거야. 거의 일기 같은 거지. 물론 나 말고는 아무도 읽지 않겠지만 말이야.

얼굴들

여기에는 내 인생에서 만나는 수많은 사람들의 사진을 올릴 거야. 만약 새 친구를 사귀지 못하면 질리와 내 사진만 넣지, 뭐.

몰리브라운 중학교

여기는 새로운 나의 감옥, 몰리브라운 중학교에서 일어나는 일들로 채울 거야.

스니커즈

여기는 컴퓨터 클릭이 지겹고 스니커즈가 먹고 싶을 때를 위한 곳이야.

그럼, 이만 안녕.

출입 금지!

이 블로그가 마음에 들지 않는다고요? 안됐군요!

당신의 불만 사항을 접수하지 않거든요.

발아, 이제 제발 그만 자라라!

chapter 1

운명의 날

운명의 날. 아니면 봉투를 받은 날이니까 '봉투의 날' 이라고 해야 할까? 질리와 나는 질리 집 현관 앞에서 얼마 되지도 않는 단풍나무 그늘을 서로 차지하겠다고 싸우고 있었다. 공기가 너무 뜨거워서 우리는 손에 꼭 쥐고 있던 똑같은 모양의 봉투로 연방 부채질을 해댔다. 그 봉투에 우리의 미래가 들어 있었다.

몰리브라운 중학교는 1학년과 2학년을 각각 150명씩 세 반으로 나누었다. 모든 수업마다 150명의 아이들과 뒤섞여 들어가게 되는 것이다. 그래도 450마리가 살고 있는 연못의 작은 물고기보다는 150마리가 살고 있는 연못의 작은 물고기 쪽이 더 나을 것 같기는 하다.

이제 봉투를 뜯으면 우리가 같은 연못에서 헤엄을 칠 수 있을지 없을지 알게 될 것이다.

"준비됐지?"

질리가 물었다.

내 심장이 가슴속에서 마구 방망이질을 해댔다.

"너무 떨려. 같은 반이 아니면 어떻게 하지?"

"재수 없는 소리 하지 마, 에린."

질리는 손가락을 봉투 한 귀퉁이에 넣고 찢을 준비를 했다.

"하나, 둘, 셋!"

우리는 봉투를 찢어서 통신문을 꺼냈다.

"C반."

"A반."

질리가 말하는 것과 동시에 내가 말했다.

"아아아, 내 말이 씨가 됐어."

내가 울부짖었다.

"진짜 너무하다."

질리가 현관에서 뛰어내려 잔디에 주저앉으며 말했다.

"너 똑바로 읽은 거 맞아?"

나는 내 통신문을 질리에게 내밀었다.

"A반 맞구나. 정말 최악이다!"

질리가 투덜댔다.

나는 질리 옆에 털썩 주저앉았다. 그것은 '최악'보다 더 심한 '재앙'이라고 할 수 있었다. 우리는 초등학교 때 딱 한 번을 빼고는 언제나 같은 반이었다. 항상.

"난 혼자서 수업 못 들어."

질리가 말했다.

"알아."

"난 혼자서 식당에도 못 가."

질리가 자세를 바꿔 앉으며 말했다.

식당은 '혼자 가기에 쪽팔리는 곳'이다. 나는 거기까지는 생각도 하지 못했다. 식당에 들어설 때 내가 혼자라는 사실을 꿰뚫어 보는 그 모든 시선들. 혼자라는 것은 앉을 자리를 찾는 동안 비밀을 속삭이거나 함께 웃을 사람이 없다는 것이며, 친구가 없다는 뜻이며, 결국 '찌질이'라는 뜻이었다.

나는 더웠지만 두 팔로 무릎을 감싸 안았다.

"이제 우리 어떻게 하지?"

질리가 얼굴을 찌푸렸다.

"생각을 좀 해보자."

질리는 베인 자국 하나 없이 깨끗하게 면도한 다리를 쓰다듬었다. 그런 질리의 다리가 부러웠다. 나는 언제나 한두 군데 정도는 베인 자국을 남기고 면도를 하거나, 발목 근처는 아예 빼놓고 면도를 하고는 면도칼이 없는 곳에 가서야 털을 덜 밀었다는 사실을 알아채곤 했다. 하지만 질리는 언제나 한 군데도 빼먹지 않고 꼼꼼하게 면도를 해서 다리가 늘 매끄럽고 깨끗했다.

질리가 양옆의 풀을 탁 치더니 벌떡 일어섰다.

"쇼핑이나 하러 가자."

"어떻게 이 상황에 쇼핑할 생각을 하냐?"

"쇼핑을 해야 마음이 진정될 것 같아. 머리를 비우면 좋은 생각이 떠오를지도 모르잖아."

나는 쇼핑을 싫어한다. 특히 옷 사러 가는 것을 제일 싫어한다. 이런 나와는 반대로 질리는 쇼핑을 끔찍하게 좋아한다. 스타일보다는 편안함. 이게 내 쇼핑의 좌우명이다. 물론 나도 중학교 1학년답게 멋져 보이고 싶고, 대부분의 십대들이 그렇듯이 최신 유행을 따라야 한다고 생각한다. 비록 발 크기가 작은 군함만 해도 말이다. 다행히 질리는 패션의 여왕이다. 질리가 없었다면 나는 지금보다 훨씬 바보 같아 보였을 것이다.

"너한테 어울리는 걸 찾았어. 아마 학교 남자아이들이 네가 멋지다고 양말을 벗어 던질 거야."

마치 질리는 내 마음을 읽기라도 한 것처럼 말했다.

"난 남자애들의 양말을 벗기고 싶은 마음은 추호도 없어. 그 발 냄새를 어쩌라고?"

내 말에 질리가 웃으며 말했다.

"그럼 모자를 벗기자. 남자애들은 언제나 모자를 쓰고 다니니까."

우리는 함께 키득거렸다. 그런데 바로 그때 배 속이 찌릿찌릿 아파 왔다. 내가 정말 남자아이들의 양말이나 모자, 혹은 다른 옷을 벗기고 싶어 하는 걸까? 그건 내가 찌질이라는 사실을 아이들에게 알리는 꼴밖에 안 될 텐데.

"그러니까 쇼핑 갈래?"

질리의 얼굴에 생기가 돌았다. 마치 내게 웹 디자인 회의를 하자고 하거나 여자프로농구 경기를 보러 가자고 하는 것 같았다. 지겨운 쇼핑이 아니라.

"그래."

나는 마지못해 대답했다.

"팩선(미국의 유명한 의류 쇼핑몰-옮긴이 주)에서 진짜 예쁜 청바지를 봤어."

질리가 말했다.

"거기 있는 청바지는 모두 허리선이 아래로 내려가는 거잖아. 우리 학교에서는 배꼽 보이면 안 되는 거 몰라?"

"그래서 셔츠라는 게 있는 거잖아, 에린. 네가 입을 멋진 셔츠도 봐두었어."

나는 얼굴을 찌푸렸다.

"왜 그래? 청바지와 티셔츠라고. 네가 입고 싶어 하는 거잖아?"

나는 고개를 끄덕였다. 하지만 나는 있지도 않은 내 엉덩이 선 아래에서 걸쳐지는 그런 청바지 말고 평범한 청바지를 좋아했다. 질리는 왜 물어보지도 않고 자기 마음대로인 거야?

"도대체 뭐가 문제야?"

"글쎄, 그냥 그 옷을 먼저 한번 입어 보고 싶어서."

"봐두기만 한 거니까 입어 보고 사면 되지."

질리가 웃으며 말했다.

물론 그렇지. 내 마음에 들지 않는다면 그 옷을 사지 않아도 될 것 같았다.

"고마워."

* * *

팩선에서 옷을 사 가지고 나오면서 질리가 내 팔을 꼭 잡으며 말했다.

"너 그거 입으면 정말 귀여울 거야."

탈의실 거울에 비친 내 모습이 마음에 들었던 것은 사실이다. 엉덩이 곡선은 여전히 없었지만 청바지가 그렇게 많이 내려오는 스타일은 아니라서 볼륨이 좀 있는 것처럼 보였다. 하지만 질리가 마지막으로 입어 보라고 한 옷은 몸을 굽히면 엉덩이 골이 다 보였다. 나는 세상 사람들과 내 엉덩이 골을 공유하고 싶지는 않았다.

"비키니 속옷을 입으면 괜찮을 텐데."

질리가 말했다.

"비키니 속옷을 입으면 엉덩이 쪽이 자꾸 내려가는 느낌이 들어서 싫어."

게다가 비키니 속옷의 끈은 하루 종일 꽉 끼이는 느낌이다. 도대체 왜 그런 것을 입을까? 나는 여자애들이 비키니 속옷을 입는 게 이해가 되지 않았다. 나는 내 속옷이 마음에 든다. 그걸 입으면 레이업 슛을 하는 동안 엉덩이 골이 보이거나 꽉 끼일까 봐 걱정하지 않아도 된다.

"일요일에 옷 골라 주러 갈게."

가게를 나서면서 질리가 말했다.

나는 질리에게 엄지손가락을 들어 보였다. 매주 일요일 질리는 우리 집에 와서 그 주에 내가 입을 옷을 골라 목록을 만들어 주었다. 나는 질리의 스타일 목록 덕분에 언제나 근사하게 보였기 때문에 좋았다. 가끔 내 옷조차 스스로 고르지 못하는 바보가 된 느낌만 뺀다면 말이다.

"아, 맞다!"

상점가로 가다가 질리가 갑자기 걸음을 멈추고 나를 돌아보았다.

"네가 반을 바꾸면 되겠다. 왜 그 생각을 못 했나 몰라."

질리는 좋은 생각이 떠올랐을 때 늘 하는 것처럼 손가락으로 딱 소리를 냈다.

"너희 엄마한테 부탁해서 C반으로 바꾸고 싶다고 학교에 전화를 해달라고 그러면 되잖아."

"그럴까?"

사실 A반에 있고 싶은 마음도 좀 있었다. 지난 해 학교를 방문했을 때 알게 된 사실인데, A반이 컴퓨터실과 좀 더 가까웠다. 하지만 별 상관은 없었다.

"그래, 그러자!"

질리가 말했다.

질리의 엄마를 만나기로 한 정문으로 가면서 질리가 한숨을 내쉬었다.

"너 없이 1학년을 보내는 것은 상상할 수도 없어."

나는 미소를 지으며 말했다.

"나도."

***

엄마는 학교에 전화하지 않겠다고 했다.

"학교에서는 특별한 이유가 아니라면 반 바꾸는 것을 허락하지 않을 거야. 크리스가 다닐 때와 마찬가지로 교칙은 바뀌지 않았어."

"이건 특별한 경우예요. 특별한 것 이상이죠. 거의 최악이라고요."

내가 강하게 말했다.

"이건 균형의 문제야. 학교에서는 학생들을 각 반에 배정할 때 나름의 기준에 맞춰 신중하게 선별했을 거야."

"한 사람이 반을 바꾼다고 해서 균형이 깨지는 것은 아니잖아요."

반 편성의 균형을 따지는 엄마 때문에 정작 내 안의 균형이 깨지는 느낌이었다.

엄마는 고개를 저었고 나는 질리에게 전화를 해서 이 상황을 보고했다.

"너 대신 A반으로 옮기겠다는 애가 있으면 괜찮지 않을까?"

질리가 물었다. 질리는 정말 똑똑하다.

나는 부엌으로 가서 초등학교 학생 주소록을 찾아 어느 아이가 조단 초등학교에서 몰리브라운 중학교로 가는지 알아냈다. 그러고 나서 조리대에서 감자를 썰고 있는 엄마에게 우리의 계획을 이야기했다.

"에린."

엄마는 감자 썰던 것을 멈추고 나를 바라보았다. 나는 엄마와 눈을 마주치지 않았다.

"A반으로 갈 사람을 찾고 나면 엄마가 학교에 전화해 주세요."

새로운 계획에 대한 자신감이 밀려들었다.

"발이 크고 농구와 컴퓨터를 좋아하는 여자아이를 찾을 수 있을지는 잘 모르겠지만 아무튼 찾아볼게요."

엄마가 나를 보며 미소를 짓고 있었다. 한편으로는 연민이 느껴지는 눈빛이었다.

"에린."

"제 이름, 그만 부르실래요?"

나는 전화번호를 누르다가 엄마를 쳐다보았다.

“제가 바꿀 사람을 찾아도 엄마는 학교에 전화하지 않으실 거죠, 그렇죠?”

엄마는 한숨을 내쉬었다.

“학교에서 허락을 한다고 해도 내가 반대할 거야. 왜냐하면 지금이 네가 날개를 펼칠 기회니까.”

나는 전화기를 움켜잡았다.

“엄마, 제게 날개 따위는 없어요.”

“다른 친구도 없지.”

크리스 오빠의 목소리였다. 오빠는 부엌으로 들어와 냉장고 쪽으로 갔다.

“그만해.”

나는 전화기를 내려놓으며 말했다.

“우리 딸.”

엄마가 내 곁으로 다가오며 말했다.

“엄마, 정말 너무해요! 지금 전화하면 질리와 내가 헤어지지 않아도 되는데……. 엄마, 미워요!”

나는 위층 내 방으로 달려가 방문을 쾅 닫고는 침대에 몸을 던지고 두 팔에 얼굴을 묻었다.

잠시 후 방문을 두드리는 소리가 들렸다.

“에린?”

엄마는 내가 잠들어 있나 보기라도 하려는 듯 부드럽게 불렀다.

“에린, 엄마가 들어가도 되겠니?”

“싫어요!”

사실 엄마가 들어왔으면 좋겠다고 생각하면서도 말은 그렇게 내뱉었다. 그리고 기다렸다. 엄마가 다시 한 번 물으면 들어오라고 해야지.

몇 시간처럼 길게 느껴졌지만 아마도 몇 초였을 짧은 시간이 흐른 뒤 엄마가 말했다.

“엄마랑 이야기하고 싶으면 엄마 방으로 와라.”

나는 코웃음을 쳤다. 엄마에게 가지 않을 거야. 더 이야기할 게 뭐가 있다고? 엄마는 내 인생을 망칠 작정인데 나는 아무것도 할 수 없었다.

“뭔가 방법이 있을 거야.”

그날 밤 질리는 어떻게 되었는지 알아보려고 전화를 걸어왔다.

“우리는 절친이잖아. 아무도 우리를 갈라놓을 수 없어.”

“맞아.”

나는 맞장구쳤지만 마음속으로는 헤어질 것 같은 예감이 들었다.

 **8월 19일 월요일**

좋아. 블로그에 남기는 두 번째 글이야. 만세! 목록을 만들어야지. 첫 번째 글에서 이미 눈치를 챘을지 모르겠지만, 음…… 내가 지금 누구랑 이야기를 하는 거지? 아마 '비밀 일기장'과? 아무튼 난 목록 만드는 것을 좋아해. 그럼, 시작한다.

나를 열 받게 하는 것들 

✖ 내일은 몰리브라운 중학교에 첫 등교하는 날이야. 그런데 질리는 학교에 못 가게 됐어! 목감기에 걸렸거든. 나도 목감기에 걸린 것 같다고 말했지만 엄마는 믿지 않았어.

✖ 버스 정류장에서 2학년들을 만나겠지. 나는 2학년들이 무서워.

✖ 학교 대강당으로 가는 길은 누가 가르쳐 줄까? 누가 내 자리를 골라 주지?

✖ 질리가 교실을 찾아가는 지도를 두 종류로 만들어 달라고 했어. 하나는 지름길이 표시된 지도, 다른 하나는 체육관을 빙 돌아가는 길이 표시된 지도로. 남자애들이 어디에 있는지 확인하기 위해서겠지. 으이구!

✖ 어쩌면 큰 발 때문에 중학교에서도 놀림거리가 될 가능성이 있어. 조
단 초등학교 아이들은 원래 내 발이 크다는 것을 알았기 때문에 특별
하게 생각하지 않았지만, 나를 처음 보는 아이들은 내 발을 보고 놀랄
지도 몰라.

✖ 너무 긴장해서 토할까 봐 걱정돼.

우리 가족에게 심장이 없다는 것을 알게 된 이유 ➳♥→

✖ 엄마는 내가 반을 바꾸는 걸 허락하지 않았어.

✖ 오빠는 나를 향해 웃으면서 눈까지 치떴어. 이것 보세요, 오라버니! 오
라버니는 고등학교 입학하기 하루 전에 토하셨거든요.

✖ 우리 부모님은 당신들의 열두 살이 어땠었는지 전혀 기억하지 못하는
게 분명해.

✖ 부모님 두 분 다 "너는 혼자서도 잘 살아남을 거야."라고 말씀하셨지
만 나는 살아남지 못할 것 같아. 학교에서 전화를 걸어 따님이 너무 짜
증이 나서 죽었으니 시체를 가지고 가라는 말을 하면 그제야 부모님은
아주아주 미안해하시겠지.

내가 궁금한 것들 

✖ 왜 질리는 내가 있는 반으로 옮기려고 하지 않는 걸까?

✖ 왜 나는 질리에게 반을 바꾸라고 말하지 못하는 걸까?

✖ 나는 왜 이런 질문들을 하고 있는 걸까?

에린 P. 스위프트가 몰리브라운 중학교에서 살아남을 수 있을지 지켜보시길.

chapter 2

중학교 첫날

나는 스쿨버스에 앉으면서 속이 메슥거려 토하지 않게 해달라고 기도를 했다. 특히 새로 산 옷에 말이다.

스쿨버스가 출발하면서 흔들리고 소리가 났다. 가방에 아직 뜯지 않은 스니커즈가 세 개나 들어 있었지만 그걸 먹고 싶은 생각은 전혀 없었다.

자꾸 뭔가가 허벅지를 찔러서 내려다보니, 질리가 내게 행운을 빈다며 준 브로치가 바지 호주머니에서 다리를 찌르고 있었다. 결코 내가 잠글 수 없을 것 같은 잠금 장치로 되어 있어서 꽂지 않고 그냥 주머니에 넣어 둔 것이다. 그 브로치에는 웃는 얼굴과 찡그린 얼굴이 그려져 있었는데, 두 얼굴이 선명하게 대조를 이루고 있었다. 질리는 뭔가 이렇게 극적인 걸 엄청 좋아했다. 나는 찡그린 얼굴에 테이프를 붙여 가렸다. 몰리브라운 중학교에서 보낼 첫날, 에린 P. 스위프트에게는 행복한 일만 있어야 하니까.

하지만 옆자리가 빈 것을 보니 속이 다시 울렁거렸다. 새 학교로 가는 낯선 버스에 어떻게 나 혼자 앉아 있을 수 있지? 나는 질리와 함께 있고 싶다고 엄마에게 말했지만 엄마는 내 얼굴을 보며 웃기만 했다. 내 생각에 그것은 부모로서 바람직한 태도가 아닌 것 같다. 하지만 안타깝게도 아무도 내 생각을 묻지 않았다. 그래도 지난밤 엄마와 이야기를 하면서 기분이 나아진 것은 사실이다. 엄마가 반 바꾸는 것을 도와주지 않은 것에는 여전히 화가 나지만 말이다.

"한 번도 질리와 떨어져 있었던 적이 없단 말이에요."

지난밤, 나는 엄마에게 말했다.

엄마는 두 팔을 활짝 벌렸고 나는 엄마 품에 안겼다. 엄마 품에 안겨 어리광을 피우기에는 너무 컸다는 사실 따위는 상관하지 않았다.

"힘들 거야, 에린. 나도 잘 알아. 너와 질리는 떨어질 수 없는 사이니까."

엄마는 내 머리카락을 쓰다듬어 귀 뒤로 넘겨 주었다. 나는 그렇게 귀 뒤로 머리카락을 넘겨 주는 것을 좋아한다.

"질리 없이 혼자서 그 큰 학교에 걸어 들어가고, 또 하루 종일 질리를 보지 못한다고 생각하면……."

두 눈에 눈물이 맺혔다.

"제발 집에 있게 해주세요."

내가 속삭였다.

엄마는 대답 대신 나를 꽉 껴안으며 말했다.

"며칠만 지나면 이 모든 것들이 모험처럼 여겨질 거야. 새 친구, 새 환경."

"저는 새로운 것 싫어요."

나는 엄마 셔츠에 기대 코를 훌쩍거렸다. 시간을 되돌려 모든 친구들을 알고, 뭘 해야 할지, 어떻게 행동해야 할지도 알던 조단 초등학교로 돌아가고 싶었다.

엄마는 가만히 나를 밀어내더니 두 손으로 내 얼굴을 감쌌다.

"넌 할 수 있어, 에린."

나도 엄마 말을 믿고 싶었다.

창문에서 눈을 돌리자 내 앞에 앉은 남자아이의 뒤통수가 눈에 들어왔다. 그 아이의 머리 윗부분은 그릇을 엎어 놓고 자른 듯했고, 목덜미 주변은 면도칼로 너무 바짝 민 나머지 빨갛게 부어 있었다. 이런, 내가 가까이서 누군가의 두개골을 관찰하고 있군. 에린, 너 어떻게 된 거 아니야?

아이들이 계속 차에 올라탔지만 내 옆자리는 여전히 비어 있었다. 한편으로는 왜 그럴까 궁금했고, (그날 아침에 나는 향이 좀 독특한 체취 방지 화장품을 뿌렸다) 다른 한편으로는 안심이 되었다. 마치 사람들이 그곳에 질리의 영혼이 앉아 있는 것을 알고 일부러 피하기라도 하는 것 같았다.

쿵. 빛바랜 청바지를 입은 엉덩이가 좀 큰 남자아이가 옅은 초록색 쿠션에 앉으면서 질리의 영혼을 뭉개 버렸다.

"저기……."

"왜?"

남자아이가 미간을 찌푸리며 감히 내게 말을 걸어왔다.

"자리를 맡아 두면 안 돼. 규칙이야."

"그러거나 말거나."

나는 중얼거렸다. 그런 규칙이 있는지 없는지 몰랐지만 중요하지 않았다. 자리를 맡아 줄 사람이 없었으니까.

"세상에, 그 신발 진짜야?"

남자아이가 내 발을 내려다보며 물었다.

나는 목이 긴 내 운동화를 내려다보기 전에 남자아이를 노려보았다. 나는 초등학교 1학년 때부터 척테일러를 신었다. 척테일러 신발은 편하고 가벼웠다. 그뿐만 아니라 여자용 270사이즈 대신 남자용 260사이즈를 신을 수 있었다. 그래서 나는 척테일러 신발에 꽂혔다.

"진짜냐고?"

남자아이가 다시 물었다. 나는 내 한쪽 발을 들어 올렸다.

"네 얼굴이 여기에 밟히고 나면 알 수 있을 거야."

"어어어."

그 아이는 내 쪽으로 몸을 기울이며 일부러 무서운 척했다.

"야, 에디! 그 아이한테 뽀뽀하지 마! 수족구병에 걸릴 거야."

에디라고 불린 그 남자아이는 다시 내 발을 보더니 얼굴을 찡그렸다. 그러고는 자리에서 몸을 일으켰다.

"여기 안 앉을래."

나는 안도의 한숨을 쉬었다. 나도 내 입에서 그런 말이 나왔다는 것을 믿을 수 없었다. 어떻게 그런 말을 할 생각을 했는지 모르겠지만 잘했다는 생각이 들었다. 나는 바지 위로 질리가 준 브로치를 만지며 더 꼿꼿하게 앉았다. 어쩌면 이 브로치가 내게 용기를 주었는지도 모른다. 브로치의 힘을 믿어 보는 게 좋을 것 같았다.

버스가 끼익 소리를 내며 멈추자 로지 벨라르드가 차에 올라탔다. 로지는 짙은 색 머리를 하나로 묶었는데 이마에는 가지런히 자른 앞머리가 단정히 내려와 있었다. 열두 살배기 중에 그런 머리를 하고도 꼬마처럼 보이지 않을 아이는 로지밖에 없을 것이다. 나는 초등학교 2학년 때부터 로지를 알고 지냈지만 함께 어울린 적은 없었다. 질리는 로지가 거만하다고 했지만 나는 그렇게 생각하지 않았다. 나는 로지가 좀 두려웠다. 로지는 언제나 자기 생각을 솔직하게 말했기 때문이다. 한편으로는 로지가 나에 대해서는 뭐라고 이야기를 할지 궁금하기도 했다.

로지가 통로를 걸어오더니 내 쪽을 거들떠보지도 않고 지나가 버렸다. 나는 창문에 머리를 갖다 댔다. 유리 때문에 이마가 차가워졌다. 학교로 가는 내내 내 곁에는 아무도 앉지 않았다.

　　　　　　　　　＊ ＊ ＊

　몰리브라운 중학교는 정말 컸다. 건물 네 개가 서로 연결되어 네모난 광장이 만들어져 있었는데 그 가운데에 안뜰이 있었다. 각 건물마다 관련 과목의 교실별로 나뉘어 있어서 찾아가기 쉬웠고, 학생들끼리도 서로 '연결되어 있다'고 느낄 수 있는 구조였다. 하지만 나는 길을 잃거나 갇힐 것 같은 느낌이 들었다.

　2주 전에 학교를 한 번 둘러보았지만 길을 찾는 데에는 별 도움이 되지 않았다. 몰리브라운 중학교는 그 어떤 곳으로도 연결될 것 같지 않는 문과 복도가 가득한 미로 같았다. 아니면 마법을 부릴 수 없는 호그와트, 그것도 아니면 금단의 숲. 나는 스쿨버스가 서는 건물 앞에 길게 늘어서 있는 못생긴 노간주나무들을 보고 '금단의 울타리'라고 이름 붙였다.

　낯선 아이들을 만나는 데 그리 서두르고 싶지 않았기 때문에 신발 끈을 풀었다 묶었다 하면서 버스에 앉아 있었다. 그리고 버스가 거의 텅 비어 갈 때까지 가방 안 물건들을 다시 정리했다.

　"질리는 어디 있어?"

　고개를 들어 보니 로지 벨라르드가 내 옆에 서 있었다.

　"목감기에 걸렸어."

　"안됐군."

　로지는 가방 끈을 양쪽 어깨에 고쳐 메고는 통로를 걸어가더니 버스에서 내렸다.

로지는 질리가 학교에 오지 않았다는 것을 알면서 왜 나에게 함께 가자고 하지 않은 걸까? 선한 사마리아인이 되면 어때서? 어쩌면 나와 같은 반일지도 모르는데……. 만약 그렇다면 우리는 교실까지 함께 갈 수도 있을 텐데.

어쩌면 질리 말이 맞는지도 모른다. 로지 벨라르드는 거만한 것 같았다.

버스에서 내려 학교 건물로 들어갈 때쯤에는 로지가 우주에서 가장 거만한 아이인 게 확실하다고 생각했다. 지금쯤 로지는 강당 어딘가에서 내가 혼자 헤매고 다니는 모습을 상상하며 악마처럼 웃고 있을지도 모른다. 그리고 내 머리 위에는 '찌질이'라는 네온 글씨가 깜빡거리고 있을 것이다.

***

수업 시작을 알리는 종이 마지막으로 친 직후, 나는 교실로 들어가다가 발이 꼬여 비틀거렸다. 그 순간 스물다섯 개의 얼굴이 내게로 향했고 나는 교실 입구에서 그만 얼어붙고 말았다. 로지의 얼굴도 그중 하나였다. 하지만 로지는 선한 사마리아인 같은 웃음을 띠고 있었다. 기분이 좀 나아졌다.

나는 새로 페인트칠을 한 벽을 쭉 훑어보았다. 해리엇 터브먼, 샐리 라이드, 벤저민 프랭클린, 세사르 차베스의 포스터가 있었고 창문 아래에는 책꽂이가 늘어서 있었으며 뒤쪽 구석에는 컴퓨터가 두 대 있었다. 모니터 뒷면을 보자 마음이 편안해졌다.

"스위프트 맞지?"

"네. 아처 선생님이시죠?"

"저 애는 정말 재빨라요.('스위프트'는 영어로 '재빠르다'라는 뜻으로, 에린의 이름을 가지고 장난친 것—옮긴이 주)"

두 번째 줄에 있는 남자아이가 말했다. 몇몇 아이들이 키득거렸다. 그 아이는 제법 귀여웠지만 대부분의 잘생긴 남자아이들처럼 거만해 보이지는 않았다. 그래서 나는 수없이 들은 그 '스위프트' 농담을 용서해 주기로 했다. 그 아이는 긴 앞머리로 한쪽 눈을 가리고 있었고 코에 주근깨가 몇 개 나 있었다. 앞머리로 가리지 않은 한쪽 눈은 흑갈색이었는데 나를 똑바로 보고 있었다. 그래서 나는 조금 짜증이 났다. 내가 알고 있는 대부분의 남자아이들은 상대방을 절대 정면으로 바라보지 않는다. 그 애들은 언제나 상대방의 어깨 너머를 바라보았다. 마치 상대방 뒤에 있는 누군가에게 이야기라도 하는 것처럼.

그 아이는 로지 옆에 앉아 있었다. 그 아이가 로지를 팔꿈치로 찌르자 로지가 미소를 띠었다. 말도 안 돼! 로지가 저 아이를 안다는 말이야?

귀여운 아이를 더 관찰해 보려는데 선생님이 나에게 앉으라고 했다. 나는 딱 하나 남은 자리에 앉았다. 맨 앞줄이었다. 제정신이 박힌 아이라면 친구들을 살펴보고 싶은 첫날에 맨 앞줄에 앉지는 않을 것이다. 나는 슬쩍 좌우를 훑어보았다.

아, 이런! 무시무시한 맨 앞줄에 앉은 것만으로도 충분히 끔찍한데 내가 세상에서 가장 좋아하는(물론 반대다) 사람 옆이기까지 했다. 세리나 워싱턴, 그러니까 세리나 워스리스니스, 내가 즐겨 부르는 식으로는 세리나 푸펜데나. 싸구려 연애 소설에나 나올 법한 이름으로 불러도 전혀 미안하지 않을 만큼 재수 없는 아이다.

세리나의 머리는 완벽하게 빗질해 컬을 넣은 다음 헤어스프레이로 고정되어 있었다. 웩! 세리나가 들어갈 수 있는 반이 두 개나 더 있는데도 불구하고 나와 같은 반이 되었다는 사실을 믿을 수 없었다. 그런데 질리는 아니라니. 우리 반에서 내보내고 싶은 아이를 투표로 뽑는다면 누가 뽑힐지 안 봐도 뻔하다.

나는 콧잔등을 찡그리고 눈을 모아 사팔눈을 한 다음 세리나를 쳐다보았다.

"그 얼굴로 그러니까 평소보다 더 끔찍하다."

세리나가 큰 소리로 말했다.

나는 한 단계 수준을 높여 혀를 내밀었다.

"잘났어, 정말."

세리나가 말했다.

나는 혀를 집어넣었다. 어렸을 때부터 지금까지 세리나가 나를 괴롭히도록 내버려 둔 내 자신에게 화가 났다. 바로 그 순간 나는 결심했다. 몰리브라운 중학교에서 보내는 첫날 아무도, 정말 아무도 나를 괴롭히지 못하게 할 거라고.

그 '아무도'의 이름은 세리나 워싱턴이었다.

chapter 3

에린 스위프트는 꼭두각시

5교시가 끝나고 쉬는 시간에 결국 일이 터지고 말았다. 나는 화장실을 나서려다 세면대에서 모양을 내고 있는 세리나를 만났다.

"제페토 할아버지 없이 지낼 만해?"

세리나가 거울을 보며 립글로스를 바르고는 입술을 서로 맞부딪치며 물었다.

그때 세리나를 무시하고, 그냥 손만 씻고 빨리 나갔어야 했다. 하지만 그러지 못하고 그만 대꾸를 하고 말았다.

"뭐라고?"

나는 허리에 손을 얹고 세리나 뒤에 섰다. 세리나가 '제페토'라고 했을 때 약간의 고통을 느꼈지만, 질리가 준 브로치를 생각하며 한방에 날려 버렸다.

“알잖아?”

세리나가 돌아서서 나를 보며 말했다. 세리나가 립글로스를 바른 입술을 문지르자 베리 향이 내 쪽으로 날아왔다.

“질리는 제페토 할아버지, 그러니까 꼭두각시의 주인이지. 넌 꼭두각시 피노키오고.”

세리나는 내 쪽으로 몸을 숙이며 다시 한 번 말했다.

“꼭두각시.”

픽! 세리나의 얼굴에 주먹이 날아갔다. 그 주먹이 내 것이라는 것을 알게 되는 데는 딱 1초 걸렸다. 욱신거리는 손마디가 화재 경보를 울렸다. 아니, 그것은 경보가 아니었다. 세리나가 우는 소리가 화장실에서 메아리치며 울려 퍼져서 마치 경보음처럼 들렸던 것이다.

＊＊＊

“몰리브라운 중학교에서는 어떤 폭력도 용납하지 않는다.”

몰리브라운 중학교의 교장인 조세핀 포터 선생님이 말했다.

나는 변호사를 선임해야 할지 궁금했지만 차마 물어보지는 못하고 침만 꿀꺽 삼켰다. 그리고 교장실을 휙 둘러보았다. 교장 선생님의 책상 뒤에는 커다란 「사운드 오브 뮤직」 포스터가 붙어 있고 꼭두각시 몇 개가 있었다. 손으로 놀리는 꼭두각시, 실로 조정하는 마리오네트, 손가락으로 놀리는 꼭두각시가 구석 선반에 놓여 있었다.

불과 몇 분 전에 그 이름으로 놀림을 당했는데도 교장 선생님 방에 서 꼭두각시를 봐도 아무렇지 않았다.

"내 꼭두각시 수집품을 보고 있구나. 꼭두각시를 가지고 놀면 참 재미있지. 안 그러니?"

포터 선생님이 한결 부드러워진 목소리로 말했다.

선생님이 내가 어떤 일을 겪었는지 알았다면 그런 말은 하지 않았 을 것이다. 나는 아무 말도 하지 않았다.

"네 목소리를 듣고 싶구나."

포터 선생님이 말했다.

나는 갑자기 고함을 지르고 싶은 충동을 느꼈다. 하지만 그러면 점수를 깎일 것 같아서 꾹 참고 간신히 날카로운 목소리로 "네."라고 대답했다.

"난 꼭두각시 인형을 좋아해. 특히 마리오네트를 좋아하지."

포터 선생님이 두 손으로 턱을 괴면서 깊은 한숨을 내쉬었다.

나는 전 세계 모든 교장 선생님 중에서 하필 꼭두각시 인형을 좋 아하는 교장 선생님을 만난 것이다.

"음, 선생님. 전 이제 어떻게 되는 거죠?"

선생님이 자세를 바꿔 앉더니 목소리를 가다듬었다.

"글쎄다. 아직까지는 결정된 것이 없구나. 넌 첫발을 제대로 떼지 못했어. 이번 학기 동안 이런 일이 다시는 일어나지 않기를 바랄 뿐 이란다."

하마터면 내게는 제대로 된 발이 없고 큰 발만 있을 뿐이라고 말할 뻔했지만 참았다.

"네. 선생님."

대답하고 나서 손을 보는데 뭔가 묻어 있었다. 처음에는 그게 피인 줄 알았다. 하지만 알고 보니 그것은 세리나의 립글로스였다. 나는 손을 문질러 닦았다.

"세리나는 어디 있죠?"

"양호실에 있을 거야."

양심의 가책이 느껴졌다. 코뼈라도 부러졌으면 어떻게 하지? 그러면 정말 변호사가 있어야 될지도 몰라.

포터 선생님은 세리나에 대한 이야기는 더 이상 하지 않았다. 그 대신 몇 가지 질문을 계속했는데, 대화 내용이 하도 이상해서 정말 그런 대화를 했었는지조차 의심스러웠다. 하지만 나중에 부모님의 말씀을 듣고 진짜 그런 대화를 했다는 사실을 알게 되었다. 여기에 그 정신 나간 대화 내용을 적어 보겠다.

포터 선생님의 심문

장소: 깔끔하지만 꼭두각시 인형으로 가득한 교장실.

시간: 2시 정각.

등장인물: 나, 포터 선생님(P 선생님), 나중에 우리 부모님.

연기 시작

    P 선생님: 워싱턴 양을 왜 때렸니?

    나: 그 애가 저에게 뭐라고 했어요.

    P 선생님: 별명을 불렀니?

    나: (자리에 앉아 주저하다가) 그런 셈이죠.

    P 선생님: (얼굴이 살짝 붉어지며) 듣기 창피한 말이었니?

    나: 저주 같은 것 말씀이신가요?

    P 선생님: (고개를 끄덕인다)

    나: 아니요.

    P 선생님: 그럼 뭐라고 불렀지?

    나: 말하고 싶지 않아요.

    P 선생님: 아, 알았어.(진짜 묻지 않았다)

    나: 그 애가 저더러 꼭두각시라고 했어요. 됐나요? 자, 이제 전
어떻게 되는 거죠?

    P 선생님: 꼭두각시?

    나: 네. 저희 부모님에게 전화를 하실 건가요?

    P 선생님: 오고 계셔.(잠깐 이야기를 멈추고 어깨 너머로 꼭두각시 수
집품을 바라본다) 꼭두각시라고 불리는 게 어때서?

    나: 그때 말투가 문제였어요, 선생님.

    P 선생님: 그렇군. 하지만 그렇다 해도 폭력은 용납할 수 없어.

나는 안도의 한숨을 쉬었다. 최소한 선생님은 내 잘못에 관한 이야기로 돌아가고 있었다. 하지만 부모님이 도착했을 때 포터 선생님이 물은 것은 어이없게도 꼭두각시 인형을 좋아하느냐는 것이었다.

"꼭두각시 인형요?"

아빠가 되물었다.

"에린이 여자 화장실에서 누군가를 때린 것으로 알고 왔습니다만……."

"아, 물론 그랬었죠. 그런데 그게 꼭두각시 인형에 관한 일이었습니다."

"그건 꼭두각시 인형에 관한 일이 아니에요. 그 애가 나를 꼭두각시라고 불러서 생긴 일이었다고요."

내가 말했다.

"꼭두각시라고 불러서 세리나 워싱턴을 때렸다고?"

엄마가 물었다.

"그 애가 그 말을 했을 때 말투가 문제였답니다. 스위프트 부인."

"아, 물론 그렇겠죠."

아빠가 동그란 눈으로 '도대체 무슨 일이야?' 라는 표정으로 나를 보았다.

"포터 선생님, 친구를 때린 것에 대한 학교의 방침은 뭔가요?"

엄마가 물었다.

초등학교 때 아무런 문제를 일으키지 않았었고 포터 선생님(그러니까 꼭두각시 포터)이 다행히 꼭두각시 인형을 좋아한다는 사실 때문에 가벼운 벌을 받고 끝났다. 3일간 방과 후 학교에 남는 벌이었다. 하지만 학교에 남는 것보다 세리나 푸펜데나에게 사과를 해야 하는 일이 더 힘들었다. 내가 사과를 하자 세리나는 커다란 얼음주머니 뒤에서 나를 비웃었다. 이번엔 똑같이 세게 두 대를 때려 주고 싶은 걸 간신히 참았다.

세리나는 나를 꼭두각시로 부른 것에 대해 사과하지 않아도 되었다. 정말 불공평했다.

"진짜 불공평해."

부모님과 함께 집으로 돌아온 뒤 질리 집에 갔는데, 질리는 내 이야기를 듣더니 자기도 그렇게 생각한다고 했다. 질리는 이제 병을 옮기지 않을 정도로 나았다고 병원에서 진단을 받았기 때문에 (정말 안타까웠다. 목감기를 핑계로 학교에 며칠 더 가지 않아도 됐을 텐데 말이다) 함께 있어도 되었다.

질리 방에 들어서면 내 시선은 언제나 무용수의 치맛자락처럼 소용돌이치는 분홍색 커튼에 쏠렸다. 나는 침대 위에 걸려 있는 메릴 스트립(배우 중의 배우) 포스터를 힐끗 쳐다보고, 질리가 좋아하는 '이달의 영화배우'가 바뀌었는지 보기 위해 방에 걸려 있는 다른 포스터를 살펴보았다.

전과 똑같은 것은 없었다. 나는 책상 의자에 앉아 메모판에 핀으로 꽂아 놓은 사진들을 훑어보았다. 대부분이 나와 질리의 사진이었지만, 나는 한 번도 같이 어울려 본 적 없는 아이들과 찍은 사진도 있었다. 나머지 두어 장은 가족사진이었다.

"그래서 세리나 코가 얼마나 붓고 멍든 건데?"

"아마 바니(TV 시리즈 「바니와 친구들」에 나오는 보라색 공룡—옮긴이 주)만큼."

우리는 함께 웃었다.

질리도 세리나를 좋아하지 않았다. 초등학교 때 이미 우리는 코에 매달린 코딱지라든가, 옷에 묻은 붉은 얼룩처럼 창피해서 죽을 것 같은 상황뿐만 아니라 서로의 모든 여드름과 결점을 알고 있었다. 세리나는 6학년 때 생리를 시작한 여덟 명의 여자아이들 중 하나였다. 질리와 나로서는 상상도 할 수 없는 일이었다. 우리는 그런 일에 대해 걱정하지 않아도 된다는 게 정말 기뻤다. 하지만 가슴이 나오는 일 같은 것은 마다하고 싶지 않았다. 하지만 생리를 하지 않고서는 가슴이 나오지 않았다. 가슴과 생리는 2종 세트 같은 것이었다.

"아무튼 잘 끝났잖아. 내일이면 아무도 기억하지 못할 거야."

질리가 말했다.

나는 고개를 저었다.

"내가 교장실을 나왔을 때 넌 거기 없어서 몰라."

나는 가방의 지퍼를 열었다.

"교장 선생님이 우리 부모님과 이야기하시는 동안 나는 벤치에 앉아 기다렸거든. 그때 얼마나 많은 아이들이 지나가면서 나를 '꼭두각시'나 '피노키오'라고 불렀는데."

그 모든 것이 그 멍청한 세리나 때문이라고 생각하니 세리나가 더 미웠다.

"괜찮을 거야."

"아니. 몰리브라운 중학교에서는 빛의 속도로 소문이 퍼지거든."

"초등학교보다 빠른 것은 확실하지."

내가 침대에 떨어뜨린 서류철에서 질리가 종이를 꺼냈다.

"첫날부터 숙제야? 좀 쉽게 해주라."

"그냥 설문지야. 다들 하나씩 받았어."

질리가 눈을 크게 뜨고 물었다.

"지도는 어디 있어?"

"거기 안에."

나는 질리가 학교에서 다닐 길을 두 번이나 돌면서 지도를 열심히 그렸다. 질리가 하나를 꺼내 들고는 방 안을 돌아다니며 연습을 했다. 질리는 오늘 밤 지도를 연구해서 각 교실을 쉽게 돌아다닐 것이다. 마치 여러 해 동안 다녔던 것처럼.

"이건 도서관이야? 아니면 실험실이야?"

"도서관."

나는 보지도 않고 대답했다. 도서관을 지나가는 길은 하나였고, 실험실로 가는 것은 없었다. 이런, 나는 내 시간표보다 질리 시간표를 더 잘 알고 있었다. 내가 만들어 준 지도를 보면서 질리가 교실

찾는 연습을 하는 동안, 나는 또다시 그 우스꽝스러운 아픔을 느꼈다. 그것은 세리나가 나를 피노키오라고 불렀을 때 느꼈던 아픔과 같았다. 하지만 뭐라고 확실하게 말하기는 힘든 감정이었다. 마치 내가 잊었던 뭔가가 그곳에 있는데 손에 잡히지는 않는 느낌이었다.

"나 이제 갈래."

나는 자리에서 일어서며 불쑥 말했다.

"벌써? 내일 계획을 세워야 하잖아. 그리고 이 설문지도 작성해야 하고."

질리가 따지듯 말했다.

"나는 다 했어."

교장실 밖에서 나를 놀려 대던 아이들을 무시할 수 있게 해준 것이 바로 그 설문지였다. 나는 설문지에 내 이름(에린 P. 스위프트)과 취미(농구, 축구, 컴퓨터, 절친과 같은 반이 되는 일), 몰리브라운 중학교에서 경험하고 싶은 것(졸업, 생리) 등을 채워 넣는 데 내 인생이 달려 있기라도 한 것처럼 열심히 썼다.

"스쿨버스는 어떻게 타고 갈래? 네가 우리 집에 왔다가 정류장까지 함께 걸어갈 거지?"

질리는 반짝반짝 다듬은 손톱으로 지도를 톡톡 치며 물었다.

"그래."

우리 집이 버스 정류장에서 더 가까웠지만 나는 뭐라고 토를 달지 않았다.

　일단 정할 것을 정하자 나는 방에서 뛰쳐나왔다. 마치 질리 방의 벽이 점점 밀고 들어와 「스타워즈」에 나왔던 쓰레기 압축기처럼 나를 찌부러뜨릴 것처럼 느껴졌다.

"전화해!"

질리가 소리쳤다.

그럴 것이다. 나는 언제나 그랬으니까.

 **8월 20일 화요일, 오후 5시**

좋아. 어릴 때부터 갖고 있던 내 깊고 어두운 비밀 중 하나를 이야기해 주지. 내가 살아온 게 12년하고 3개월이니까 그리 오래전 일은 아니지만, 그래도 깊고 어두운 비밀이야. 그러니까 아무에게도 말하지 마.

어릴 때 괴로운 일이 생기면 나는 그 괴로움의 정도에 따라 다섯 군데 장소에 숨었어. 크리스 오빠는 그때마다 나를 찾으러 와야 했기 때문에 각 장소에 이름을 붙였지. 물론 오빠는 그 '데프콘' 이라는 말이 '방어 준비 태세' 를 나타내는 군사 용어이며, 미국이 군사 위협에 처했을 때 쓰이는 거라고 설명해야 했어. 나는 그것이 내 상황에 딱 맞아 떨어진다고 생각했고.

가장 덜 괴로운 단계부터 순서대로 나열해 볼게.

✖ 데프콘 5

내 침대. 약간 기분이 좋지 않을 때, 그러니까 내가 내 발에 걸려 넘어졌는데 아무도 나를 보지는 않았지만 내 스스로가 바보처럼 느껴지는 그런 때 나는 내 침대로 몸을 던져.

✖ 데프콘 4

지하실 벽장. 기분이 약간 더 좋지 않을 때 내가 가는 곳. 질리가 유치원에서 안나 파이크에게 준 것과 똑같은 발렌타인 카드를 나에게 주었을 때. 그리고 신발 상자에 발렌타인 카드가 네 장밖에 없다는 것을 알았을 때 여기로 숨었지.

✖ 데프콘 3

이웃집 차고. 각종 연장이나 잔디 깎는 기계 때문에 정말 숨기 좋은 곳. 3학년 때 화장실에서 옆 칸에 세리나가 있는 것을 모르고 방귀를 뀌고 난 후 그곳에 숨었지. 내가 얼마나 창피했을지 짐작할 수 있을 거야.

✖ 데프콘 2

이웃집 맞은편 덤불 속. 그곳으로 갔다면 내가 꽤 끔찍한 일을 당했다는 거야. 내 신발이 학교 연극에서 소품용 배로 쓸 수 있을 만큼 크다고 루이스 번스가 2학년 전체에게 떠벌렸을 때처럼, 칫!

✖ 데프콘 1

우리 동네 어귀에 있는 나무 위의 집은 진짜 끔찍한 일을 겪었을 때 가는 곳이야. 예를 들면 4학년 때 세리나가 내 의자에 푸딩을 올려 둔 줄 모르고 앉았다가 초콜릿이 묻은 바지를 입고 돌아다녔을 때처럼 말이야. 그때 애들은 내가 바지에 똥을 쌌다며 놀려 댔지. 쳇, 쳇, 쳇!

오늘 일어난 일, 꼭두각시 사건은 확실히 데프콘 1이야. 하지만 나무 위의 집은 아이들로 꽉 차 있었어. 그래서 나는 데프콘 5로 갔어. 훨씬 편하더군.

오빠가 내 방문을 두드렸어. 데프콘에 숨을 때 늘 그랬던 것처럼 내가 어떻게 하고 있는지 보러 온 거라고 생각했어. 하지만 아니었어. 오빠는 세리나를 왜 때렸느냐며 내게 고래고래 고함을 질렀어. 도대체 무슨 일이지? 오빠는 거의 미친 사람 같았어. 오빠는 세리나의 언니, 아만다를 좋아하고 있었던 거야. 그래서 세리나를 때린 사람이 나라는 사실을 아만다가 알고 오빠를 쳐다보지도 않을까 봐 걱정됐나 봐.

이것 보세요, 오라버니! 만약 아만다가 세리나 같다면 오라버니는 나한테 고마워하실걸요. 하지만 오빠는 나에게 찌질하다고 하면서 아주 멀리서도 남의 인생을 망칠 수 있는 지구 상의 단 한 사람이라고 했어. 이게 말이 된다고 생각해? 정말 쳇이다!

 밤 10시. 잠이 오지 않아⋯⋯, 목록이나 만들어 봐야지.

짜증 나는 것들

✖ 싸구려 연애 소설에 나오는 이름으로 부를 가치도 없는, 사람들에게 놀림을 받아 마땅한 어떤 아이 때문에 쪽팔렸던 일.

✖ 그 아이가 점심시간에 나에게 건방지게 굴었던 일. 꼭두각시 사건이 있기 전에 그 애가 나에게 "불쌍한 에린, 질리가 없으니 함께 점심 먹을 사람이 없겠구나."라고 한 거야. 만날 사람이 있다고 했지만 그 애는 내 말을 믿지 않았어. 사실 만날 사람은 없었지만 그래서 그게 뭐? 그 애가 내 말을 믿지 않았다는 게 정말 싫어. (결국 어떻게 됐는지 보라고. 난 밖에서 정말 누구를 만났거든. 이 찌질이 바보야!)

✖ 귀여운 아이, 그러니까 마크 색스가 다시는 내게 말을 걸지 않을 거라는 것. 왜냐하면 그렇게 귀여운 애가 친구 코를 한 방 날린, 발이 큰 꼭두각시 옆에 있는 것을 본 적이 없으니까.

그래도 내가 희망을 잃지 않는 이유 

✖ 아침 조회가 끝나고 로지에게 인사를 했는데, 로지도 내게 인사를 해 주었어.

✖ 칼라라는, 진짜 말이 없는 여자아이가 내 사물함 짝이 되었어. 뭐, 나쁘지 않아.

점심시간에 만날 사람이 있다고 둘러댔는데 말이 씨가 됐어. 난 함께 앉을 사람이 없다는 것을 다른 애들에게 들키지 않고 앉을 만한 자리가 없었기 때문에 몰래 식당을 빠져나와야 했어. 그런데 기적이 일어났어. 컴퓨터 수업 선생님인 모레노 선생님을 만난 거야. 선생님은 자신이 담당하고 있는 컴퓨터 클럽에 대해 내게 이야기를 했어. 그 클럽에서 교사, 학생, 행정 직원만 들어가서 볼 수 있는 몰리브라운 중학교의 홈페이지를 만들 거라는 거야. 정말 멋지지 않아? 우리 학교에 작은 인터넷 공간이 생기는 거야!

하지만 더 멋진 일은 선생님과 함께 다시 식당으로 들어갔을 때 일어났어. 식당에서 선생님이 나에게 종이 한 장을 내밀면서 생각해 보라고 하는 거야. 마치 내가 선생님을 도와 무슨 멋진 프로젝트라도 하는 것 같았어. 많은 아이들이 우리를 쳐다보고 있었고. 정말 멋지지?

✖ 모레노 선생님은 내 고통을 알고 계셨던 거야.

✖ 나는 모레노 선생님의 인터넷 거시기 클럽에 들어갈 거야.

✖ 내 꼭두각시 사건보다 자기 교실 지도를 익히는 데 더 신경을 쓰고 있다 해도 질리는 여전히 내 친구야.

왜 짜증 나는 것들이 희망을 주는 것보다 훨씬 더 많은 걸까?

P.S. 내 블로그 역사상 가장 긴 글이야. 기네스북에 오를지도 모르겠군.

chapter 4

피노키오 소동

"같은 반으로 들어갈 방법을 생각해 냈어?"

다음 날 아침, 질리를 데리러 가서 물었다.

질리는 고개를 저었다.

"아직. 하지만 좋은 생각이 떠오를 거야."

질리가 가방을 뒤지더니 사탕을 꺼냈다.

"너 주려고 가지고 왔어."

"내 입에서 냄새난다는 뜻?"

나는 내 주머니에 있는 사탕을 만지작거리며 물었다.

질리가 소리 내어 웃었다.

"아니. 네 입에서 냄새 전혀 안 나. 내 것을 챙기다가 그냥 네 것도 하나 챙겼어."

질리는 가방의 지퍼를 열어 보여 주었다. 안에는 사탕이 열 개 정도 더 들어 있었다.

"언제 귀여운 남자아이랑 얼굴을 딱 맞대고 이야기하게 될지 모르잖아."

"맞아."

귀여운 남자아이(그 귀여운 아이는 말할 것도 없고)랑 얼굴을 맞대고 이야기하게 된다면 나는 사탕 이상의 것이 필요할지도 모르겠다. 너무 긴장해서 트림을 하게 될지도 모르니까.

질리는 뛰듯이 걸었다. 질리는 신나 보였다. 학교 가는 게 아니라 놀이공원이나 쇼핑몰에 가기라도 하는 것 같았다. 질리가 내 팔을 꼭 잡더니 말했다.

"우리가 간다!"

그래, 우리가 간다. 못된 아이들이 득시글거리는 정글로.

버스 정류장에 도착하기 전에 질리가 나를 세우더니 속삭이듯 말했다.

"냄새 한번 맡아 봐."

나는 눈을 홉뜨고 몸을 숙여서 질리 어깨 위로 얼른 냄새를 맡아 보았다. 아무 냄새도 나지 않았다.

"괜찮아."

"한 번 더."

질리가 허리를 비틀며 명령했다. 다시 눈을 치뜨고 냄새를 맡고 나서야 모든 게 끝났다.

5학년 때 질리가 처음으로 체취 방지용 화장품을 뿌리고 와서는 겨드랑이 냄새를 맡아 보라고 했을 때 나는 거절했다.

"토할 것 같아."

내가 말했다.

"넌 내 친구잖아."

질리는 입을 삐죽 내밀면서 대답했다.

"그럼, 넌 내 겨드랑이 냄새를 맡을 수 있냐?"

나는 팔을 높이 치켜들고 질리에게 몸을 숙였다.

"아니."

질리는 놀라 뒤로 물러나며 말했다.

"좋아, 좋아. 내 겨드랑이 냄새를 직접 맡을 필요는 없어. 대신에 어깨 위로 냄새를 맡아 줄 수는 있지? 내가 내 냄새를 알 수는 없으니까."

하지만 나는 질리에게 내 어깨 위 냄새를 맡으라고 한 적이 없다. 나는 몸 냄새의 비밀은 비밀로써 지켜져야 한다고 믿으니까. 물론 버스에 탔을 때는 내 땀구멍들이 활짝 열려서 어떤 냄조차도 냄새의 홍수를 막을 수는 없겠지만.

"야, 저것 봐. 피노키오다!"

누군가 소리쳤다.

"그런데 실은 어디 있지?"

뒤에 있는 남자아이가 말했다.

"하루 사이에 네가 이렇게 유명해졌다는 게 믿기지가 않는다."

질리가 운전석 바로 뒤 맨 앞자리에 털썩 앉으면서 말했다.

"꼭두각시로 유명해진 거지."

질리가 대답하기도 전에 통로 건너에 앉은 남자아이가 몸을 숙이며 말했다.

"넌 제페토 할아버지고."

질리가 눈을 치떴다. 하지만 질리가 주목받는 것을 즐기고 있는 게 느껴졌다.

"내 이름은 질리야. 제페토가 아니고."

"좋아, 제페토가 아닌 질리."

그 남자아이가 질리에게 씩 웃었고, 질리도 남자아이에게 웃어 보였다. 그리고 나를 돌아보며 '이 남자애 좀 봐' 라는 듯이 눈을 크게 떴다. 질리는 이 상황을 무척 즐기고 있었다.

질리는 곁에서 쉴 새 없이 지껄였고 그 덕분에 나는 피노키오로 불린 것을 무시할 수 있게 되었다. 학교에 도착해서 나는 질리를 사물함까지 데려다 주고 복도 반대편에 있는 내 사물함으로 달려갔다.

가다 보니 마크 색스, 그러니까 귀여운 아이가 눈에 들어왔다. 그런데 그 귀여운 아이가 벽에 있는 뭔가를 가리키고 있었다. 나는 그 아이가 가리키는 곳을 보았다. 피노키오 얼굴에 다른 얼굴이 붙어 있고 코가 있어야 할 자리에 아주 긴 발이 붙어 있는 그림이었다. 그

긴 발은 내 발이 아니었지만 얼굴은 내 얼굴이었다. 초등학교 졸업 앨범에 실렸던 사진이다. 질리가 내 얼굴에 턱수염이 있으면 어떨지 궁금하다고 해서 내 턱에 초콜릿 아이스크림으로 그림을 그린 적이 있었다. 그때 그게 사진으로 찍혀서 졸업 앨범에 들어갔다. 그런데 누군가 그 사진을 확대해서 학교 벽에 붙여 놓은 것이다.

나는 입을 떡 벌린 채로 서 있었다. 로지가 마크 옆에 서서 같이 그림을 보았다. 로지가 내 쪽을 보았지만 나는 눈이 마주치기 전에 돌아섰다.

"스위프트다!"

마크가 날 보고 말했다.

나는 돌아서서 허둥지둥 복도를 달려갔다. 나는 그 아이에게만은 놀림을 받고 싶지 않았다.

내 사물함에 갔더니 꼭두각시를 조종하는 실로 덮인 또 다른 사진이 붙어 있었다. 나는 사물함을 열면서 그 사진을 떼어 내고 실을 뜯었다. 통풍구 사이로 실이 들어가 사물함 안에도 온통 실투성이였다. 두 눈에 눈물이 고였다. 하지만 나는 눈물이 흘러내리지 않도록 눈을 깜빡였다. 그리고 내 물건에서 실을 떼어 내고 짝의 사물함에 붙은 실도 떼어 내기 시작했다.

"걱정하지 마. 난 괜찮으니까."

칼라의 목소리에 나는 깜짝 놀랐다.

"미안해."

내가 얼굴을 돌리고 말을 해서 칼라는 내가 거의 울 뻔한 것을 눈치채지 못했다. 나는 서둘러 교실로 갔다. 가는 길에 또 다른 피노키오 그림을 지나쳤다. 누군가 커다란 발에 '발은 실제 크기보다 작아 보입니다'라고 써놓았다. 나는 얼굴을 찌푸렸다. 그 그림을 뜯어내서 쓰레기통에 구겨 넣으며, 세리나의 얼굴을 사탕 포장지와 끈적거리는 껌, 반쯤 먹다 버려 곰팡이가 핀 과자가 있는 쓰레기통에 구겨 넣는 상상을 했다.

컴퓨터실에 도착하자 모레노 선생님이 용기를 주는 미소를 짓고 있었다. 선생님은 우리를 알파벳순으로 앉게 했다. 마크가 내 바로 앞에 앉아서 나와 눈을 마주치려고 애썼다. 나는 일부러 마우스를 닦는 체했다.

갑자기 마크의 얼굴이 내 모니터 위로 나타났다.

"한 마디도 하지 마."

내가 낮은 목소리로 말했다.

"난 그냥……."

"벌써 두 마디 했어."

마크는 한숨을 쉬고 머리를 흔들면서 앞을 바라보았다. 나는 그것으로 꼭두각시 놀림은 끝났다고 생각했다.

하지만 수업을 들으러 이 교실 저 교실을 쫓아다니는 동안에도 아이들은 끊임없이 "야, 피노키오!", "꼭두각시!"라고 나를 놀려 댔다. 다행히 지금까지 큰 발 때문에 놀림을 당해 왔기 때문에 이번 일도 잘 견딜 수 있었다.

최소한 그럴 수 있다고 생각했다.

그런데 점심을 먹은 뒤 최악의 사건이 벌어졌다. 누군가 내 등에 끈을 붙였는데, 내가 모르는 어떤 여자아이가 그 끈을 잡아당기며 인형 같은 목소리로 "내 이름은 에린이야. 난 발이 커. 난 진짜 사람이 되고 싶어."라고 말한 것이다. 나는 그때까지도 등에 끈이 붙어 있는지 알지 못했다. 나는 그 아이 얼굴에 대고 고함을 지르고 싶은 걸 간신히 참고, 끈을 떼어 버린 뒤 여자 화장실로 달려가 문을 잠그고, 한쪽 벽에 기대서서 다시 눈물과 싸웠다. 그리고 강한 암모니아 냄새를 맡으며 이렇게 시작된 이번 주를, 중학교 1학년을 어떻게 살아남을 수 있을까 생각했다.

질리가 준 브로치를 손에 꼭 쥐고 울면서 변기에 앉아 있는데 누가 화장실로 들어오는 게 느껴졌다.

"세리나, 정말 안됐어."

나는 몸을 앞으로 숙이고 문틈으로 내다보았다. 푸펜데나와 어울리는 여자아이 두 명이었다.

"세리나 집에 갔는데 들어가지도 못했어. 현관문 밖에 서서 이야기를 했다니까."

다른 아이가 말했다.

"그 에린이라는 애 말이야."

처음에 이야기를 꺼냈던 아이가 말했다. 나는 몸을 세워 앉았다.

"어떻게 그런 일을 할 수 있지? 그 애는 정말……."

두 번째 아이가 끼어들며 말했다.

"그 애는 진짜 찌질이야. 질리가 없으면 그 애는 아무것도 아니라고. 질리는 C반이고 에린은 A반이라는 거 들었어? 에린은 이제 외톨이야."

두 뺨이 뜨거워졌다. 화장실 밖으로 뛰쳐나가 뭔가…… 뭔가 소리쳐야 할 것 같았다. 하지만 그러지 못했다. 나는 브로치를 꼭 움켜쥐었다. 뾰족한 침이 내 손바닥을 찔렀다. 나는 그 애들이 어서 사라져주기를, 모두가 나를 내버려 두기를 바랐다.

그 애들이 바닥에 신발을 질질 끌면서 내가 있는 쪽으로 왔다. 심장이 두근거렸다. 문 밑으로 보면 어떻게 하지? 나는 낡은 빨간색 척테일러 신발을 내려다보았다. 그 애들은 내 발을 알고 있을 것이다.

나는 두 발을 변기 쪽으로 끌어당기며 그 애들이 보지 않기를 기도했다. 아이들이 내가 있는 칸을 그냥 지나가자 나는 안도의 한숨을 쉬고 왼쪽으로 몸을 살짝 기울여 좁은 문틈으로 몰래 밖을 보았다. 아이들은 종이 타월로 손을 닦고 있었다.

"누가 벌써 그림들을 떼어 냈더라고. 그래도 볼 사람은 다 봤겠지만 말이야."

한 아이가 투덜댔다.

나는 미소를 지었다. 질리가 떼어 낸 게 분명했다. 약 오르지.

화장실 문이 다시 열리자 그 애들은 이야기를 멈추었다. 나는 몸을 움직여 누가 들어왔는지 보려 했지만 내 쪽에서는 잘 보이지 않았다.

첫 번째 아이가 목소리를 낮추어 말했지만 내게도 들렸다.

"세리나가 돌아오면 세리나를 나쁘게 말하는 아이들도 분명히 있을 거야."

"그 애는 욕먹어도 싸."

나는 그게 누구 목소리인지 알 수 있었다.

"넌 누구한테나 그렇게 말하더라, 로지."

"아니. 세리나한테만 그래."

가까이 다가오는 발자국 소리가 들렸다.

"그 애는 개 귓속에 사는 진드기 같아. 우리 할머니가 하시던 말씀이지. 물론, 할머니는 스페인어로 말씀하셔서 넌 이해할 수 없을 테지만."

다시 발자국 소리가 났다.

"어떻게 된 게 세리나는 모든 사람들에게 그렇게 못되게 구는지 모르겠어."

"세리나가 모든 사람들에게 못되게 굴지는 않아. 그리고 어떻게 세리나에게 진드기라고 할 수 있니? 세리나에게 다 말할 거야."

첫 번째 아이가 따졌다.

로지가 코웃음을 쳤다.

"아유, 무서워라."

로지의 목소리는 낮게, 바닥 근처에서 들렸다. 로지가 문 아래를 살피고 있었다! 내 옆 칸 문이 열렸다 닫힐 때 나는 최대한 뒤로 물러났다. 로지가 내 발을 보았을까 궁금해하면서 숨을 죽였다. 잠시 후 나는 답을 찾았다.

갑자기 손 하나가 내가 있는 칸 밑으로 쑥 들어오더니 손가락을 흔들었다. 그것이 다정하게 '안녕.' 이라고 하는 뜻인지, 아니면 '네가 여기 있는 거 말하지 않을 테니 넌 나한테 빚진 거야.' 라고 하는 뜻인지는 알 수 없었다. 하지만 그것은 중요하지 않았다. 나는 그 꼼지락거리는 손가락이 고마웠다. 그 손가락 가까이로 내 손을 가져갔다. 손가락을 꼭 잡고 싶었지만 그 손가락은 이내 사라졌다. 그 손가락을 정말 보았는지조차 의심스러웠다.

세리나 워싱턴 죽이기

맞아, 이건 새로 만든 페이지야. 왜냐고? 로지가 나에게 손가락을 꼼지락 댄 뒤 방과 후에 남는 벌을 다 끝내고 사물함으로 갔더니 꼭두각시 인형이 진흙과 오물을 뒤집어쓴 채로 앉아 있었어. 누군가 이런 푯말도 세워 놓았더군.

'에린 스위프트, 꼭두각시의 여왕.'

15분 동안이나 청소를 했어. 하지만 차로 데리러 온 엄마에게 왜 늦게 나왔는지는 말하지 않았어. 사람들이 얼마나 꼭두각시를 못살게 구는지 꼭두각시 포터 교장 선생님이 보셨어야 하는데 말이야.

물론 그 짓은 세상에서 가장 못된 그 아이가 했을 거야. 어쩌면 아닐지도 몰라. 그 아이는 오늘 학교에 오지 않았으니까. 하지만 학교에 왔다 하더라도 그 아이는 겁쟁이라 혼자 그 일을 하지는 않았을 거야. 멍청한 자기 친구들에게 시켰을 테지. 세상에서 가장 멍청한 것들!

그래서 최근 벌어진 이 끔찍한 일 때문에, 그리고 내가 세리나 워싱턴을 죽어라 싫어하기 때문에 이 '세리나 워싱턴 죽이기' 페이지를 만든 거야. 세리나는 정말 복도 많지!

공공의 적 #1 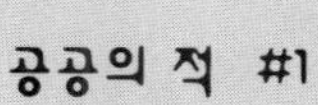

[세리나 워싱턴이 가장 못생기게 나온 사진 넣기]

세리나 워싱턴, 그러니까 세리나 푸펜데나, 세리나 스노팅턴.

공공의 적 #1이 싫은 이유 (이번 그 사건 말고도) 

✖ 세리나는 꽤 섹시해 보여.

✖ 세리나는 벌써 가슴이 나왔어. 조그만 게 아니라 진짜 가슴 말이야.

✖ 별로 착하지도 않은데, 세리나를 좋아하는 사람들도 있어. (그 사람들은
대체 뭐야?)

✖ 나를 꼭두각시라고 불러 놓고도 자기는 멀쩡해. (정말 황당한 일이지.)

복수 방법 

✖ 세리나 워싱턴의 몸에 난 털을 모조리 밀어 버린다, 눈썹까지.

✖ '금단의 울타리' 로 던져 버린다.

✖ 세리나 워싱턴의 수프에 침을 뱉는다.

✖ 세리나가 좋아하는 남자애를 찾아서 세리나 엄마가 조그만 서커스단에서 공연하는 수염 난 아줌마고, 이제 곧 세리나도 수염이 자랄 거라고 말해 준다.

아무렇게나 떠오르는 생각

로지는 세리나가 개 귓속에 살고 있는 진드기라고 했지만, 세리나는 진드기보다 더 심한 모기야. 사람을 찌르고, 피를 빨고, 심한 가려움증을 남기는 모기.

크리스 오빠는 나하고 말도 하지 않아. 오빠의 예상이 적중했기 때문이야. 아만다는 내가 세리나를 때린 것 때문에 오빠에게 화를 냈고 오빠가 바보라서 그런 동생이 있는 거라고 말했대. 난 내가 한 일을 가지고 오빠를 비난하는 사람은 오빠가 사귀려고 노력할 가치가 없는 사람이라고 말했어. 하지만 오빠는 내 말을 못 들은 체했어. 어떻게 저렇게 꽉 막힐 수 있지? 난 극도의 창피함과 고통을 느꼈지만, 그럼에도 불구하고 오빠에게 다시 손을 내밀었어. 오빠가 어떻게 했을 것 같아? 나를 퇴짜 놓았어. (난 이 단어를 오늘 새로 배웠어. 멋지지 않아?)

모든 공공건물에서 피노키오에 대해 언급하거나, 피노키오 그림에 낙서를 하는 일을 금지하고 싶다면 여기를 클릭해.

세리나 워싱턴의 얼굴에 다트를 던지고 싶다면 여기를 클릭해.

꼭두각시 사건을 복수할 좋은 아이디어가 있다면 여기를 클릭해.

죄 없는 아이를 놀렸다가 주먹으로 얻어맞는 모습을 보고 싶다면 여기를 클릭해. (비디오플레이어를 설치해야 함)

클릭하는 일이 지겹고 스니커즈가 먹고 싶다면 여기를 클릭해.

chapter 5

컴퓨터 클럽

3일 동안 방과 후에 학교에 남는 벌을 잘 견뎠고, 하루에도 평균 여섯 개에서 열 개까지 쏟아지는 꼭두각시 놀림도 잘 이겨 냈다. 꼭두각시 사건이 일어난 지 정확히 일주일하고도 하루가 지난 학부모 총회날 밤에 나는 키스 덕분에 되살아났다.

"2학년생 두 명이 2층 수위실 벽장에서 키스하다가 수위 아저씨한테 걸렸대!"

이 소식은 컴퓨터 바이러스처럼 퍼져 나갔고, 내 꼭두각시 사건 따위는 완전히 묻혀 버렸다. 그것은 마법 같았고, 왕자가 키스로 공주를 깨우는 동화 같았다. 다만 이 경우에 공주 역할의 나는 멀쩡하게 깨어 있었고, 동화 속 공주처럼 행복한 결말을 맞지 않았다는 게 다르기는 하지만 말이다.

"나라면 수위실 벽장을 택하지는 않을 거야. 청소 약 냄새는 어쩌고? 그리 낭만적인 장소는 아니잖아."

집으로 가는 버스에서 질리가 말했다. 나는 그런 짓을 하는 장소는 물론이고 내가 좋아하는 남자아이와 키스하는 것 자체를 상상할 수 없었기 때문에 그냥 잠자코 있었다. 그저 다들 그 이야기에 빠져 꼭두각시 사건을 잊어버린 게 반가워 차창 밖을 내다보며 미소만 짓고 있었다. 그 2학년 선배들을 만나면 뽀뽀라도 해줄 텐데.

"에린, 추수 감사절 연극에 출연할 배우를 뽑는 오디션이 9월 25일이래. 내가 네 이름으로도 신청했어."

"벌써?"

"오디션에 뽑히면 아이들이 앞으로 몇 주 동안 매일 배우 명단에서 우리 이름을 볼 거야. 우리를 기억하겠지."

나는 사람들에게 기억되고 싶지 않았지만 언제나 질리와 함께 오디션에 나갔다.

"우리가 연습할 대본이야."

질리가 얇은 책 두 권을 꺼냈다.

"난 구디 모건을 할 거야. 넌 콘스탄스를 해야 해. 내 이웃이거든."

콘스탄스의 대사는 다섯 줄이나 있었다. 나는 한 줄 이상은 해본 적도 없었고, 콘스탄스 역할을 하고 싶지도 않았다. 사실 어떤 역할도 맡고 싶지 않았다. 그냥 컴퓨터를 하거나 농구를 하고 싶었다. 나는 질리를 바라보며 내 마음을 말하려고 했다.

"아, 에린, 나 너무 흥분돼! 또다시 우리가 함께 연극을 하게 됐어.
같이 출연한다고 생각하니 정말 멋지지 않아?"

나는 입을 다물고 말았다. 내가 하려던 말은 어느새 사라지고 생
각지도 않았던 말이 튀어나왔다.

"그럼, 질리. 최고지."

***

"컴퓨터 클럽에 가입할 거야?"

마크가 로지에게 물었다. 로지는 자기 책상에 앉아 펜을 손가락에
올려놓고 무게 중심을 잡고 있었다. 나는 내 자리에 앉아 가방에서
책을 꺼내며 두 사람의 대화에 귀를 기울였다.

"응. 그나저나 네가 꽤 괜찮게 생긴 걸 사람들이 알아야 하는데 말
이야."

"웃기셔."

마크가 웃으며 말했다.

팅. 뭔가가 내 뒷목을 때렸다.

"넌 어떻게 할 거야?"

돌아보니 작은 종이 뭉치가 땅에 떨어져 있었다. 마크가 던진 것
이었다.

"그게 침이 아니라 운 좋은 줄 알아."

“내가 운이 좋다고? 네가 운이 좋은 거겠지. 안 그래?”

내가 말했다.

마크가 종이를 하나 더 뭉치더니 나에게 던졌다.

뭐라고 대답을 하려는데 로지의 시선이 느껴졌다.

“질리도 컴퓨터 클럽에 가입한대?”

로지가 물었다.

“오늘 오후에 물어보려고. 아마 질리는 가입하지 않을 거야.”

“하지만 넌 가입할 거지?”

마크가 나를 똑바로 쳐다보며 말했다. 마치 내가 가입하기를 간절히 바라기라도 하는 듯했다.

나는 고개를 끄덕였다.

로지가 눈을 크게 뜨고 나를 바라보더니 아무 말도 하지 않고 마크를 다시 보았다.

“점심시간에 늘 만나는 곳에서 보자. 난 이따 숙제 하러 가야 해.”

로지가 무슨 생각을 하는지 알 것 같았지만 귀찮아서 더 이상 생각하지 않기로 했다. 나는 공책을 꺼내서 수업 종이 칠 때까지 발이 작은 내 모습을 그렸다.

＊＊＊

버스에서 나는 컴퓨터 클럽 이야기를 꺼내려고 했지만 질리는 새로 사귄 여자 친구들 이야기를 하느라 정신이 없었다. 질리는 그 애들도 연극 오디션을 볼 건지 궁금해했다. 결국 질리 집에서 숙제를 하려고 책을 꺼내다가 컴퓨터 클럽 안내장이 질리 발에 떨어지는 바람에 어쩔 수 없이 이야기를 하게 되었다.

“설마 그 컴퓨터 클럽에 가입하려는 거 아니지, 응?”

질리가 가방을 의자에 내려놓으며 물었다.

“네가 컴퓨터를 좋아하는 건 아는데, 그건 좀 지겹잖아.”

질리는 일부러 하품을 해댔다. 그리고 옷장 위에 걸린 거울을 들여다보며 앞머리를 매만졌다.

“안 그래도 그 이야기를 하려던 참이야. 우리 같이하면 어때? 연극처럼 말이야.”

“난 안 할 거야. 내가 시프트 키도 모른다는 거 너도 알잖아.”

“소문자를 대문자로 바꿀 때 쓰는 게 시프트 키잖아.”

“됐어. 아무튼 난 그거 하고 싶지 않아.”

질리는 가방 지퍼를 열어 숙제를 꺼냈다. 사실 나는 질리 없이 뭔가를 하는 게 두려웠지만 질리가 컴퓨터 클럽에 가입하고 싶어 하지 않아서 기뻤다. 질리가 클럽에 들어오면 마크를 보게 될 것이고, 그러면 곧 마크를 좋아하게 될 것이고, 마크도 질리를 좋아하게 되고, 뭐 그런 식이 될 것이다. 마크가 없었다면 나는 질리에게 컴퓨터 클럽의 남자 대 여자의 비율이 5 대 1이라며 좀 더 강하게 밀어붙였을 것이다. 하지만 마크 때문에 그러지 않기로 했다.

"난 할 거야."

나는 심장 박동이 조금 빨라지는 것을 느끼며 말했다.

질리가 나를 흘깃 쳐다보며 물었다.

"나 없이도?"

"네가 없으면 좀 이상하겠지만, 그래도 하고 싶어."

질리가 시선을 돌리더니 가방에서 책을 한꺼번에 꺼냈다.

"네게 이래라저래라 하는 건 아니지만, 우리 연극에 방해가 안 되었으면 좋겠어. 그리고 함께 숙제 하는 것에도."

"알았어."

나는 대답을 하고 나서 조금 짜증이 나서 침대에서 방향을 조금 틀어 앉았다. '반대로 컴퓨터 클럽에 방해가 되면 어쩔 건대?' 하는 생각이 들었지만 입 밖으로 말하지는 않았다.

질리가 한숨을 쉬었다.

"앞으로 같이 버스 타고 집에 오던 일이 그리워지겠네."

"나도 그럴 거야."

나는 미소를 지었다. 짜증이 사라졌다.

"고마워."

내가 질리에게 뭘 고마워하는지는 알 수 없었지만 아무튼 그렇게 말해야 할 것 같았다.

 **8월 28일 수요일**

창피한 일이 생겼어. '귀여운 아이' 앞에서 하마터면 책상에 깔릴 뻔한 거야. 그 일은 어제 학부모 총회날 밤에 일어났어. 우리 부모님이 교실에서 나의 학교 생활에 대한 이야기를 듣는 동안, 나는 컴퓨터 클럽 접수처에 잠깐 들렀거든. 모레노 선생님과 아네트 선생님은 나에게 클럽에 대한 모든 일들과 왜 스물다섯 명밖에 받을 수 없었는지에 대해 이야기하기 시작했어. 그리고 두 분 다 나가야 하니 접수처를 잠깐 봐줄 수 없겠냐고 물으셨어. 그때 마크가 나타났고 나는 내 발을 숨기려고 책상 가장자리를 꼭 잡고 그 밑으로 발을 밀어 넣었어. 그러다 그만 쾅! 하마터면 쓰러질 뻔한 거야. 진짜 창피해 죽는 줄 알았다니까.

그때 세리나가 지나가면서 뭐라고 짜증 나는 말을 하기에 나는 세리나를 향해 혀를 내밀었어. 세리나가 마크를 좋아하는 게 확실해. 하지만 세리나 엄마가 '작은 서커스단에서 공연하는 수염 난 아줌마' 라는 말을 마크에게 하진 않을 거야. 마크도 세리나를 좋아한다는 게 확실하지 않는 한 말이야. 그런데 마크가 세리나를 좋아하는 것 같지는 않아. 왜냐하면 마크는 세리나에게 고개를 저으면서 눈을 흡떴거든.

마크는 '우주 침략자' 게임에서 최고 단계까지 올라간 적이 있대. 그 말을 듣고 나는 깜짝 놀랐어. 아빠가 예전에 하던 '구덕다리 게임'의 업그레이드 버전을 갖고 노는 사람은 나뿐이라고 생각했거든. 나는 이미 초등학교 2학년 때 최고 단계까지 올라갔었다는 말은 하지 않고, 그냥 웃으면서 멋지다고만 말했어. 심장이 입으로 튀어나와 마크 머리나 어디에 부딪치는 게 아닌가 싶을 정도로 미쳐 날뛰더라고. 새장 속에 갇힌 새가 나가고 싶어 미치는 것처럼.

크리스 오빠는 아직도 나에게 화가 나 있어. 하지만 마크 색스가 나에게 말을 걸었어. 나, 에린 P. 스위프트에게. 야호!

chapter 6

마크를 내 것으로 만들기

점심시간마다 있지도 않은 친구를 만날 거라는 핑계를 댈 수는 없었으므로 용기를 내어 뭔가를 해야겠다는 생각이 들었다. 하지만 광활한 학교 식당 입구에서 나는 기가 죽었다. 어떻게 나 빼고 모든 아이들에게 친구가 있을 수 있는지 정말 궁금했다.

부모님이 받아온 자료에 따르면 식당에서는 소속감을 높이기 위해 둥근 테이블을 사용한다고 했다. 하지만 둥근 테이블은 누가 친구가 있고, 누가 친구가 없는지를 보다 분명하게 보여 줄 뿐이었다. 자리에 앉기 위해 테이블로 걸어가다 보니 이런 사실을 더 명확하게 느낄 수 있었다. 둥근 테이블에서는 어디에 앉든 모두가 나를 볼 수 있었다. 만약 보통 식당에서처럼 테이블이 직사각형이라면 아무도 앉지 않은 한쪽 끝에 앉아 다른 곳을 보는 척하면 되었다. 하지만 둥근 테이블에서는 그게 불가능했다.

나는 어깨를 쫙 펴고, 양껏 숨을 크게 몰아쉬고 로지와 마크가 앉아 있는 테이블로 곧바로 걸어갔다.

"여기 누구 앉을 거야?"

나는 로지 옆자리를 가리키며 물었다.

로지가 파스타에서 눈도 떼지 않은 채 고개를 저었다. 나는 자리에 앉아 마크와 로지가 가족들에 대해 이야기하는 것을 들었다. 그러면서 마크가 로지 이모의 옆집에 살았었고, 로지가 이모 집에 갔을 때 둘이 함께 놀았다는 사실을 알게 되었다. 아주 오래전부터 알고 지냈으니 두 사람이 좋은 친구인 게 당연했다.

"그런데 넌 왜 여기 앉는 거야?"

로지가 파스타를 한입 물고는 물었다. 로지는 언제나 솔직하게 말하는 편이었지만 내게 그런 적은 없었다.

"음……."

내가 버벅거리자 로지는 아무 말도 하지 않았다.

"음……."

내가 다시 머뭇거리다가 말했다.

"케빈 허드슨이 내 발이 크다고 놀렸을 때 네가 그 아이 입에 갖고 놀던 장난감 찰흙을 집어넣었던 거 기억나?"

로지가 얼굴에 살짝 미소를 지었다.

"너도 기억해?"

"어떻게 기억하지 않을 수 있어? 너무 많이 넣어서 케빈이 토할 뻔했는데. 게다가 누군가 네 편을 들었잖아."

나는 웃으며 말했다.

"언제나 네 편은 질리가 들지."

로지가 물을 한 모금 홀짝 마시며 말했다.

나는 어깨를 으쓱하며 말했다.

"그런가?"

마크는 옆에 앉은 남자아이랑 이야기를 하고 있었다. 나는 몸을 로지 쪽으로 숙이며 조용히 말했다.

"화장실에서 손가락 꼼지락거린 거 네가 그런 거지? 입학한 다음 날 말이야. 고마워."

로지가 다시 파스타를 한입 물었다.

나는 기다렸다. 로지가 왜 아무 말도 하지 않는 거지?

"먹는 거 왜 처다보냐?"

"아냐!"

내 뺨이 달아올랐다.

"아무튼 네가 그랬지?"

"맞아. 나였어. 난 그냥 네가 어떻게 하나 보려고 그랬어."

로지가 천천히 파스타를 씹었다. 그러고는 나를 똑바로 처다보며 말했다.

"만약에 질리가 지금 여기 있었다면 어땠을까? 네가 여기 앉아서 나랑 이야기를 했을까?"

와, 정곡을 찌르는구나. 나는 얼굴을 찌푸리며 대답했다.

"그래도 지금처럼 했을 거야."

"하지만 확실하지는 않지?"

나는 고개를 끄덕였다.

"넌 적어도 솔직하기는 하구나."

우리는 점심을 먹는 동안 연극에 관한 이야기를 했고 (로지: 도대체 왜 연극을 하는 거야? 나: 나도 잘 모르겠어.) 컴퓨터 클럽에 대해서도 이야기했다. 로지는 어색하지 않은 체했지만 이야기를 하는 내내 어색한 기운이 맴돌았다. 내가 만약 질리와 같은 반이었다면 로지와 친구가 되려고 노력했을까?

나는 그 대답을 알고 있었다. 하지만 마음에 들지 않는 답이었다.

* * *

나는 사물함 앞에 서서 뭔가 찾고 있는 것처럼 허리에 손을 얹고 서 있었다. 하지만 곁눈질로는 자기 사물함 앞에 서 있는 마크를 보고 있었다. 점심을 먹으면서 마크와는 아무 말도 하지 않았다. 그래서 오후에는 뭔가 멋지고 재치 있는 말을 꼭 하리라 마음먹었다.

나는 사물함 문을 잡고 계속 안을 들여다보고 있었다. 마크가 지나갈 때에 맞추어 사물함 문을 닫으면 함께 교실로 걸어갈 수 있을 것이다. 와! 내가 그런 걸 계획하다니 믿을 수 없었다. 그런데 놀랍게도 지금 그러고 있는 것이다.

그런데 한 남자아이가 어슬렁어슬렁 걸어오더니 마크 옆 사물함에 기대서는 바람에 마크를 가리게 되었다. 나는 마크를 좀 더 잘 보기 위해 몸을 기울였다. 그런데 갑자기 마크가 사물함 주위를 둘러보는 것이었다. 나는 보고 있는 것을 들키지 않으려고 몸을 숙이다가 코트 걸이에 머리를 부딪치고 말았다.

"젠장."

나는 손가락으로 이마를 만지면서 중얼거렸다. 머리를 들면서 사물함 문 사이로 마크 쪽을 보았다. 다른 각도로 보기 위해 문을 조금 당겼다. 마크의 사물함이 닫혀 있었다. 가버린 것이다.

일어서서 사물함 문을 닫으려는데 가방을 멘 마크 어깨에 얼굴이 그대로 닿고 말았다. 순간 숨이 멎는 것 같았다. 나도 모르게 눈이 왕방울만 해졌다.

"음……, 어……."

진짜 멋지고 재치 있는 말이었다. 나는 미소를 띠려고 했다. 내 얼굴과 마크 얼굴은 딱 30센티미터 떨어져 있었다. 마크 코 주변에 난 주근깨가 다 보였다. 그 순간 나는 화들짝 놀랐다. 내 입에서 냄새가 나면 어떻게 하지? 점심을 먹은 후 사탕을 먹지 않았다. 그런데 점심 때 뭘 먹었지? 땅콩버터였지. 땅콩버터를 먹고 입 냄새가 안 좋았나? 땅콩버터가 잼이나 바나나랑 섞이면 어떻지? 바나나 껍질을 따뜻한 자동차 안에 너무 오래 두면 역겨운 냄새가 났는데. 따뜻한 배 속에 바나나가 들어갔으니 역시 냄새가 나겠지, 아마도.

"에린?"

마크가 내 공상에 끼어들었다.

"어?"

"컴퓨터 클럽 가입 명단에서 네 이름을 찾지 못했다고."

"못 찾았다고?"

나는 멍청하게 물었다.

"아, 맞다. 내가 아직 가입을 안 했거든."

"모레노 선생님이 그러시던데 너 정말 컴퓨터 전문가라며. 그래서 널 위해 한 자리 남겨 두겠다고 하셨는데, 그래도 제때 가입하는 게 낫지 않을까?"

"선생님이 그러셨어?"

여태껏 나에 대해 그렇게 이야기한 사람은 아무도 없었다.

"그럼."

마크는 내 주변이 아니라 나를 똑바로 마주 보고 있었다. 멋지고 재치 있는 말을 할 절호의 기회였다.

나는 마크와 보조를 맞추어 걸었다. 바닥 타일 위에 놓으니 유난히 커 보이는 발을 조심스럽게 옮겼다.

"듣기 좋은데, 기분 좋다."

나는 긴장하며 말했다.

"그런데 너 뭐냐, 거시기 꾸미는 거 해봤어?"

내 심장이 쿵 떨어졌다. 내가 지금 마크 색스에게 거시기라고 한 거야?

마크가 웃으며 말했다.

"거시기? 아, 웹 디자인 말하는 거지? 너 진짜 웃긴다."

나는 미소를 지었다. 우리는 체육관으로 들어갔다. 나는 웃기려고 한 게 아니었다. 그냥 웹 디자인에 대해 간단히 물어보려 했다. 대체 내가 왜 그런 거지?

"웹 디자인은 조금밖에 몰라. 넌 어때?"

마크가 물었다.

나는 입 밖으로 말하기 전에 마음속으로 먼저 말해 보면서 깊게 숨을 들이쉬었다.

"우리 엄마가 웹 디자이너셔. 난 가끔 엄마를 도와 드려."

나는 나 말고는 아무도 보지 않는 개인 블로그에 대해서는 말하지 않았다.

"좋겠다. 너 그럼 HTML(홈페이지를 제작할 때 주로 사용하는 컴퓨터 언어-옮긴이주)도 알아?"

"조금. 엄마가 기본적인 것만 가르쳐 주셨어. 하지만 엄마는 디자인할 때 드림위버를 쓰셔. 드림위버는 너무 어려워서 이해가 안 돼. 난 프론트페이지를 써."

"멋진데. 난 이번 여름에 캠프에 가서 컴퓨터 코드를 좀 배워 볼까

하는데 아마 다 까먹을 거야.”

얼빠지고 홀딱 정신 나간 미소가 아니길 바라며 미소를 지었다. 그냥 ‘야, 우리는 좋은 친구지.’ 하는 미소이기를 바랐다. 나는 마크 색스, 귀여운 아이와 일상적인 대화를 나누었다. 처음에 던진 거시기 질문을 빼고는 더 이상 멍청하고 어이없는 질문은 하지 않았다. 그리고 내 발에 대해서도 더 이상 신경쓰지 않기로 했다. 자꾸 의식하다 보면 더 큰 실수를 저지를 것 같아서였다.

“넌 분명히 배운 걸 다 기억해서 우리한테 멋지게 보여 줄 거야.”

내가 말했다.

“과연 그럴까?”

마크가 물을 마시려고 식수대에서 멈추어 섰다. 아, 이런. 어떻게 해야 하는 거지? 기다려야 하나? 아니면 이게 마크가 대화를 끝내는 방식인가? 나는 앞으로 몇 발자국 걸어갔다.

“같이 가.”

잠시 후 마크가 내 옆으로 왔다. 우리는 교실에 갈 때까지 컴퓨터에 대해서 조금 더 이야기했다. 교실에 들어설 때 보니 세리나가 우리를 보고 있었다. 나는 마크를 보며 소리 내어 웃었다. 약 오르지, 푸펜데나!

9월 3일 화요일

곰곰이 생각해 볼 질문

✖ 질리와 같은 반이었다면 로지와 친구가 되려고 했을까?

→ 아니.

✖ 이 대답이 마음에 드나?

→ 아니.

✖ 이제 어떻게 할 것인가?

→ 로지와 진짜 친구가 되어야지. 그게 내가 원하는 거니까.

✖ 질리에게 반을 바꿔 볼 생각이 있는지 왜 물어보지 않았나?

→ 두 단어로 설명 가능하지. 마크 색스.

✖ 그걸 물어볼 생각조차 하지 않은 이유는?

→ 위의 답과 같음.

✖ 반을 바꾸지 않아도 괜찮은가?

→ 그렇다. (이런 세상에!)

chapter 7

컴퓨터 클럽의 에이스

나는 긴장해서 왼쪽 발로 바닥을 두드리며 컴퓨터실 밖 복도에 서 있었다. 아직 안으로 들어갈 준비가 되어 있지 않았다. 질리 없이 뭔가를 하는 것은 이번이 처음이었다. 마크 때문에 질리가 여기 들어오는 것을 원하지 않았지만, 어쨌든 질리 이름이 바로 옆에 없는데 내 이름을 적는 일은 낯설었다. 게다가 클럽에는 2학년 선배들이 수두룩했다. 나보다 많이 알고 있는 선배들 사이에 있다 보면 내가 바보처럼 느껴질 것이다.

"질리도 오는 건 아니겠지? 질리는 컴퓨터에 대해서는 아무것도 모르잖아."

익숙한 목소리에 고개를 번쩍 들었다. 아, 낯익은 세리나 워싱턴의 찌푸린 얼굴.

나는 고개를 흔들었다.

세리나가 짐짓 놀라는 체 눈을 동그랗게 떴다.

"혼자 가입했다고? 제페토도 없이? 와, 너 이제 진짜 소년이 되겠구나."

"입 다물어."

"왜 여기 이러고 서 있어? 혼자 들어가기 무서워서?"

세리나가 고개를 흔들었다.

"가엾은 아기 에윈."

세리나는 내 이름을 부를 때 '에린'이라고 하지 않고 '에윈'이라고 아기 목소리를 냈다. 나는 얼굴을 찌푸렸다.

"좀 조용히 하지 그래?"

로지가 어깨에 가방을 메고 세리나 뒤에서 나타났다. 마크도 함께 있었다.

"글쎄, 얘가 길 잃은 사람처럼 여기 서 있지 뭐니, 로지."

로지가 헛기침을 했다.

"에린은 우리를 기다리고 있었던 거야. 신경 끄시지."

세리나는 마크를 바라보았고 마크의 시선은 로지에게로 향했다. 결국 세리나는 나를 향해 돌아보며 물었다.

"왜 그런 얘기 안 했어? 아니면 아직도 너 대신 말해 줄 사람이 필요한 거야? 인형을 갖고 있는 복화술사처럼?"

세리나는 '인형'이라는 말을 하면서 내 쪽으로 몸을 기울였다. 또 코를 한 방 때려 달라고 애원이라도 하는 듯했다. 순간 내 두 볼이 달아올랐다. 왜 하필 마크 앞에서 이렇게 못살게 구는 걸까?

"세리나!"

세리나의 친구 하나가 복도 저쪽에서 불렀다. 세리나가 우리에게 눈을 치뜨고는 돌아보더니 그 아이 쪽으로 향했다. 그 순간 전에 느꼈던 이상한 아픔이 다시 느껴졌다. 입학 첫날 학교를 마치고 질리 방에 갔을 때처럼 목이 꽉 잠겨서 숨을 쉴 수 없었다.

"뭐 저런 못된 애가 다 있냐? 야, 스위프트, 괜찮아?"

세리나가 컴퓨터실로 들어가고 나서 마크가 말했다.

나는 아무 말도 못 하고 고개만 끄덕였다.

"내가 자리 잡아 놓을게."

마크가 컴퓨터실로 들어가며 말했다.

"로지, 아까 고마웠어. 실은 나 혼자 들어가는 거 조금 무서웠거든."

나는 한숨을 쉬며 고개를 흔들었다.

"뭐가? 아무것도 아닌 걸 가지고."

로지가 말했다.

나는 용기를 내며 미소를 지었다.

"네가 전에 물어봤던 걸 생각해 보았어."

로지가 잠자코 내 말을 들었다.

"그리고 답을 찾았어. 솔직하게 말하라고 했지? 만약 질리가 같은 반에 있었다면 난 아마 너랑 친구가 되려고 하지 않았을 거야. 하지만 난 질리가 같은 반이 아니라 기뻐. 그렇지 않았다면 너나 마크를 알지 못했을 테니까.”

그 말을 하는 순간 나는 내가 말한 모든 것들이 사실이라는 것을 깨닫게 되었다. 질리와 다른 반이라서 정말 기뻤다. 정말로.

로지가 고개를 끄덕이며 말했다.

“그 대답, 마음에 든다. 자, 들어가자. 먼저 들어가.”

나는 로지를 바라보고 숨을 한 번 들이쉬고, 문으로 들어갔다.

“에린, 만나서 반갑구나.”

모레노 선생님이 웃으며 나를 맞아 주었다.

“지금은 앉고 싶은 자리에 가서 앉아라. 좀 이따 조를 짜서 너처럼 경험이 있는 아이들이 처음 온 친구들을 이끌게 할 거야.”

그 말이 내 귓속으로 쏙 들어왔다. 내가? 조를 이끈다고?

“너는 할 수 있어.”

모레노 선생님이 내 마음을 읽기라도 한 듯 말했다. 로지가 내 어깨를 꼭 쥐고 지나가서는 마크 옆 의자를 재빨리 잡았다.

나는 자신 없다는 듯한 표정을 지어 보이며 교실을 한번 둘러보았다. 한 조에 컴퓨터가 다섯 대씩, 다섯 조로 나뉘어 있었다. 반짝이는 모니터와 손가락을 간절히 기다리고 있는 마우스를 보는 순간 미소를 짓지 않을 수 없었다. 소속감을 높일 수 있도록 컴퓨터를 둥글게 두었는데 여기서는 효과가 있을 것 같았다. 모니터 너머로 누군가의 얼굴을 볼 수 있는 게 컴퓨터 수업 때처럼 뒤통수를 보는 것보다 좋을 것 같았다.

뒷벽에는 선반들이 낮게 줄지어 있었고 컴퓨터 사용 설명서와 종이, 게임 같은 것들이 멋대로 꽂혀 있었다. 케이스 없는 게임 CD를 보고 있으려니 짜증이 났다. 긁히고 망가진 저런 CD는 사용할 수 없기 때문이다. 왼쪽 벽에는 안전한 서핑을 위한 상세한 규칙과 게임을 하기 위해 포인트 얻는 법을 적어 놓은 포스터가 붙어 있었다.

"모레노 선생님?"

창가에 앉아 있던 세리나가 손을 들었다.

"왜 그러니?"

"학교 홈페이지에 수다방 같은 것도 만드실 건가요? 아니면 상담방은 어때요? 제가 만들 수 있는데요."

모레노 선생님이 책상 앞에 멈추어 섰다.

"세세한 콘텐츠에 대해서는 몇 주 후에 이야기하도록 하자. 우선 웹 페이지를 어떻게 만드는지부터 익혀야 해."

선생님은 인쇄물을 한 뭉치 집어 들더니 나에게 건넸다.

"에린, 이것을 아이들에게 좀 나누어 줄래?"

"네."

나는 가방을 벗어서 빈 의자에 내려놓았다. 내가 몸을 구부릴 때 질리가 준 브로치가 주머니에서 움직였다. 브로치를 꺼내서 잠깐 보았다. 테이프가 벗겨져 찡그린 얼굴이 드러나 있었다. 벗겨진 테이프에 손가락을 갖다 댔다. 브로치를 주머니에 반쯤 넣다가 로지를 보았다. 로지가 내게 미소를 지으며 엄지손가락을 들어 보이고는 자기 컴퓨터 모니터를 보았다. 나는 질리의 브로치가 손에 닿지 않도록 가방 바깥 주머니에 쑤셔 넣고 인쇄물을 나누어 주었다.

"이 인쇄물에는 가장 흔히 쓰이는 HTML 명령어들이 있어."

내가 자리로 돌아가는 동안 모레노 선생님이 말했다.

"우선 이것부터 배울 거야. 너희들이 소프트웨어를 사용하기 전에 그 명령어를 익혀서 어떻게 쓰이는지 알았으면 좋겠다."

어떤 아이들은 불만인 듯 웅얼거렸지만 나는 흥분되었다. 인쇄물에 있는 명령어들은 가끔 코딩 페이지 작업을 하면서 사용해 보아서 어느 정도는 알고 있는 것들이었다.

"에린이 너희를 이끌어 줄 거야."

나는 선생님 말씀을 듣고 있지 않았는데, 그 말에 귀가 번쩍 뜨였다. 선생님은 그사이 조를 나누고 있었던 것이다.

"에린, 네가 어디 있는지 볼 수 있도록 조 아이들에게 손을 한번 들어 줄래?"

나는 내 쪽으로 오고 있는 아이들 한 명 한 명을 향해 시선을 던지며 천천히 손을 들어 올렸다. 그중에서 나를 아는 아이는 아무도 없었다. 아마도 없을 것이다.

"왕발에게 웹 디자인을 배운다고?"

한 남자아이가 내 바로 옆에 앉아 가슴 앞으로 팔짱을 꼈다. 그 아이는 머리가 뾰족뾰족했고 눈은 짙은 갈색이었다. 티셔츠 깃 사이로 목걸이 줄이 보였다. 그 아이는 분명 자기가 아주 멋있다고 생각하겠지만 사실 그 아이는 너무 말랐고 말끝마다 목소리가 갈라지기까지 했다.

나는 그 아이를 노려보며 말했다.

"다른 조로 피 얼라인(P align)해도 돼. 난 상관없으니까."

"피, 뭐라고?"

"피 얼라인은 페이지에 뭔가를 정렬하기 위한 HTML 코드야."

내가 고개를 들어 보니 마크가 우리 오른쪽 조에 서서 내 옆에 있는 남자아이를 보고 있었다.

"위치를 정해 주는 거지. 왼쪽, 가운데, 오른쪽, 이렇게."

마크가 손으로 각 위치를 나타내며 말했다.

"에린은 유능해."

마크가 내게 고개를 끄덕이며 말했다. 그러고는 돌아서서 자기 조 아이들에게 손짓을 해서 다 같이 앉았다.

나는 미친 사람처럼 웃고 싶은 걸 참느라고 볼 안쪽을 깨물어야 했다. '귀여운 아이'가 나더러 유능하다고 했다! 2초 만에 60센티미터나 키가 큰 것 같았다. 발을 내려다보았더니, 발이 더 작아지고 더 멀리 있는 게 아닌가. 와! 뾰족 머리에게 돌아서는데 자신감이 마구 용솟음쳤다.

"그래서 여기 있을 거야, 아니면 다른 조로 갈 거야?"

뾰족 머리가 나를 잠깐 쳐다보았다. 이어 마크의 등을 잠깐 보더니 다시 내게로 시선을 돌렸다. 그리고 한숨을 쉬고는 인쇄물을 집어 들었다.

"그런데 HTML이 뭐라고?"

"하이퍼텍스트 마크업 랭귀지(Hypertext Markup Language). 어떻게 활용하는지 보여 줄게."

 **9월 12일 목요일**

나는야 웹 디자이너!

물론 화요일, 컴퓨터 클럽에서 뾰족 머리에게 HTML이 진짜 무엇의 약자 인지 정확하게 말해 주지 않았어. 핫 타말리 마크 러브(Hot Tamale Mark Love)라는 거 말이야. 나는 마크를 뜨거운 타말리(옥수수 반죽 사이에 여러 가지 재료를 넣고 익히는, 만두와 비슷한 멕시코 요리-옮긴이 주)만큼 좋아해. 핫 타말리는 로지가 잘생긴 남자아이들을 부를 때 쓰는 말이야. 물론 로 지는 마크에 대한 내 마음을 모르지만.

머릿속에서 계속 마크 생각밖에 나지 않아. 마크는 그냥 친구일 뿐이라고 계속 되뇌지만, 마크가 내 남자 친구라면 얼마나 좋을까 하는 생각을 멈 출 수가 없어.

에린, 그만해!

학교를 마치고 질리 집에 숙제를 하러 갔어. 내가 수학 숙제를 하는 동안 질리는 패션 모델 놀이를 하고 있었어. 내일 뭘 입을지 결정하지 못했거든. "도대체 왜 나한테 묻는 거야? 넌 패션의 여왕이잖아."라고 했더니 질리는 절망적이라고 했어. 그 말 때문에 우리는 함께 웃었지.

질리와 같이 수업을 듣는 아이 중에 아주 인기 있는 여자아이가 있는 것 같아. 왜, 보자마자 미워할 수밖에 없는 그런 아이 있잖아. 금발에 가슴도 제법 크고 기타 등등. 그런데 그 애는 똑똑하기까지 해서 질리가 아주 돌아버릴 것 같다고 했어.
내가 전에 질리가 똑똑하다고 말했는데 그건 사실이야. 질리는 똑똑하지만 낙제하지 않을 만큼만 공부를 하기 때문에 성적만 봐서는 질리가 얼마나 똑똑한지 알 수 없지.

결국 질리는 가장 큰 언니인 베카 언니를 방으로 데리고 왔어. 질리가 패션의 여왕이라면 베카 언니는 패션의 황후거든. 숙제에 집중하려고 애썼지만 잘 안 됐어. 짜증 내는 질리 때문에 내가 더 짜증이 났거든.
나는 더 이상 참기 힘들어서 일찍 집으로 돌아왔어.

chapter 8

우정을 위해 옥수수 낟알 되기

컴퓨터 클럽은 최고였다. 우리 조 아이들은 내가 하는 모든 말에 귀를 기울였고 HTML을 정말 빠른 속도로 배웠다. 우리는 벌써 웹 페이지를 구성하기 시작했다. 클럽에서 나보다 웹 디자인에 대해 많이 아는 사람이 없었기 때문이었다. 심지어 2학년 선배들도 나에게 물어볼 정도였다.

우리 조는 홈페이지에서 '학교 생활' 부분을 맡게 되었는데 선생님 인터뷰, 수상 소식 같은 것을 다루고, '일상 속의 하루'라고 이름 붙인 페이지를 만들어서 아이들을 소개하고 일기를 올려서 모두가 읽을 수 있게 했다.

딱 한 가지 지루한 것은 학교에서 제공한 교육 과정뿐만 아니라 각 반의 시간표를 올리는 일이었다. 하지만 그 일도 한 번에 끝낼 수 있어서 그럭저럭 괜찮았다.

내가 이야기하는 것을 내 스스로 들어 봐도 난 꽤 괜찮은 조장 같았다. 2학년 선배 두 명도 나에게 질문을 했다. 왕발에게는 배울 수 없다고 했던 그 남자아이, 타일러도 내 설명에 빠져들면서 나를 싫어했다는 사실 자체를 완전히 잊은 것 같았다. 타일러는 질문을 많이 했고 나에게 정말 똑똑하다고까지 했다.

"우리 엄마가 웹 디자이너라서 어깨 너머로 배웠을 뿐이야."

내가 겸손하게 말했다.

"아니야. 우리 부모님이 두 분 다 웹 디자이너였어도 난 너처럼 잘 알지 못했을 거야."

나는 그냥 웃으면서 타일러가 쓴 제목의 글자 크기를 어떻게 바꾸는지 가르쳐 주었다.

마크네 조는 미술, 음악, 스포츠 같은 학교 행사 부분을 담당했다. 행사 목록을 올릴 뿐만 아니라 음악과 미술 작품을 평하는 사람과, 스포츠 소식을 전하는 사람도 있었다. 마크네 조에서는 디지털 사진까지 올려서 신문처럼 만들었다. 정말 멋있었다.

"로그인이 안 돼. 왜 안 되는 거지? 편집자에게 보내는 편지를 주말까지 받아야 하는데."

로지가 키보드를 신경질적으로 두드리며 말했다. 로지는 2학년이 조장인 조에 속해 있었다. 로지 조는 우리 컴퓨터 클럽 앞으로 오는 모든 편지를 담당했다. 그 편지들은 편집을 담당하는 사람에게 오는 것일 수도 있고, 주간 칼럼인 '우리에게 털어놓으세요' 앞으로 온 것일 수도 있고, 웹 마스터에 대한 비평이나 불만일 수도 있다. 추수감사절 즈음에야 학교 홈페이지를 정식으로 운영할 예정이어서 미리 우리는 몇몇 아이들에게 질문이나 의견을 받아서 싣기로 했다. 처음에는 이렇게 우리가 시범적으로 올린 다음 홈페이지가 정식으로 운영되면 누구에게든 질문이나 의견을 자유롭게 받을 것이다.

"다른 이름이 있었으면 좋겠어."

쉬는 시간에 내가 말했다. 마크와 로지, 타일러와 함께 농구를 하러 체육관으로 가는 중이었다.

"컴퓨터 클럽이란 이름은 좀 지루하지 않니?"

"맞아. '웹 클럽'은 어때? 우리는 '웨비'라고 하고."

마크가 말했다.

"웨비?"

로지, 타일러, 나는 눈을 치켜뜨며 동시에 말했다.

"알았어. 말도 안 되는 소리였어."

마크가 웃으며 말했다.

"'아이 클럽'은 어때? 알파벳 '아이'를 따서 말이야."

내가 제안했다.

"아이 클럽. 멋진데."

로지가 말했다.

"나도 내가 썰렁한 거 아니까 그만 째려봐. 누가 보면 시력 검사라도 받는 줄 알겠다."

마크가 말했다.

"제대로 본 사람이라면 그렇게 생각하지 않을걸."

내가 말했다.

"맞아."

타일러도 맞장구쳤다.

체육관에 가니 몇몇 아이들이 있었다. 로지는 뛰어난 선수였고, 타일러의 실력은 끔찍했고, 마크와 나는 엇비슷했다.

"나는 웹 디자인에 더 소질이 있는 것 같아."

2 대 2 게임에서 로지와 내가 타일러와 마크를 이기자, 타일러가 숨을 헐떡이며 말했다.

나는 웃으면서 로지와 하이파이브를 했다.

"너 못하는 게 뭐야?"

로지가 컴퓨터실로 돌아오는 길에 물었다. 나는 너무 놀라서 그 자리에 멈추어 섰다가 하마터면 타일러와 부딪힐 뻔했다.

"그렇게 갑자기 멈추면 어떡해?"

타일러가 뒤에서 내 어깨를 살짝 잡고는 내 옆으로 돌아가며 씩 웃었다.

"미안해."

내가 말했다.

타일러와 마크가 우리 앞에서 걸어갔지만 나는 그대로 서 있었다.

로지가 웃으며 다시 말했다.

"넌 다 잘해. 유능하다고."

＊＊＊

"내가 구디 모건이야!"

배우 오디션을 보고 난 다음 월요일, 질리가 연극반 밖에 있는 게시판 앞에 서서 소리를 질렀다. 구디 모건은 대사가 가장 많은 여자 순례자였다. 질리가 자기 엄마에게 학교까지 차로 데려다 달라고 해서 우리는 맨 처음으로 출연 배우가 누구인지를 확인할 수 있게 되었다.

질리는 주인공을 맡기는 했지만 내내 그 배역에 몰두해 연습을 할 것 같지는 않았다. 아마 주인공에서 밀려날 경우를 대비해 다른 배역도 슬쩍슬쩍 살펴볼 것이다. 예를 들면 "그러니까, 구디 스탠턴은 구디 모건보다 깊이가 있어."라거나 "여인 3번이 중요해. 왜냐하면 백인과 미국 원주민 사이의 관계를 나타내니까."와 같은 말을 하면서 말이다.

"보이지? 구디 모건 점, 점, 점, 점, 점 질리안 헤네시."

"정말 잘됐다. 이제 가도 되는 거지?"

"잠깐, 넌 뭐야?"

질리의 손가락이 배역 명단을 따라 쭉 내려갔다.

“봐. 넌 옥수수 낟알이야.”

“뭐라고?”

나는 좀 더 잘 보려고 몸을 구부렸다. 잉크 제트 프린터로 프린트된 옥수수 밭을 연상하게 하는 예쁜 노란색 글씨였다.

“옥수수 낟알 역 에린 스위프트.”

신음 소리가 절로 났다. 여기가 중학교라는 것을 사람들이 모르는 걸까? 과일이나 채소 배역이 나오는 연극은 초등학교 3학년 때로 끝났어야 하는 것 아닌가?

“난 옥수수 낟알 역할을 한 적 없는데.”

나는 그 어떤 것도 하려고 한 적이 없었다. 나는 오디션에서 일부러 대사를 웅얼거렸고, 음정을 틀리게 노래했으며, 의자에 걸려 넘어지고, 내 차례를 놓쳤다. 배역을 맡지 않으려고 할 수 있는 모든 노력을 다했다. 나는 질리가 같이하자고 해서 오디션을 보았을 뿐이었다.

“넌 합창 부분이야. 보여? 옥수수, 콩, 감자, 당근. 모든 채소들이 나오는 거야.”

나는 질리의 귀에 대고 씩씩거렸다.

“난 옥수수 낟알 안 할 거야. 난 절대……”

“저기 있다!”

내 뒤에서 귀에 익었지만 듣고 싶지 않은 목소리가 들렸다.

“꼭두각시에서 옥수수 낟알로 변신했군. 출세했어, 스위프트.”

고개를 홱 돌리니 뒤에서 세리나가 '넌 찌질이야, 난 아니고.' 라는 듯한 미소를 지으며 서 있었다. 세리나는 이번 연극에서 구디 스탠턴 역을 맡았다. 여자 중에서 두 번째로 대사가 많은 배역이었다.

"닥쳐."

질리와 내가 동시에 말했다.

"오오. 또 때리시게? 보자, 그렇게 되면 방과 후에 학교에 또 남아 있어야 될 텐데. 아니면 정학이던가. 어쩌면 제적일지도 모르지."

"제적이겠지."

내가 참지 못하고 말했다. 나는 옆에서 누가 단어를 틀리게 말하면 신경에 거슬려서 바로 고쳐 줘야 직성이 풀렸다.

"잘났어."

세리나가 비꼬았다. 그러고는 질리를 보며 말했다.

"주인공 맡았더라. 또 말이야. 축하해."

"고마워, 세리나. 연습 때 보자."

질리는 세리나의 말에서 자기에게 기분 나쁜 부분은 듣지 않은 것처럼 보였다.

세리나에게 들리지 않을 만한 곳에 오자 나는 큰 소리로 말했다.

"옥수수 낟알이나 하면서 저 애랑 8주 동안이나 지낼 수는 없어!"

"재미있을 거야. 그냥 무시해."

"그 말은 꼭 고속도로에서 나를 향해 돌진하는 트럭을 무시하라는 말처럼 들린다!"

"그럼, 갓길로 피하면 되잖아, 에린. 어차피 앞으로 8주 동안은 저 애랑 부딪칠 수밖에 없어."

질리가 앞머리를 부풀리더니 손으로 쳐서 뒤로 넘겼다. 마치 앞머리가 말갈기처럼 보였다. 질리는 최근 들어 이 행동을 자주 했다. 나는 그것을 볼 때마다 어느 순간 질리가 말로 변하는 것은 아닐까 하는 생각이 들었다.

"내가 잘 견딜 수 있을지 모르겠어."

질리의 사물함으로 가면서 내가 말했다. 몇몇 아이들이 지나가면서 인사를 했고 우리도 미소를 지으면서 손을 흔들었다. 나는 가끔 질리가 함께 있지 않아도 아이들이 내게 인사를 할까 하는 것이 궁금했다. 결국 이곳은 질리의 영역이라는 생각이 들었다. 나는 매일 아침 이곳으로 오면서도 낯설었다. 마치 내가 속해 있지 않은 곳으로 경계를 넘어온 것 같았다. 하지만 이제는 큰 발이나 꼭두각시 같은 것 때문이 아니라 '옥수수 낟알' 같은 좋은 이유로 아이들이 나를 알아보는 게 다행이었다.

질리가 내 팔을 꼭 잡았다.

"에린, 함께 있어 주어서 고마워. 네가 없었다면 난 아무것도 못 했을 거야."

나는 한숨을 쉬었다. 질리는 내 마음이 바뀌려고 할 때마다 귀신같이 알고 다정한 말로 나를 붙잡았다. 나는 어정쩡하게 웃으며 질리를 바라보았다.

“알았어. 이 옥수수 낱알이 다 알아들었다고.”

질리가 씩 웃었다.

“이따 학교 마치고 보자.”

어찌 되었든 나처럼 친구를 위해 옥수수 낱알이 될 수 있는 사람이 있기는 한 걸까? 심히 궁금하다.

 **9월 23일 월요일**

옥수수. 맞아. 난 추수 감사절 연극에서 옥수수 낟알 역을 할 거야. 나와 함께하게 되어서 기쁘다고 질리가 그렇게 흥분하지만 않았더라도 나는 당장 옥수수를 그만두겠다고 했을 거야. 하지만 집으로 돌아가는 차 안에서 질리는 줄곧 연극 이야기뿐이었어. 대본 연습은 다음 주부터, 연기 연습은 2주 후부터 시작할 거야. 정말 기운 빠지게 하는 일들이지. 방과 후 시간을 채소 무더기들과 노래나 하며 보내야 하다니, 도저히 믿을 수 없어. 이 모든 것은 우정을 위해서 하는 거야. 끙!

하지만 나도 질리가 우정을 위해 한 일을 말해야겠어. 피노키오 포스터를 벽에서 떼어 낸 일 같은 것⋯⋯. 그런데 내가 질리에게 고마워하면 질리는 미소 짓다가 애매한 표정을 지어. 아마도 쑥스러워서 그런 것 같은데 아무튼 좀 이상해.

점심시간에 마크와 타일러, 로지와 함께 앉았어. 로지가 보온병에 이상한 갈색 음료를 가지고 왔는데, 초콜릿 아톨레(옥수수로 만든 멕시코 전통 음료-옮긴이 주)라고 하면서 마시겠는지 물었어. 마크가 로지 뒤에서 '안 돼,

먹지 마.' 라는 의미의 손짓을 보냈지만 난 로지의 기분을 상하게 하고 싶지 않았어. 그래서 조금 맛보고 나서 거의 다 마셔 버렸지. 의외로 따뜻하고 맛있었어.

그때 마크가 그게 원래 옥수수죽이라고 했어. 옥수수라고? 나에게 옥수수 이야기는 꺼내지도 마! 로지는 내게 질리 때문에 연극을 하는 것은 정신 나간 짓이라고 했지만, '싫어' 라는 말은 내가 질리에게 쓸 수 있는 단어가 아니야.

나를 열 받게 하는 것들 

✖ 내가 옥수수라는 것.

✖ 세리나 푸펜데나도 연극을 한다는 것.

나에게 희망을 주는 것들

모레노 선생님이 내가 클럽에 들어와서 기쁘다고 말씀하셨어. 선생님 말씀을 그대로 옮겨오면 "너 같은 사람이 들어와서 힘이 되는구나."라고 하셨어. 들었어? 나 같은 사람이래!

질문: 모레노 선생님이 아이 클럽에서 필요로 하는 사람은?

    a. 꼭두각시

    b. 옥수수 낟알

    c. 발이 큰 포유류

    d. 정답 없음

정답: 에린 페넬로페 스위프트!

들었지, 세리나? 질리? 앗, 내가 왜 질리 이름을 썼지? 아무튼 몰리브라운 중학교 아주 좋아!

chapter 9

위기일발의 순간

오늘 옥수수가 되는 연습을 했다. 그러니까 연극 연습 말이다. 나는 일주일에 나흘이나 방과 후 활동을 한다. 월요일과 수요일에는 연극을, 화요일과 목요일에는 아이 클럽 활동을 한다. 그리고 금요일에는 정당하게 쉰다.

내 대사는 딱 한 줄이다.

"네가 무슨 말을 하는지 안 들려."

이 대사를 길게 늘여서 해야 한다. 연극반 선생님이자, 연극 '추억 속의 추수'의 연출인 바비쉬 선생님은 그 대사를 할 때 손을 컵 모양으로 해서 귀에 갖다 대라고 했다. 맙소사! 그리고 우리 채소들은 노래 세 곡을 배워서 '채소 합창단'으로 그 노래들을 불러야 한다. 그게 맛있고도 보잘것없는 우리 채소 무더기의 이름이다.

　연극 무대는 체육관 끝에 있었고, 무대 양 끝에 있는 계단으로 왔다 갔다 할 수 있었다. 무거운 회색 벨벳 커튼이 무대 양쪽에 있었고, 천장 부분에 낡은 커튼 자락에는 몰리브라운 중학교의 상징이 붙어 있었는데 거의 바래어 가고 있었다.

　무대 계단을 올라가다가 불법 애정 행위를 잡아내어 유명해진 포슬로브스키 수위 아저씨를 보았다.

　"수위실 벽장은 이제 꿈도 꾸지 마."

　포슬로브스키 아저씨는 남학생이든 여학생이든 간에 가까이 오기만 하면 이렇게 말했다. 그러고는 위협하듯 유리창 세제병을 치켜들고 종이 타월을 구겼다.

　포슬로브스키 아저씨가 큰 빗자루로 무대를 쓱쓱 쓸고 있었다.

　"어이, 조심해, 자, 간다."

　나는 빗자루 끝을 뛰어넘고는, 무대를 가로질러 가는 아저씨를 보았다. 아저씨가 돌아보며 물었다.

　"너 혼자니?"

　"아니요. 언제든 함께할 수 있는 채소 친구들이 올 거예요."

　"좋아. 여럿이 있어야 안전하지."

　아저씨가 안경을 콧등으로 밀어 올리며 말했다.

　"너 낯이 익구나."

　아저씨는 나를 자세히 살펴보았다.

　"알았다. 벽에 붙어 있던 그 아이구나."

아저씨가 고개를 흔들 때 나는 움찔했다.

"그놈들 떼어 내느라 애 좀 먹었지."

"아저씨가 그 포스터들을 떼어 내신 거예요?"

나는 질리가 있는 쪽을 슬쩍 보았다. 질리는 다른 배우들과 즐겁게 이야기하고 있다가 나를 보더니 웃으며 손을 흔들었다. 나도 미적미적 손을 흔들었다.

"그중 아홉 개. 아이들이 이중으로 테이프를 붙여 놓았더구나. 붙인 놈들을 내가 잡았다면 벽에 남은 테이프 자국을 닦게 했을 텐데."

"죄송해요."

"왜? 네가 붙인 것도 아니면서."

"저한테 얻어맞은 애 친구들이 붙인 거니까요. 제가 그 애를 때리지 않았다면 그 애 친구들이 포스터를 붙이지도 않았을 거예요."

"그럴 수도 있고 안 그럴 수도 있지. 아이들은 늘 이상한 짓을 하니까."

아저씨가 툴툴거리듯 말했다.

나는 다시 질리를 보았다. 포스터를 뗀 사람이 질리가 아니라는 사실을 알고 나니 웬일인지 질리가 좀 다르게 보였다.

그때 바비쉬 선생님이 계단을 오르면서 손뼉을 쳤다.

"자, 여러분. 1막 1장, 자기 자리로 가세요."

"저 가볼게요."

"너는 무슨 역할이니?"

나는 눈을 치뜨며 말했다.

"옥수수 낟알이오."

"멋지구나."

수위 아저씨는 마치 옥수수 낟알이 세상에서 가장 평범한 것이라도 되는 듯 말했다.

***

쉬는 시간에 주연 배우들이 2장의 한 장면을 연습하는 동안 '채소 합창단'은 식수대로 갔다.

"야, 독수리보다 빠른 스위프트 양."

마크의 목소리에 나는 물을 마시다가 사레가 들고 말았다.

"감자 자루(마크의 성 Sacks를 이용한 말장난—옮긴이 주), 여기서 뭐 해?"

나는 식수대에서 물러나며 말했다. 내 사물함 짝인 칼라가 눈을 크게 뜨고 나를 보았다. 칼라는 채소 합창단에서 콩을 맡았다.

"코딩 연습을 하다가 궁금한 게 있어서……."

마크가 체육관 쪽을 흘깃 보았다.

"쟤 누구야?"

마크가 무대를 가리키며 물었다. 보지 않아도 질리에 관해 묻는다는 것을 알 수 있었다.

"이 연극 주인공."

그리고 포스터를 떼어 내지 않았으면서 자기가 한 것처럼 연기도 했지.

"귀엽다."

나는 인상을 찌푸렸다. 너는 흠잡을 데 없는 완벽한 머리 모양과 고르게 난 치아를 좋아하는구나. 나는 무대를 제외하고는 조명이 어두워서 마크가 내 얼굴을 볼 수 없는 게 다행이라는 생각이 들었다.

"웬일인지 낯이 익다. 전에 만난 적이 있나?"

"내가 그걸 어떻게 알아?"

퉁명스럽게 말하고는 곧 후회했다. 하지만 그런 티를 낼 수는 없었다. 어두웠지만 마크가 미간을 찡그리고 있는 게 보였다.

"그렇지. 그건 그렇고, 연극 연습 끝나면 컴퓨터실에 와서 나 좀 도와줄래?"

"그래. 그게 내 일인걸. 다른 사람 도와주기."

마크가 내 도움을 필요로 하는데도 기쁘지만은 않았다. 마크가 가는 것을 보고 있는데 속이 뒤집히는 것 같았다.

"마크가 질리한테 관심 있나 보네. 설마 마크가 너 같은 애를 좋아할 거란 생각은 안 했겠지?"

내 귀에 익숙한 목소리가 들렸다.

"닥쳐."

나는 세리나에게 말했다. 그리고 주먹을 불끈 쥐고 돌아서서 세리나를 노려보았다.

"마크랑 나랑은 친구야. 하지만 마크는 너 같은 아이랑은 이야기도 안 할걸."

세리나가 머리카락을 손으로 쳐서 뒤로 넘기며 다른 쪽으로 걸어가자 질리가 이쪽으로 왔다.

"저 남자애 누구야?"

"컴퓨터 클럽에 있는 아이."

내 심장이 빠르게 뛰기 시작했다. 제발, 저 아이를 만나고 싶다고 말하지 마.

"월요일에는 클럽 안 가잖아."

"뭐 연습하고 있었대."

"진짜 컴퓨터광이네. 안 그래?"

나는 미소를 지었다. 안도감이 물밀듯 밀려와서 다리가 후들거릴 정도였다. 질리는 바보 같은 괴짜를 좋아하지 않았다.

"너 정말 잘하더라."

나는 이야기 주제를 마크에서 다른 것으로 바꾸며 말했다.

"고마워. 그런데 대사를 다 못 외울 것 같아."

질리가 내 팔을 잡더니 말했다.

"이번 주에 매일 저녁 우리 집에 와서 나 좀 도와줘."

"이제 연습 시작했는데, 뭘. 잘하게 될 거야."

나는 질리를 흘깃 보았다. 왜 네가 포스터를 떼어 내지 않았다고 말하지 않았니? 나는 질리에게 포스터에 관해 묻고 싶었지만 입이 떨어지지 않았다.

"네 일이 아니니까 그렇게 쉽게 말하지. 넌 달랑 한 줄이잖아."

"한 줄이라도 아주 소중하지."

너무 조용해서 옆에 있는 줄도 몰랐던 칼라가 말했다.

"어머, 고마워."

나는 짐짓 과장해서 말하며 칼라와 함께 킬킬거리고 웃었다.

우리 채소들은 함께 붙어 있어야 했다. 마크 때문에 다 마시지 못했던 물을 후루룩거리며 마저 마시는 동안 질리가 눈을 치떴다. 그러더니 질리는 자기 역할이 얼마나 중요한지, 전체 배우들이 자신에게 얼마나 의지하고 있는지에 대해 떠들었다.

질리가 이야기하는 동안 나는 '너는 떠들어라. 나는 모르겠다.' 하며 신경 써서 듣지 않고 물을 양껏 마신 뒤 숨을 멈추었다. 물이 멋지게 아치를 그리며 떨어져서는 작은 배수구로 원을 그리며 흘러가고 있었다. 왜 먹고 싶은 만큼만 물을 먹을 수 없는 걸까? 나는 언제나 어항 속에 있는 물고기처럼 꿀꺽꿀꺽 급하게 물을 먹었다. 만약 사람들이 다른 모양으로 식수대를 만든다면 물 마실 때 이렇게 물을 낭비하지는 않을 텐데. 그리고…….

"에린, 너 내 말 듣고 있니?"

누가 어깨를 두드려 돌아보니 질리가 얼굴을 찌푸린 채 나를 보고 있었다.

“그럼.”

질리가 무슨 말을 했는지도 모르면서 나는 그렇게 말했다. 칼라를 흘깃 보았더니 나를 보고 빙그레 웃고 있었다. 칼라가 질리를 좀 무서워하는 게 느껴졌다.

“나 물 좀 마셔도 될까? 계속 떠들었더니 목이 마르네.”

나는 식수대에서 비켜섰다.

“난 다 마셨어.”

질리가 머리카락을 어깨 너머로 넘겨 한 손으로 잡고는 다른 손으로 수도꼭지를 틀었다. 질리는 내가 아는 아이들 중에 식수대에서 꿀꺽거리지 않고 물을 마실 수 있는 유일한 사람이었다.

“넌 대사가 몇 줄인데?”

칼라가 질리에게 물었다.

“마흔일곱 줄.”

질리가 무대 쪽을 바라보았다.

“연습을 시작하려나 봐. 연습 끝나고 보자.”

내가 대답도 하기 전에 질리는 무대 쪽으로 가버렸다.

“네가 무슨 말을 하는지 안 들려.”

나는 공중에 대고 조용히 말했다.

칼라의 시선이 나를 향했고 내 시선은 질리를 향했다. 질리는 무대 한가운데 서서 너무도 자신감 있는 표정으로 바비쉬 선생님에게 웃으면서 고개를 끄덕였다. 질리와 나 사이에 체육관이 아니라 온 세상이 가로놓여 있는 것 같은 기분이 들었다.

"야, 에린."

칼라가 부르는 소리에 깜짝 놀랐다.

"이제 우리 차례가 된 것 같아."

음악 선생님인 트루비 선생님이 체육관을 성큼성큼 걸어 무대를 향해 가는 동안 우리는 자리로 갔다. 선생님은 두 계단씩 올라가 피아노 앞에 앉았다. 그리고 건반을 가볍게 두드리며 말했다.

"좋아. 시작 부분부터 한번 볼까?"

선생님은 우리를 훑어보았다.

"옥수수는 이가 누러니 이를 닦아라. 호박이 넝쿨째 굴러 왔구나. 콩 심은 데 콩이 났구나."

선생님의 말장난에 우리는 서로 마주 보며 웃을 수밖에 없었다.

선생님은 두 손을 들어 올리며 말했다.

"좋아, 여러분. 이제 유기농으로 만들어 보자고."

＊＊＊

집으로 돌아와 보니 크리스 오빠가 TV 앞에서 숙제를 하고 있었다.

"내가 얼마나 더 이야기를 해야겠니? TV 앞에서……."

"알았어요, 알았다고요."

엄마의 말을 끊고 크리스 오빠가 대꾸했다. 그리고 TV를 딸깍 끄고는 꺼진 화면을 노려보았다.

"숙제 끝내고 농구나 한판 할까?"

엄마가 부엌으로 가고 나서 내가 물었다. 세리나를 때린 일로 오빠가 아직도 나에게 화가 나 있다는 사실을 믿을 수 없었다.

오빠의 시선이 화면에서 나에게로 옮겨졌다가 다시 화면으로 돌아갔다.

"올 거지?"

그렇게 말하고 나는 마당에 있는 농구대로 나갔다. 3점 라인과 2점 라인을 표시하기 위해 우리가 시멘트 바닥에 반쯤 그리다 만 구불구불한 선을 따라 공을 드리블하다가 슛을 던졌다. 3점슛을 던진 순간 오빠가 골대 아래에 나타나 떨어지는 공을 잡았다.

"구경꾼들이 소리를 질러 대고 있어."

나는 공중에다 손을 흔들면서 환호하는 소리를 냈다. 오빠가 내게 공을 휙 던졌다. 재빠르게 잡지 않았다면 공을 맞고 쓰러졌을지도 모른다. 나는 배에 큰 구멍이 생겼을지도 모른다고 생각하며 아파서 신음 소리가 나오는 것을 간신히 참았다. 그리고 정신을 차리고 똑바로 서서 다시 슛을 했다. 공은 골대를 맞고 튕겨 나왔다. 오빠가 다시 나에게 공을 던졌고 나는 다시 슛을 했다. 이번에는 백보드를 맞고 옆으로 떨어졌다. 오빠가 공을 잡으러 뛰어갔다.

"계속해."

오빠가 다시 공을 던져 주었다.

"좋아. 고마워."

나는 다시 슛을 던졌다. 이번에는 오른손 동작을 확실히 해서 끝까지 공을 던졌다. 공은 백보드를 맞고 골대로 들어갔다.

"좋아."

오빠가 공을 던져 주었다.

"오빠 차례야."

나는 공을 오빠에게 다시 던지며 말했다.

오빠는 골대 밑에서 몸을 비틀어 뛰어올라 깔끔하게 골인시켰다.

"3 대 2."

내가 웃으며 말했다.

오빠가 투덜거렸다.

"오빠. 세리나를 때려서 오빠가 아만다 언니와 사귈 수 있는 기회를 망친 거 미안해. 정말 모르고 그런 거야."

하지만 다시 그 상황이 된다 해도 세리나가 아만다의 동생이라는 이유로 때리지 않을지는 확신할 수 없었다.

오빠가 어깨를 으쓱했다.

"뭐 별것 아니야. 우리 학교에서 가장 예쁜 여자아이에게 내 존재를 막 알리려고 하는 순간에 네가 그 아이 동생에게 라이트 훅을 날렸을 뿐이야."

"스트레이트 온 펀치였어. 뭐 그건 중요한 게 아니고……, 아무튼 미안해."

나는 팔짱을 꼈다.

"하지만 내가 왜 그랬는지 오빠가 조금만 더 이해해 주면 좋겠어."

"그 애가 너를 바보 같은 말로 불렀다며. 왜 그런 말에 신경을 쓰는 건데? 그게 사실이 아니라고 생각한다면 말이야."

오빠는 뒤로 공을 드리블해서 다시 골대로 던졌다.

"결코 사실이 아니야!"

나는 오빠에게서 공을 빼앗아서 드리블했다.

"그럼 그 애를 왜 때린 건데?"

"그 애는 맞아도 싸니까."

나는 로지가 했던 말을 따라 했다.

"오빤 그 애가 어떤 애인지 몰라."

오빠가 어깨를 으쓱하고는 두 손을 들어 내가 던진 공을 쉽게 막았다.

"아무튼 다시는 그런 멍청한 짓을 해서 내 인생에 영향을 주는 일이 없었으면 좋겠어, 에린."

오빠는 레이업슛을 하고 나서는 공을 잡지도 않고 집으로 들어가 버렸다. 공은 나를 향해 통통 튀어 왔다.

나는 얼굴을 찡그렸다.

"미리 그걸 알게 된다면 그럴게."

 **10월 10일 목요일**

나를 열 받게 하는 것들 

✖ 오빠는 아직도 내게 화가 나 있어. 오빠랑 잘 지내던 때가 그리워. 고등학생이라 언제나 나를 귀찮아하긴 했지만 가끔 함께 농구도 하고 영화를 보기도 했는데……. 오빠가 같이 농구를 하러 나와 주어서 반가웠지만 결국 또 내게 화를 내고 말았어. (한숨)

✖ 질리는 포스터를 떼어 내지 않았으면서 마치 자신이 한 것처럼 가만히 있었어. 왜 안 했다고 말하지 않은 거지? 그리고 질리는 내가 연극 연습을 '연습'이라고 하면 '리허설'이라고 하면서 고쳐 줘. 마치 그 단어가 수백 명 앞에서 옥수수 낟알이 되어야 하는 나의 현실을 바꾸어 주기라도 하는 것처럼.

✖ 질리는 자기 이야기를 많이, 정말 많이 하면서도 자기가 그러는 걸 깨닫지 못해. 질리는 내가 옥수수 낟알을 맡아서 어떤 기분인지 한 번도 물어본 적이 없어. 내 대사가 한 줄이라고 말했을 때 질리는 한마디도 하지 않았어. 자기 역할이 훨씬 더 중요하고 어려운데 어떻게 내 대사까지 신경을 쓰느냐는 거겠지. 쳇, 됐거든.

연습이 끝나고 (그러니까 리허설 말이야) 칼라는 질리가 정말 멋있다며, 자기도 질리처럼 되고 싶다고 했어. 순간 난 "아니, 그러지 마."라고 말하고 싶었는데 왜 그런 마음이 들었는지는 나도 모르겠어. 나도 항상 질리가 부러워. 질리의 자신감, 남자아이들의 시선을 끄는 방식, 남자아이들과 이야기할 때 바보처럼 보이지 않는 방법……, 그런 것들이 부럽기는 하지만 질리처럼 되고 싶지는 않아. 난 나처럼 되고 싶어. 좀 더 자신감 있고 발이 좀 더 작은 나.

내게 희망을 주는 것들 

✖ 질리는 리허설이 끝나고 나서 나와 함께 컴퓨터실에 들르지 않았어. "컴퓨터광 바이러스에 옮을지도 몰라."라고 하면서 나더러 마크와 이야기를 한 뒤 자기 사물함으로 오라고 했지. 난 진짜진짜 기뻤지만 실망하는 체했어.

관찰 계획

✖ 오늘 하마터면 질리와 마크가 만날 뻔했어. 위기일발이었지. 가능한 한 빨리 조치를 취해야겠어. 내일 난 마크를 몰래 관찰할 거야. 그리고

우연히 마주친 것처럼 해서 교실까지 함께 걸어가야지. 질리가 나와 같은 반이 아니라는 사실이 이렇게 기뻤던 적은 이번이 두 번째야. 같은 반이었다면 질리는 마크를 차지하려고 했을 거야. 하지만 질리는 마크라는 애가 존재한다는 사실조차 몰라. 마크는 내 거야. 완전히 내 거. (악마의 웃음)

chapter 10

목표물을 향해 조준

오전 8시 25분, 목표물(귀여운 소년 마크)이 버스에서 내렸다. 마크가 우리 쪽을 보자 나는 옆으로 몸을 돌려서 마크가 질리를 보지 못하게 했다. 질리를 머리끝까지 완전히 가릴 수 있도록 발끝으로 선 것이다. 질리가 나한테 뭐 하는 거냐고 물어서 나는 두 발에 쥐가 났다고 거짓말을 했다. 그러고는 내게 구디 모건 역을 하라고 해도 할 수 있을 만큼 많이 들었던 대사를 얼른 다시 외워 보라고 했다. 질리는 외우기 시작했고 나는 질리가 마크를, 마크가 질리를 보지 못하도록 질리를 내 안쪽에서 걷게 했다.

오전 8시 35분, 목표물이 배기진에 나이키 티셔츠를 입고 건물 안으로 들어갔다. 여전히 머리카락이 한쪽 눈을 덮고 있어서 근사하게 보였다. 목표물이 이쪽으로 향하자 얼른 돌아서다가 내 발에 걸려 넘어지고 말았다. 내 이름 그대로 진짜 빨리. 나는 뒤를 힐끗 돌아보며 시계로 시선을 돌렸다. 목표물은 내가 자기를 보고 있다는 사실을 눈치채지 못할 것이다.

목표물이 파란 셔츠를 입은, 내가 모르는 남자아이에게로 다가갔다. 신원 미상의 그 남자아이가 뭔가를 가리켰다. 남자아이의 손가락이 가리키는 곳을 보았더니 거기에는 포스터가 있다. 아, 안 돼! 설마 피노키오 포스터는 아니겠지!

오전 8시 37분, 목표물이 "야, 스위프트!" 하고 나에게 말을 걸어오는 긴급 상황이 발생했다. 마크가 포스터에 관해 이야기를 할까? 달아나고 싶었지만 혹시 넘어지기라도 할까 봐 그냥 서 있기로 했다. 내 사물함 주위에 방호벽을 치고 마크가 꼭두각시에 관해 농담을 할 경우를 대비해 전투 태세를 갖추었다.

오전 8시 40분, 목표물이 친구 두 명과 함께 내 사물함에 왔다. 이것으로 모든 정찰 활동을 끝냈다. 이렇게 근거리에서는 정찰할 수 없다.

"저 포스터 봤어?"

마크가 물었다.

나는 재빨리 고개를 저었다.

"듣고 싶지 않아."

"아, 그게 아니라……."

나는 한 손을 들어 말을 막았다.

“좋아. 아무튼 이번 토요일에 YMCA로 오지 않으면 넌 나한테 진 거야.”

마크의 친구들이 나를 위아래로 보았다. 아마 그 아이들은 이미 내가 질 거라고 생각하는 것 같았다.

“뭐라고?”

“농구 말이야. 지난번에 넷이서 농구했던 것 기억나? 네가 나를 이길 수 있다고 했잖아. 이제 증명해 보일 때가 됐어.”

“증명해 보이라고?”

그때 누가 더 잘하는지 서로 농담을 했었지만 마크가 진짜 나랑 겨루고 싶어 하는지는 몰랐다.

“마크는 말하는 것과는 달라.”

마크의 친구 중에서 한 아이가 말했다.

“맞아, 말한 것보다는 더 잘해.”

마크가 말했다.

나는 웃었다.

“좋아. 거기 갈 테니까 나한테 질 준비나 해.”

남자아이들이 웃었다. 아무도 마크가 내게 질 거라고 생각하는 것 같지 않았다.

“야, 하나 더 있어.”

복도를 걸어가기 시작하는데 마크가 한쪽 벽을 가리켰다. 만약 필요하다면 내 특대형 얼굴을 잡아당겨 떼어 낼 준비를 하며 나는 빙

글 돌았다.

하지만 그것은 내 사진이 아니었다.

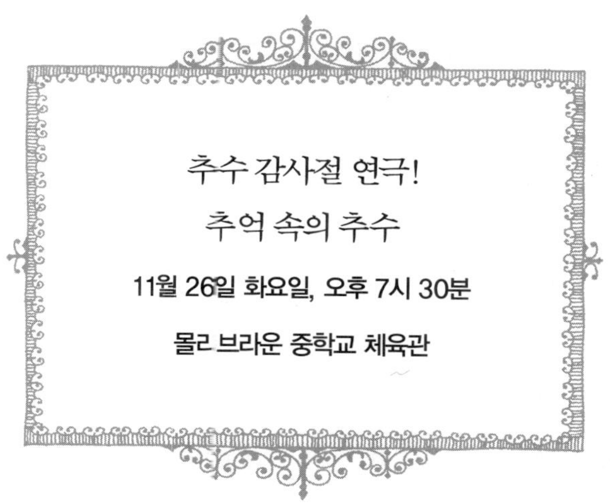

"저것 봐, 옥수수 양. 너 다시 유명해졌어."

내가 대답을 하려는데 마크의 눈이 점점 커졌다.

"교장 선생님 오신다!"

나는 돌아섰다. 이키! 교장 선생님이 곧장 내게 오고 있었다.

"에린 스위프트! 널 찾고 있었다."

나는 교장 선생님을 올려다보며 말했다.

"저 아무도 때리지 않았어요, 교장 선생님. 진짜예요."

"아, 알고 있어, 에린. 네가 학교 행사에 참여하게 되어서 기쁘다고 말하고 싶었을 뿐이야. 추수 감사절 연극을 한다고 들었단다."

교장 선생님은 포스터를 가리켰다.

"그리고 컴퓨터 클럽에도 가입했다고 모레노 선생님이 말씀하시더구나. 문제에서 벗어나는 최선의 길은 참여하는 거지."

나는 교장 선생님 뒤에서 꼭두각시 동작을 흉내 내고 있는 마크를 무시하고 교장 선생님만 바라보았다.

"네, 그게, 저도 그렇게 생각해요."

"좋아. 네 꼭두각시들은 잘 지내니?"

나는 마크를 힐끗 쳐다보았다. 마크가 눈을 크게 떴다.

"아, 잘 지내죠. 아주 잘 지내요."

교장 선생님이 가고 나자 마크가 웃음을 터뜨리며 말했다.

"대답 잘했어. 정말 이상한 교장 선생님이야."

"그러게 말이야."

나도 따라 웃으며 말했다. 하지만 이상한 교장 선생님도 그리 나쁘지만은 않았다. 교장 선생님 덕분에 마크와 함께 웃을 수 있었으니까.

***

"준비됐어?"

토요일 오후, YMCA 농구 코트에서 나는 마크와 마주 보고 섰다. 혹시 마크가 질리에 대해 알고 싶어서 이러는 것은 아닌가 하는 의심이 들었다. 마크는 내가 질리를 연극 때문에 알게 됐다고 알고 있었다. 어쩌면 마크는 질리에 대해 좀 더 알고 싶을지도 모른다. 아니, 마크는 그러지 않을 것이다. 그런가? 그래, 아닐 거야.

좋아. 그렇게 생각하자 기분이 좋아졌다. 질리 때문이 아니라는 확신이 든 순간, 마크와 함께 있다는 사실에 긴장이 되었다. 꿈속에서 그리던 남자아이와 함께 있는 것이다. 하지만 그 아이와 나는 운동 경기를 할 것이다. 그것은 내가 땀을 흘리고, 숨을 헐떡거리고, 어쩌면 방귀를 뀔 수도 있다는 뜻이었다. 마지막 사실은 나를 심히 두렵게 했고, 그래서 나는 걱정스런 마음에 전날부터 콩이 조금이라도 들어간 것 같은 음식은 손도 대지 않았다.

그리고 나는 이제 땀을 흘리지 말고, 트림도 하지 말고, 방귀도 끼지 말고, 그 어떤 어이없는 짓도 하지 않게 해달라고 기도하면서 농구 골대를 앞에 두고 마크와 마주하고 서 있었다. 내 두 발을 내려다보았다. 양쪽 다 세 번 매듭이 되어 있었다. 마크가 내 시선을 따라 아래를 보았다.

마크가 내 발에 대해 뭔가 말하기 전에 내가 먼저 말했다.

"큰 발은 균형을 잡는 데 좋아. 난 그 누구보다도 균형 감각이 뛰어난 편이지."

"어?"

"내 발 말이야. 내 발에 대허서 이야기하려던 거 아니었어?"

"아니, 그 척테일러 신발을 어디서 샀는지 물어보려고 그랬어. 아빠는 캔버스 운동화를 좋아하는데 늘 못 찾으시거든.”

나는 미간을 찡그렸다. 지금 내 발이 자기 아빠 발 사이즈랑 같은 크기라는 이야기인 거야? 나는 마크가 궁금해하는 걸 알려 주기로 했다.

“풋로커.”

“고마워. 아빠에게 말씀드릴게. 아빠는 네가 신은 그 신발부터 먼저 신어 보실 거야.”

마크의 두 눈이 반짝 빛났다.

탁! 나는 마크의 손에서 공을 쳐내서는 몸을 굽히고 달아나 골대로 공을 드리블해서 가볍게 레이업을 했다. 공을 뺏겼다는 것을 깨닫지도 못했던 마크가 돌아보았다.

“야, 반칙이야!”

“아니야! 준비를 안 하고 있었던 네 잘못이지. 2 대 0.”

“난 너한테 공을 먼저 줄 참이었어.”

“발 갖고 놀리기도 하면서?”

마크가 겸연쩍은 듯 미소를 지었다.

“미안해. 어쩔 수 없었어. 내가 뭔가를 말하기를 너도 바라고 있었잖아.”

마크는 머리를 꼿꼿이 세우며 애써 변명을 하려고 했다. 아이고, 귀여워라.

“네가 화 안 낼 거라 생각했어.”

나는 그 귀여운 마법을 떨쳐내었다.

"화 안 났어. 이거나 받아."

나는 아무렇지도 않게 말하고는 마크에게 공을 던졌다. 마크가 가슴으로 날아오는 공을 손으로 받으며 '웁' 하는 소리를 냈다.

"나이스 패스."

마크가 드리블을 해서 자유투 구역을 돌아서 골대 쪽으로 왔다.

"넌 네가 운이 좋은 거 알아? 발이 크다는 건 키가 클 거라는 걸 의미하거든."

"나도 그런 얘기 들은 적 있어."

나는 마크가 던진 공을 막아서 뺏었다. 그리고 자유투 구역으로 드리블을 해가면서 마크의 수비를 피하기 위해 왼쪽 오른쪽으로 견제 행동을 했다.

"여자 농구선수나 될 거라면 키가 크다는 게 좋긴 하겠지."

문득 마크는 키가 큰 여자아이를 좋아할까 궁금했다. 케케묵은 사고방식을 갖고 있는 남자애들은 키 큰 여자애를 좋아하지 않는다. 모든 남자아이들이 그렇게 시대에 뒤떨어져서 나랑 데이트하고 싶어 하는 아이가 아무도 없으면 어떻게 하지? 그런 생각을 하며 던진 공이 골대를 맞고 나왔고 마크가 그 공을 잡았다.

게임 중간 중간에 우리는 좀 더 이야기를 했다. 나도 모르게 크리스 오빠 이야기를 하게 되었다.

"남자들은 여자를 좋아하면 이상하게 변해. 그렇다고 내가 여자아이들을 좋아한 적이 많다는 이야기는 아니야. 너도 알지?"

마크가 얼굴을 붉히며 말했다.

'아니, 난 몰라! 모두 이야기해 줘.' 하고 소리치고 싶었다. 하지만 마크가 질리나 내가 모르는 여자아이들에 대해 이야기하면 참을 수 없을 것 같았다.

"오빠가 나한테 화 좀 그만 냈으면 좋겠어. 오빠는 고등학교에 들어간 뒤부터는 나를 덜 자란 꼬마 취급해."

"열여섯 살에 비하면 우리는 덜 자란 거 맞아."

마크가 웃으며 말했다.

"너까지 이러기냐?"

나는 자유투 구역 끝에서 공을 잡으며 말했다.

"최소한 너한테는 대학교 친구들에게 널 애완동물처럼 소개하는 여자 형제는 없잖아. 우리 누나는 자기는 다 컸고 난 돌봐야 하는 꼬마라고 생각한다니까."

마크가 얼굴을 찡그리며 말했다.

"아."

어느 쪽이 더 나쁜지 알 수 없었다.

우리는 서로에 대한 이야기를 조금씩 나누면서 농구를 계속했다. 마크가 레이업슛을 하자 나는 막으려고 뛰어올랐다. 공중에서 내 팔이 마크의 팔과 엉키고 말았다. 우리는 함께 떨어지면서 서로의 얼굴을 엄청나게 가까운 거리에서 마주 보게 되었다. 서로의 눈을 똑바로 쳐다보고 있었고, 코는 거의 맞닿고, 입술은 5센티미터 거리에 있었다. 내 심장은 미친 듯 쿵쾅거렸고 숨이 멈출 것 같았다. 아, 어떡해!

서로의 눈길이 마주치던 어색한 순간, 마크가 팔을 풀고 폴짝폴짝 뛰어서 물러섰다.

"너 반칙이야. 나한테 자유투를 줘야 해."

"말도 안 돼!"

나는 순식간에 달아오른 얼굴을 감추려 애쓰며 허둥지둥 일어섰다. 그리고 바지에 손을 닦고 어깨를 쫙 폈다. 머릿속으로 키스할 뻔했다고 생각했지만 마크는 이런 내 맘을 전혀 모를 것이다. 절대!

"난 널 건드리지 않았어."

"반칙이라니까."

마크가 씩 웃으며 다시 말했다.

"사기꾼."

나는 투덜거리면서도 파울선에 서서 골대를 맞고 나오는 공을 잡을 준비를 했다. 우리 중 누구도 얼굴이 닿을 만큼 가까이에서 서로를 마주 보았던 아까 일에 대해서는 이야기하지 않았지만 나는 그 생각을 떨쳐 버릴 수 없었다. 결국 마크는 20 대 15로 나를 가볍게 이겼다. 그날 마크는 세 경기, 나는 두 경기에서 이겼다.

"좋아. 다음에는 어떤 걸로 널 이겨 줄까? 야구? 럭비?"

마크가 물었다.

"축구장 말고 또 어디가 있겠어?"

내가 말했다.

"안 돼. 네가 이길 것 같아."

"나도 알아."

체육관을 가로질러 식수대 쪽으로 가면서 나는 농구공을 검지로 빙빙 돌렸다.

"와, 그거 하는 여자애 처음 봤어."

마크도 자기 공을 돌리기 시작했다.

"오빠가 가르쳐 줬어."

나는 시계를 힐끗 쳐다보았다.

"시간 재보자. 세 번 해서 잘한 거 두 번."

"네가 먼저 해."

마크가 말했다.

 **10월 12일 토요일**

마크를 친구라고 생각하는 이유

✖ 마크는 나에게 먼저 말을 걸어. 언제나 내가 먼저 마크에게 다가가는 건 아니야.

✖ 우린 함께 농구도 해.

✖ 마크는 나를 자주 놀리지만, 그건 악의 없는 농담이야.

마크가 나를 이용한다고 생각하는 이유

✖ 이제까지 남자아이들은 질리에게 접근하려고 날 이용했어.

✖ 얼마 전까지만 해도 나는 꼭두각시였어.

✖ 얼마 전에 마크는 내가 책상에 거의 깔릴 뻔한 걸 봤어.

✖ 얼마 전에 마크는 연극 연습을 하는 내 절친을 멍청하게 바라봤어.

안 그러려고 해도 마크가 질리에게 접근하려고 나를 이용한다는 생각을 계속하게 돼. 나는 남자 친구를 사귀어 본 적이 없거든. 남자아이들과는 그저 함께 운동을 할 뿐 뭔가에 대해 이야기해 본 적도 없어.

오늘은 정말 하다 하다 별 이상한 상상을 다 했어. 마크가 나에게 물어볼 게 있다고 하는데 갑자기 이런 상황이 상상되는 거야. 근처 어딘가에 카메라가 숨겨져 있고 아주 흥분한 아나운서가 바나나 같은 입 모양으로 웃으면서 화장실에서 뛰어나와서는 이렇게 외치는 거야.

"에린 P. 스위프트, 넌 속았어!"

그제야 나는 꿈에서라도 찌질이와 이야기를 해본 적 없는 완벽한 사람이 찌질이에게 친구인 것처럼 접근하는 TV쇼의 소재가 되었다는 걸 알았어. 찌질이가 막 무릎을 꿇고 자신에게 말을 걸어 준 그 사람의 발에 키스를 하려는데 아나운서가 나타나서 소리치는 거야.

"넌 속았어!"

마치 바로 내 앞에서 TV쇼가 시작되고 있는 것처럼 다 생생하게 보이는 거야.

"안녕하십니까, 신사 숙녀 여러분. '넌 속았어' 쇼에 오신 것을 환영합니다. '넌 속았어' 쇼에서는 순진한 사람들이 자신에게 말을 걸어 주는 멋진 사람들에게 속아 웃음거리가 되는 모습을 보여 드리도록 하겠습니다!

오늘의 순진무구한 참가자는 피노키오라는 별명을 갖고 있는 에린 P. 스위프트 양이 되겠습니다. 에린에게는 귀여운 소년 마크 색스가 접근하겠습니다!"

그리고 아나운서 뒤 화면에 180센티미터의 에린-피노키오 그림이 나오자 박수가 쏟아지는 거야. 이어 YMCA 건물이 나오고 순진무구한 에린 스위프트(그건 나)가 멋진 남자아이(마크 색스)와 함께 복도를 걸어가고 있는 모습이 보여. 멋진 남자아이는 정말 귀여워서 한쪽 눈만으로 에린 스위프트를 꼬셔서는 거의 기절하게 만들어. 그리고 에린이 그 아이의 발에 키스할 준비를 하고 무릎을 꿇으려는데…….

하지만 그때 마크가 웹 페이지를 만드는 소프트웨어를 사용할지, 그냥 HTML을 사용할지 내 의견을 묻더라.

난 아무래도 피해망상에 사로잡힌 것 같아. 근데 계속 그랬으면 좋겠어. 그러니까 날 그냥 내버려 둬.

마크의 발에 키스를 할 수도 있고 하지 않을 수도 있어. 그건 그 순간 발이 깨끗하느냐, 그렇지 않느냐에 달려 있지. 마크의 입술에 키스하는 것도 상관없어. 난 내가 좋아하는 남자아이랑 키스를 해본 적이 한 번도 없어. 병을 돌려서 걸린 사람이 키스하는 게임 알지? 그 게임을 할 때 내가 별로 좋아하지 않는 남자아이들이랑 해보았는데 한 놈은 내 편도선을 핥기라도 할 것처럼 혀로 내 목구멍을 막은 적이 있어. 웩, 더러워. 그런데 농구 코트에서 마크와 거의 키스할 뻔했어. 마크와 하는 건 전혀 역겹지 않을 거야.

마크와 내게 또 다른 기회가 오기를…….

그동안 베개에다가 키스하는 연습이나 해야지. 

chapter 11

스파이 놀이

"어제 누구랑 농구를 한 거야?"

질리가 물었다.

우리는 질리 엄마가 전화를 끊고 쇼핑센터에 데려다 주기를 기다리면서 질리의 침대에 누워서 「코스모걸」 최신 호를 보고 있었다. 질리는 새 셔츠가 갖고 싶다고 했다(질리는 '필요하다'고 했다). 그걸 입으면 금발 머리와 잘 어울리그 훨씬 예뻐 보일 거라면서.

나는 듣지 않는 체하며 내 앞에 펼쳐진 페이지를 곁눈질로 보았다.

"로지였어?"

"어?"

나는 잡지를 더 가까이 들여다보았다. 화려하게 꾸민 여자아이들을 보고 있으면 내 자신이 완전히 찌질이가 된 기분이 들었다. 결국 나는 내「스포츠 일러스트레이티드」를 꺼내서 펼쳤다.

"토요일에 로지랑 농구했느냐고? 집에 전화하니까 너희 아빠가 네가 친구랑 농구하러 갔다고 하시더라고."

질리는 내 코 밑에서 잡지를 잡아 뺐다.

"누구랑 갔었느냐니까? 로지는 아니었으면 좋겠어."

질리는 질투가 좀 나긴 난 모양이었다. 하지만 자기는 중학교에 가고 나서 벌써 엄청나게 많은 친구들을 사귀었으면서 내가 딱 한 명 사귄 것 가지고 그렇게 화를 내는 것은 말이 안 된다.

"아니, 로지 아니었어. 그냥…… 학교에서 만난 아이였어."

"나도 아는 애야? 그 여자애 작년에 조단 초등학교에 다녔어?"

나는 얼굴을 찌푸렸다. 질리는 그게 여자아이라고 단정 지었다. 하지만 마크에 대해 말해 줄 생각은 없었다.

"좋아, 얘들아! 이제 나가자."

헤네시 아줌마가 미소를 띠고 방문에 서 있었다.

"미안하지만 좀 서둘러야겠다. 20분 후에 미장원 약속이 잡혀 있거든."

"봄에 있을 댄스파티 때문에 머리를 하고 싶어. 우리 둘 다 어떤 일이 있어도 꼭 나가야 해."

질리가 침대에서 내려오며 말했다.

봄에 있을 댄스파티까지 거의 다섯 달이나 남았지만 그렇다고 해서 질리가 계획한 것을 막을 수는 없었다. 나는 이야기의 주제를 바꿀 수 있어서 기뻤다. 하지만 댄스파티에는 '어떤 일이 있어도' 나가지 않을 것이다. 절대로! 하지만 질리 앞에서는 내색하지 않았다.

"그래야지."

"누가 나한테 춤추자고 할까? 그랬으면 좋겠어."

질리가 한숨을 쉬며 말했다.

"당연히 하지. 그걸 말이라고 해?"

나는 질리의 팔을 치며 말했다.

쇼핑센터에 도착하자 헤네시 아줌마는 한 시간 뒤에 미용실로 와야 한다고 우리에게 단단히 일렀다.

"꾸물대면 안 돼!"

질리는 허리 굽혀 인사를 했고 우리는 웃으면서 서둘러 길을 건너 '팩션'으로 갔다. 질리는 청바지 코너를 헤집고 다니면서 한 벌씩 꺼내 입어 보았다.

"너 돈도 없잖아?"

내가 물었다.

"둘이서 스무디 사 먹을 돈만 있지. 크리스마스 선물 목록에 청바지를 넣어 두려고. 아빠가 목요일에 뉴욕 가시니까 일요일까지는 청바지를 받을 수 있을 거야."

질리 아빠는 여행을 많이 다니시는데, 질리가 잡지에서 갖고 싶은 물건에 동그라미를 쳐서 펼쳐 두거나 목록을 적어 여기저기 놔두면 언제나 질리를 '깜짝 놀라게 하는 선물'을 갖고 왔다.

블라우스 코너를 돌던 질리가 뭔가를 보고 깜짝 놀란 나머지 숨도 쉬지 못했다.

"버스에서 본 그 남자애야."

질리는 바닥에 몸을 구부리고 숨었다. 돌아보니 꼭두각시 사건이 터진 다음 날에 버스에서 "제페토가 아닌 질리."라고 말한 그 남자아이였다.

"그런데 왜 숨어?"

"저 애가 나를 보면 안 돼."

질리가 나를 홱 끌어당겨 자기 옆에 앉혔다.

"왜?"

"우리가 자기를 따라왔다고 생각할지도 몰라. 그건 진짜 창피한 일이야."

"질리, 우리는 가게 안에 있고, 저 애는 센터 한가운데 분수대 옆에 있다고. 그런데 어떻게 우리가 저 애를 따라올 수 있냐?"

"어쨌든 저 애는 우리가 자기를 미행하고 있다고 생각할지도 몰라. 가게에 숨어서 따라가고 있다고 말이야."

질리는 선반 아래로 내달리더니 블라우스 사이로 몰래 밖을 내다보았다. 아무래도 내가 상상력이 부족한 것 같았다.

"저 애는 이쪽을 쳐다보지도 않아."

"저쪽을 쳐다보지 마. 그냥 자연스럽게 행동하라고."

질리가 뛰어오르다가 블라우스 세 장을 떨어트렸다.

나는 그 애를 쳐다보지도 않고 자연스럽게 행동하고 있었지만, 아무튼 고개를 돌렸다. 그리고 질리가 떨어트린 블라우스를 집어 드는데 질리는 다른 선반으로 향하고 있었다.

"지금 저 애를 보고 있는 건 너거든."

"지금은 저 애가 이쪽을 보고 있지 않아서 그래."

갑자기 질리가 고개를 내 쪽으로 홱 돌렸다.

"지금은 본다."

질리는 몸을 숙이더니 잘 묶여 있는 신발 끈을 다시 묶었다.

"아직도 나를 보고 있니?"

"그럼 난 저 애를 봐도 된다는 말이야?"

"그래! 그래!"

"지금은 봐도 되는데 왜 아까는 보면 안 된다고 했어?"

질리는 답답해서 속이 터진다는 듯한 말투로 말했다.

"우리 둘 다 서서 보고 있으면 이상하겠지만, 지금은 네가 이미 저쪽을 보고 있고 난 이렇게 앉아 있으니 네가 저쪽을 봐도 자연스럽잖아."

"아."

남자아이 망보기는 참 복잡한 일이구나.

"그 애는 지금 뭐 하고 있어?"

"이쪽을 보고 있지 않아. 프레첼을 먹으면서 빨대로 친구를 찌르고 있어."

질리의 허락이 떨어졌으니 이제 대놓고 볼 수 있었다. 나는 질리에게 인상을 썼다.

"그래서 저 애가 너를 봤으면 좋겠냐? 안 봤으면 좋겠냐?"

"그 애가 나를 봤으면 좋겠지만 내가 먼저 자기를 보고 있었다고 생각하지 않았으면 좋겠어. 그렇게 되면 내가 쫓아온 게 되니까. 그 애가 나를 쫓아온 게 돼야 해."

"아."

질리는 아직도 바닥에 앉아 다른 쪽 신발 끈을 다시 묶고 있었다. 나는 창밖을 힐끗 보았다.

"간다."

"그 애가 간다고?"

질리가 벌떡 일어서더니 창문으로 달려갔다.

"따라가."

"뭐라고?"

"가서 어느 가게로 들어가는지 보라고."

"우리가 따라가는 거 들키지 않았으면 좋겠다며? 창피할 텐데."

"내가 따라가는 것은 창피하지만 네가 따라가는 것은 괜찮아."

나는 미간을 찌푸렸다.

"어째서?"

"에린, 저기 가고 있어. 어서!"

질리는 나를 문 쪽으로 떠다밀다시피 했다.

"아우, 질리. 알았어. 알았다고."

나는 등에서 질리 손을 떨쳤다. 그리고 홱 뒤돌아서서는 질리를 향해 허리를 숙이며 인사했다.

"에린 스위프트, 분부 거행하겠습니다."

질리는 웃음이 나오려는 것을 간신히 참고 있었다.

"얼른 가!"

나는 돌아서서 과장된 걸음으로 문을 향해 행진했다.

"그 애가 보는 데서는 그렇게 하지 마."

질리가 말했다.

나는 다시 인사를 하고는 가게 밖으로 나서면서 보통 걸음으로 '버스 보이'와 그 친구를 향해 몇 걸음 걸었다. '버스 보이'는 계속 걷다가 음반 가게 앞에서 걸음을 멈추었다. 그리고 음료수를 재빨리 마시더니 프레첼까지 게걸스럽게 먹어 치우고는 가게 앞 바닥에 컵을 그대로 놔두었다. 쓰레기 투기꾼이군. 2점 감점.

'버스 보이'는 친구와 함께 가게 안으로 들어가다가 잠깐 멈춰 서더니 고개를 돌리고 나를 바라보았다. 나는 너무 놀라서 그대로 우뚝 서고 말았다. 그 애는 씩 웃더니 나에게 손을 흔들었다. 나도 손을 흔들었다. 그것 말고는 달리 할 수 있는 게 없었다. 그 애가 가게 안으로 들어가자 나는 질리에게로 달려갔다.

"네가 손을 흔든 거야?"

질리가 유리창에 코를 박고 있다가 돌아서며 물었다.

"그 애가 먼저 손을 흔들었어. 어쩔 수 없었단 말이야."

나는 따지듯 말했다.

"네가 그 애한테 손을 흔들다니, 믿을 수 없어. 네가 우리 정체를 탄로 나게 한 거야."

질리가 머리를 흔들며 말했다.

"내 정체만 탄로 난 거야. 네 정체는 안전해."

질리가 크리스마스 선물 목록을 만드는 동안 나는 셔츠와 재킷 몇 벌을 보았다. 우리는 다른 가게로 가서(내가 먼저 가서 버스 보이가 없다는 것을 확인한 후) 목록을 추가했다.

"CD를 좀 보려고 했는데 음반 가게 근처에는 갈 수 없게 됐네."

질리가 말했다.

우리는 주스 가게 근처 테이블에 앉아 스무디를 홀짝였다.

"야, 저기 브라이언 존슨인 것 같아."

질리는 그 말을 하면서 테이블 밑으로 머리를 넣고 숨었다.

"누구?"

"브라이언 존슨."

질리의 목소리가 테이블에 가려서 잘 들리지 않았다.

"우리 반에 있는 애야. 귀엽지 않아?"

"파란색 셔츠에 귀걸이를 한 애?"

질리가 고개를 쏙 들었다가 다시 내렸다.

"응."

“그래, 귀여워. 버스 보이보다 귀엽다.”

“누구?”

“우리가 아까 염탐했던 애 말이야. 버스 보이. 버스에서 처음 만났잖아.”

“아, 맞아. 근데 버스 보이는 2학년인 것 같아.”

질리가 잠깐 이야기를 멈추었다.

“브라이언은 어딨어?”

나는 스무디를 홀짝이면서 질리를 골려 먹기로 했다.

“이제 나와도 돼. 다른 가게로 들어갔어.”

질리가 머리를 들었다. 사실 브라이언은 우리 테이블에서 불과 몇 미터 떨어진 곳에 서 있었다.

“질리!”

브라이언이 질리에게 손을 흔들었고, 테이블 밑에 머리를 거꾸로 처박고 있느라 헝클어진 머리를 다듬으며 질리도 손을 흔들었다.

“두고 봐!”

질리는 브라이언에게 미스를 띠면서 내게 속삭였다.

“무서워, 질리.”

질리가 나를 보고는 바로 웃었다.

“알겠어. 장난을 좀 치긴 했지만 아무튼 넌 좋은 친구야. 스파이 놀이 해줘서 고마워.”

“천만에. 스무디 고마워.”

우리는 한동안 아무 말 없이 스무디를 마셨다.

"내 생각에 브라이언이 널 좋아하는 것 같아."

"음."

질리는 테이블에 팔꿈치를 올리고 턱을 괴고 있었다.

"브라이언이 봄에도 널 좋아하면 분명 댄스파티에서 같이 춤을 추자고 할 거야. 너한테 춤추자고 하는 남자아이들은 엄청 많을걸. 넌 모자에다가 그 남자아이들의 이름을 적어 넣고 한 사람씩 뽑아서 춤 춰도 될 거야."

질리가 웃으며 말했다.

"그러면 얼마나 좋겠냐."

나는 아무 말도 하지 않았다. 나 같은 애한테도 춤을 추자고 하는 남자애가 있을지 정말 궁금했다. 나는 모자 한가득 남자아이들의 이름을 적어 넣는 것은 바라지도 않았다. 딱 한 사람만 있으면 되었다.

미안해!

"등 뒤에서 보니까 네가 꼭두각시라는 걸 바로 알겠다."

컴퓨터실에 가는 동안 마크가 조금 뒤에서 따라오면서 말했다.

우리는 몇 주째 학교 홈페이지를 만드는 일에 몰두하고 있었다. 우리가 만드는 모든 것들을 몰리브라운 중학교 전교생이 본다고 생각하자 긴장되기 시작했다. 우리가 얼마나 중요한 일을 하고 있는지 다들 새삼 깨달았다. 마크와 나는 머리를 식히기 위해 다른 아이들과 체육관에서 농구도 했고, 웹 페이지나 다른 것들에 관해 쉬지 않고 이야기했다.

"여기, 실이 연결된 게 보여."

마크가 내 등을 가볍게 두드리자 그 떨림이 온몸으로 전해져 왔다. 나는 머리를 흔들었지만 미소가 지어지는 것은 어쩔 수 없었다.

나를 놀리면서도 내 가슴을 요동치게 할 수 있는 사람은 오직 마크 뿐이었다. 마크와 친구로 지내는 것은 멋진 일이라 마크가 나를 단지 친구로만 생각한다 하더라도 괜찮았다. 거의.

"꼭두각시 사건을 여태껏 들먹이는 사람은 너뿐이라는 거 알아? 언제쯤 그만둘래?"

마크는 웃으며 어깨를 으쓱했다.

"너를 놀려 먹는 일이 얼마나 재미있는데."

마크가 앞머리를 뒤로 넘기자 나는 일부러 깜짝 놀라는 척 눈을 크게 떴다.

"네 눈이 하나가 아니었구나. 몰랐네."

"그래. 가끔 하나씩 꺼내서 쭉 펼쳐 놓지."

컴퓨터실로 들어서면서 나는 소리 내어 웃었다.

"에린, 이것 좀 봐줘."

로지가 나에게 손을 흔들었다.

"멋진데. 이 폰트 마음에 든다."

나는 로지의 어깨 너머로 몸을 숙이며 말했다.

"야, 에린. 네 이가 옥수수처럼 누렇다."

나는 마크의 조에 있는 스티브 쪽을 힐끗 보았다. 스티브가 씩 웃으며 이를 드러냈다. 그러고는 자기 모니터를 가리키며 큰 소리로 읽기 시작했다.

"몰리브라운 중학교는 '추억 속의 추수'를 공연하게 되어 대단한

영광으로 생각합니다. 주연 누구, 누구, 누구, 그리고 우리의 에린
스위프트……."

스티브는 의자에 앉아 휙 돌았다.

"두구두구두구…… 옥수수 낟알입니다!"

"하, 하, 하."

나는 머리를 흔들며 웃었다. 학교 홈페이지를 공개하기 전에 연극
은 끝날 텐데 왜 저것을 넣는지 알 수 없었다. 하지만 모레노 선생님
은 행사를 하나도 빼놓지 않고 다 넣고 싶어 했다.

"친구 때문에 채소 합창단에 들어가게 된 거야."

스티브는 혼자 킬킬대며 의자를 돌려 앉았다. 컴퓨터실 여기저기
서 킥킥대는 웃음소리가 터져 나왔지만 기분 나쁜 웃음소리는 아니
었다. 세리나가 비웃었지만 나는 무시했다. 나는 내 영역 안에 있었
다. 세리나의 비열함도 웹 마스터라는 내 방패를 뚫을 수는 없었다.

모레노 선생님이 나에게 미소를 지었다.

"네가 예술과 과학을 적절하게 접목하는 것 같아 보기 좋구나."

"고맙습니다."

나는 우리 조로 가면서 말했다.

컴퓨터 앞에 앉는데 타일러가 내 쪽으로 몸을 숙이며 말했다.

"엄청나게 커다란 옥수수 낟알이 탄생하겠네."

타일러의 헤어젤 때문에 구역질이 날 것 같아 타일러를 뒤로 밀면
서 얼굴을 찌푸렸다.

"놀리려고 한 말이 아닌데."

타일러가 정색하고 말했다. 정말인 것 같았다.

"그래, 알아들었어. 잘해 볼게."

타일러가 미소를 지으며 자기 모니터를 돌아보았다.

우리는 잠깐 간식을 먹으며 쉰 것 말고는 두 시간 반 동안 컴퓨터 앞에서 열심히 일했다. 5시 30분쯤 되었을 때 나는 컴퓨터를 끄고 달려나갔다. 그리고 정확히 30분 후 집에 도착한 다음 질리 집으로 가서 질리가 대사 외우는 것을 도와주었다.

＊＊＊

"그들에게 환영한다고 말하세요. 다들 환영해요. 그들은 우리에게 많은 것을 주었고, 많은 것을 가르쳐 주었으며, 우리는……."

"그들은 우리에게 정말 많은 것을 주었으며, 그것보다 훨씬 많은 것을 가르쳐 주었어요……."

내가 끼어들었다.

"젠장."

질리가 허벅지를 치며 말했다.

"그 부분에서 항상 헷갈려."

질리는 시작했던 자리로 성큼성큼 걸어가더니 다시 방 가운데로 걸어오기 시작했다.

“그들에게 환영한다고 말하세요. 다들 환영해요. 그들은 우리에게 정말 많은 것을 주었으며, 그것보다 훨씬 많은 것을 가르쳐 주었어요. 환영 파티에 관해 당신 아버지와 이야기를 하겠어요.”

나는 크게 박수를 쳤고 질리는 씩 웃었다. 그러고는 과장된 몸짓으로 한쪽 손등을 이마에 짚고는 바닥에 쓰러졌다.

내가 질리에게 손을 뻗자 질리가 내 손을 잡았다.

“고마워, 에린. 넌 내 생명의 은인이야.”

*　*　*

집에 돌아와 보니 크리스 오빠가 소파에 축 늘어져 앉아서는 TV 채널을 이리저리 돌리고 있었다. 나는 오빠 옆자리에 털썩 앉았다.

“엄마가 그러는데 도서관 문 닫기 전에 오빠가 데려다 줄 거라고 했어.”

오빠는 내 말을 못 들은 체하고 채널을 돌리더니 스포츠 채널로 고정했다.

나는 벽시계를 힐끗 쳐다보았다.

“45분 남았어. 접수대에서 책을 보관하고 있겠다고 했단 말이야. 빨리 가야 해.”

오빠는 눈을 깜빡이더니 가슴 앞으로 팔짱을 꼈다. 리모컨이 팔꿈치 아래에서 튀어나왔다. 나는 앞으로 몸을 숙여서 음소거 버튼을 눌렀다.

"내 생각에는 말이야, 열여섯 살쯤 되면 말 안 하고 삐쳐 있는 건 안 할 것 같은데."

말 안 하고 삐쳐 있는 건 몇 년 동안 우리 둘 다 하지 않았다.

오빠가 버튼을 다시 누르자 광고에서 나오는 엔진 소리가 방 안을 가득 채웠다. 오빠는 광고를 보다가 투덜거리며 TV를 껐다. 그리고 성큼성큼 방을 걸어가더니 자동차 열쇠를 집어 들고는 재킷도 입지 않고 나갔다.

"기다려!"

나는 서둘러 오빠를 따라나서며 소리쳤다.

"엄마, 오빠가 도서관에 데려다 준대요."

"알았어."

오빠가 운전하는 목적이 나를 도서관에 데리고 가는 것임에도 불구하고 오빠가 나를 두고 가면 어떻게 하나 걱정스러웠다. 주머니에 도서관 회원카드가 있는지 확인하고 차고로 허둥지둥 달려갔다.

＊＊＊

도로와 마주하고 있는 주차장에 오빠가 차를 댔다. 엔진을 *끄고*는 손가락으로 조급하게 운전대를 두드렸다.

"얼른 갔다 와."

"오빠는 안 가?"

오빠는 고개를 흔들었다.

나는 도서관으로 달려갔다가 몇 분 만에 손에 책을 꼭 쥐고 돌아왔다. 차 문을 열었을 때 자동차 실내등이 꺼져 있다는 것을 알았다.

"오빠, 왜 불을 안 켜고 있어?"

오빠가 내 손목을 낚아채더니 안으로 끌어당겼다.

"문 닫아! 얼른!"

나는 차 안으로 쑥 들어갔다. 자리에 앉으면서 간신히 문손잡이를 찾아서는 쾅 하고 닫았다. 어둠 속에서 오빠를 똑바로 쳐다보았다.

"무슨 일이야?"

"숙여."

오빠는 자리에서 몸을 푹 숙이고 있었다. 나는 우리가 숨어야 하는 이유가 뭔지 보려고 창밖을 내다보았다.

"보지 말고 숙이라니까."

오빠가 내 팔을 다시 잡아끌며 목소리를 낮추어 말했다. 언젠가 이것과 똑같은 일이 한 번 있었던 것 같은 이상한 기분을 느끼며 자리에서 몸을 낮추었다. 나는 무릎을 가지런히 하고 굳이 그럴 필요가 없는데 숨까지 죽였다. 문밖에서 내 숨소리를 들을 수 있는 사람은 아무도 없는데 말이다. 오빠는 운전대를 꼭 붙잡고 창밖을 뚫어져라 보고 있었다. 오빠의 손가락 사이로 오빠가 열한 살, 내가 일곱 살이 되던 해에 내가 주었던 농구공 열쇠고리가 대롱대롱 매달려 있었다. 오빠는 열쇠고리가 행운을 가져다준다면서 농구 경기를 할 때마다 벨트 고리에 걸고 다녔다.

"그 애야."

오빠가 혼잣말처럼 속삭였다. 은색 농구공 열쇠고리를 보고 있던 내 시선이 흔들리며 오빠의 얼굴로 옮겨갔다. 나는 조심스럽게 머리를 들어 밖을 내다보았다. 길모퉁이 가로등 아래에 어떤 여자아이가 서 있었다. 끝만 가볍게 감겨 올라간 긴 금발 머리의 여자아이는 잡지 표지 모델처럼 예뻤다. 스웨터 위로 가슴이 봉곳하게 올라왔고, 딱 붙는 블랙진에 멋진 부츠를 신고 있었다.

아만다 워싱턴이 틀림없었다. 어쩌다가 또다시 누군가의 연애사를 훔쳐보게 된 것인지 기가 막혀 머리를 살짝 흔들었다. 그리고 한숨을 쉬었다. 나는 언제나 다른 사람을 훔쳐보기만 했지 나를 훔쳐보는 사람은 없었다.

한숨을 쉬며 오빠를 슬쩍 보았다. 희미한 불빛 속에서도 오빠의 간절함이 보였다. 마크를 바라볼 때 나도 저런 표정을 지을까? 마치 오빠의 일기를 훔쳐보거나 비밀스러운 대화를 몰래 듣기라도 한 것처럼 죄책감이 느껴졌다. 다시 아만다를 보았다. 아만다는 미소를 지은 채 발로 가볍게 땅을 차며 어깨 너머로 뒤를 돌아보고 있었다. 잠시 후 한 남자아이가 아만다 곁에 나타나서는 가볍게 아만다의 어깨를 감싸 안고 길을 걷기 시작했다. 나는 숨을 들이마시고는 내 자리에 깊숙이 기대어 앉아 다섯을 센 후 계기판 위를 보았다. 두 사람이 우리 차를 지나갔다. 저쪽에서 아만다가 그 남자에게 몸을 기대더니 입에다 키스를 했다.

하나, 둘, 셋, 넷, 다섯, 여섯. 그제야 천천히 뒤로 물러났다. 와, 진짜 긴 키스였다. 그 남자가 아만다의 얼굴에서 머리카락을 넘겨주었고, 둘은 걷기 시작했다. 잠시 후 두 사람은 모퉁이를 돌아 사라졌다.

나는 감히 오빠를 볼 수 없었다. 무릎에 놓여 있는 책을 꼭 쥐고 고개를 숙인 채로 숨도 쉬지 않고 있었다.

"젠장!"

오빠는 숨죽여 욕을 내뱉었다. 오빠가 열쇠고리를 어깨 뒤로 던지자 뒷좌석에 떨어지는 소리가 들렸다. 오빠는 시동을 걸어 재빨리 주차장에서 차를 뺐다. 나는 바로 앉아 안전띠를 매고 오빠가 거칠게 차를 모는 동안 자동차 문손잡이를 잡았다. 오빠는 입을 꾹 다물고 자동차 앞 유리만 뚫어져라 바라보았다.

오빠는 길을 보고 있는 게 아니었다. 아만다의 키스 장면을 보고 있었다. 마음속으로 되돌리고 되돌리면서. 오빠가 아무리 빨리 차를 몰더라도 그 장면에서 벗어날 수 없다는 것을 나는 알았다.

 **10월 26일 토요일**

모든 일이 잘 풀리지 않아 한동안 글을 쓰고 싶지 않았어. 난 내 인생을 통틀어 오빠에게 미안했던 적이 단 한 번도 없었어. 오빠는 늘 나보다 착했고, 나보다 똑똑했고, 나보다 재미있었지. 하지만 목요일 밤 도서관 밖에서 난 오빠한테 너무 미안해서 울고 싶을 지경이었어. 집으로 오는 길에 차 사고라도 나지 않을까 겁에 질리지 않았다면 정말 울었을지도 몰라. 오빠는 정말 화가 많이 난 것 같았어. 오빠는 아만다 워싱턴을 정말 좋아하는데 아만다가 다른 남자와 키스하는 걸 본 거지. 만약 마크가 다른 아이와 키스하는 걸 보게 된다면 어떨까? 죽어 버리고 싶을 거야. 확 죽어 버릴 거야.

그동안 오빠에게 미안한 마음으로 우울하게 지내고 있었는데 오늘만큼은 로지, 마크와 함께 정말 재미있는 하루를 보냈어. 우리는 모레노 선생님과 함께 우리 학교 홈페이지에 대한 아이디어를 줄 수 있는 사람을 만나기 위해 대학교에 갔어. 거기서 이번 여름에 웹 캠프를 운영할 두 사람을 만났는데 정말 재미있었어. 점심을 먹다가 너무 심하게 웃어서 로지가 탄산음료를 코로 내뿜고 말았지. 로지의 감자튀김 위에 다 튀어 버려서 내 감자튀김을 로지와 나누어 먹어야 했어. 얼마나 웃겼는지……. 그런데 질리 없이 이렇게 재미있게 지낸다는 사실에 마음 한구석이 조금 켕겼어. 질리는 나 없이 절대 그러지 않을 것 같거든. 이런!

마크는 오늘 믿을 수 없을 만큼 귀여웠어. (언제 안 그런 적이 있었나?) 눈앞으로 흘러내린 앞머리가 죽여줬어. 우리는 농구를 가지고 서로를 약 올렸어. 마크가 로지에게 내가 '여자치고는 정말 잘한다'고 했거든. 로지와 나는 마크를 때려 주었어. 마크가 웃으면서 로지는 그런 말을 하는 걸 싫어한다고 했고, 그래서 로지는 마크가 그런 말을 한다고 하면서 마크를 때렸어. 무엇보다 기뻤던 일은 로지가 날보고 자기 일상의 한 부분이라고 말했다는 거야. 정말 믿을 수 없어, 내가 '일상의 한 부분'이라니. 정말 멋지지 않아?

마크를 쳐다보지 않으려고 무지 애썼어. 마크와 여섯을 셀 동안 키스하면 어떤 기분일까? 자꾸만 궁금해.

베개랑 하는 키스 연습이 실제 키스로 이어진다면 알 수 있을까?

chapter 13

할로윈 데이

이제 중학교 1학년이 된 우리에게 할로윈은 사탕 따위를 얻으러 다니는 날이 아니라 파티를 하는 날이었다. 질리와 나는 할로윈 데이에 레크레이션 센터에서 하는 가장무도회에 갔다. 그곳의 장식을 담당하고 있는 사람이 누구인지는 모르지만 다섯 살 이하의 꼬마들을 데리고 한 게 분명했다. 천장은 촌스러운 주황색과 검정색 종이로 장식되어 있었고, 마분지로 만든 마녀와 호박이 벽에 붙어 있었으며, 구석에는 드라이아이스를 넣어 연기가 피어오르는 가마솥이 있었기 때문이다.

하지만 질리는 별로 신경 쓰는 것 같지 않았다. 질리는 저쪽에 있는 프랑켄슈타인에게 손을 흔들었고, 좋은 음악이 흐르자 같은 C반의 친구들과 춤을 추기 시작했다. 해적처럼 차려입은 DJ는 번쩍이는 불빛 아래에서 너무 지저분하게 보였다. 누군가 과감하게 무대 위로 뛰어 오를 때마다 DJ는 소리를 질러 대며 용기를 북돋았고, 한구석에 두세 명씩 모여 서 있는 남자아이들에게는 욕을 했다.

"이리 와, 에린!"

질리가 내 팔을 잡아당겼지만 나는 고개를 흔들었다. 내 몸뚱이는 춤추기에는 적절하지 않았다. 질리는 나에게 손을 흔들면서 친구들과 함께 음악에 맞춰 몸을 흔들어 댔다.

나는 주위를 둘러보았다. 혹시 아무라도 내가 알 만한 사람이 없을까 찾아보았다. 몰리브라운 중학교 아이들도 많이 온 것 같았지만 다들 갖가지 차림새를 하고 있으니 알아보기는 힘들었다.

질리가 결국 무대에서 내려와서는 나에게 왔다. 질리가 숨을 돌리는 동안 우리는 한쪽으로 가서 섰다.

"우!"

뒤에서 소리가 나서 돌아보니 가느다란 관을 통해서 펌프질되어 나오는 피를 입에서 뚝뚝 흘리는 흉측한 짐승이 서 있었다.

"징그러워."

질리는 머리를 흔들며 말했다. 질리는 배꼽에 다이아몬드 장식을 붙이고, 뽕브라에 엄청나게 화장을 하고는 팝 스타처럼 차려입고 있었다. 질리는 열여덟 살쯤으로 보였고, 남자아이들은 완전히 넋을 잃고 질리를 바라보았다.

"나 마크야."

그 짐승이 털로 뒤덮인 앞발을 내밀며 말했다.

"마크? 거기 안에 있는 게 마크라고?"

나는 짐승의 팔을 붙잡고 물었다. 고개를 돌리다가 하마터면 내 삐삐 롱스타킹 머리의 철사로 질리의 볼을 찌를 뻔했다.

"에린, 조심해!"

질리가 몸을 피하고는 손으로 볼을 쓰다듬었다.

"그래, 나야."

마크가 대답했다. 하지만 마크의 머리는 질리를 향하고 있었다.

왜 나는 섹시한 팝 스타처럼 차려입지 않았을까? 사람들이 내 몸 이곳저곳을 쳐다보게 하느니 차라리 하드 드라이브에 바이러스 공격을 받는 게 나으니까. 게다가 발이 작은 기타만 한 팝 스타가 있기는 할까? 아무리 생각해 봐도 없다. 나는 질리를 보고 있는 마크를 쳐다보면서 어색하고도 뻣뻣하게 서 있었다.

"삐삐!"

로지가 깃을 세운 망토를 펄럭이며 송곳니를 드러내고는 와락 달려들었다. 로지는 눈 주위는 까맣게, 얼굴은 하얗게 칠하고 있었다.

"이것 봐."

로지가 내게 얼굴을 내밀며 말했다. 로지가 이를 앙다물자 피가 송곳니로 배어 나와서는 턱으로 흘러내렸다.

"구역질 나!"

질리가 코를 쥐었다.

“둘 다 피를 줄줄 흘리면서 뭐하는 거야?”

내가 웃으면서 물었다.

“멋있지 않아? 이걸 깨물기만 하면 피가 흐르는 것처럼 보여.”

로지가 어두운 색의 캡슐을 한 줌 내밀었다.

“가까이 갖고 오지 마. 내 옷에 묻겠어.”

질리가 말을 하면서 가슴을 끌어올리자 짐승 마크는 완전히 거기에 매혹되고 말았다.

“야, 침 닦고 가서 마실 거나 가지고 와.”

로지가 마크의 팔을 쳤다.

“어, 잠깐만 기다려.”

마크가 여전히 질리를 보면서 말했다. 그리고 가면을 고쳐 쓰는 체했지만 두 눈은 눈구멍을 통해 질리에게 고정되어 있었다. 뭔가 조치를 취해야 할 것 같았다.

“진짜 멋진데.”

나는 털이 북슬북슬한 마크의 팔을 잡아당기며 말했다.

“그 피 나오는 거 한번 보자.”

나는 의상 여기저기를 살피는 체하면서 마크의 눈앞에서 팔을 휘저었다. 이 때문에 마크의 황홀경이 깨진 것 같았다.

“어? 아, 그래. 멋지지, 그치?”

“야, 에린. 멋지다.”

우리 앞에 외계인이 나타나 말을 걸었다.

"나야. 타일러."

"타일러라고? 와, 빛이 나오는 게 멋있다."

나는 타일러의 가면을 가리켰지만 곁눈질로는 마크를 보고 있었다. 마크는 다시 질리를 보고 있었고 질리는 춤추고 있는 사람들을 보고 있었다.

"그런데 건전지가 자꾸만 머리에 부딪혀. 건전지를 고정하는 게 부서졌거든."

어디선가 고함 소리가 들리자 타일러가 뒤를 돌아보았다.

"앗, 자동차 경주 게임을 하는데 내 차례가 됐나 봐. 나중에 보자."

누군가 팔꿈치로 내 갈비뼈를 쿡 찌르는가 싶더니 로지가 내 귀에 대고 속삭였다.

"타일러가 널 좋아해."

"뭐라고?"

껌이 목에 걸렸다.

"절대 아니거든."

"아니야, 좋아해. 눈치 못 챘어?"

"응, 전혀."

지금까지 나를 좋아했던 남자아이가 아무도 없는데 내가 어떻게 '눈치'를 챌 수 있단 말인가?

"뭘 그렇게 속닥거려?"

질리가 물었다.

“컴퓨터 얘기야.”

내가 말했다. 질리가 눈을 흘기면서 비디오 게임 쪽으로 몰려간 타일러를 보았다.

“좀 덜 떨어진 녀석이지.”

마크가 질리에게 말했다.

저쪽에서 울부짖는 소리가 들리자 마크가 고개를 들었다.

“아가씨들, 난 가봐야겠어. 우리 형제들이 나를 부르거든.”

그러고는 마크도 울부짖는 소리를 내면서 가버렸다.

“자기는 덜 떨어진 게 아니고?”

질리는 누구에게랄 것도 없이 물었다. 그러고는 고개를 저었다.

“고등학생이 있으면 좋겠다, 에린.”

질리가 로지를 무시하고 나에게만 말했다.

“고등학교 남학생? 면도도 하고 겨드랑이에 털도 났잖아?”

로지 쪽을 돌아보았지만 로지는 이미 사람들 속으로 사라지고 없었다.

“최소한 고등학생들은 자기가 무슨 늑대 종족이라도 되는 듯이 친구들에게 울부짖는 소리를 내지는 않지.”

내 가슴이 쿵쾅거렸다.

“같은 무리니까 그렇지.”

나는 질리의 마음을 딴 데로 돌리고 싶었다.

“뭐라고?”

"늑대 말이야. 늑대 무리라고."

"아, 에린, 무슨 상관이야? 아무튼 1학년 남자아이들은 아직 어려. 펀치 음료수 있는 데로 가자. 앨비스가 아까부터 계속 나를 보고 있는데 2학년인 것 같아."

* * *

그날 밤 엄마와 아빠가 부엌에서 중국 음식을 먹고 있는 동안, 나는 우리 집을 찾아온 아이들에게 사탕을 나누어 주었다. 크리스 오빠는 친구들과 파티를 하러 나가고 없었다.

9시쯤에 TV 앞에서 잠들었는데 아빠가 침대로 옮겨다 주었다. 12시 14분, 밖에서 자동차 문이 쾅 닫히는 소리에 잠에서 깼다. 침대에서 빠져나와 살금살금 걸어가 창밖을 내다보았다.

오빠가 친구 자동차 옆에 서서 자동차 보닛 위에 앉아 있는 친구 둘과 이야기를 하고 있었다. 나는 천천히 창문을 조금 열고는 방충망에 귀를 갖다 댔다.

"그 아이는 전혀 그럴 가치가 없어, 크리스. 너 바보 아니냐?"

한 친구가 말했다.

"나 이제 안 그래."

오빠가 말했다.

"넌 웃음거리가 됐어. 그 애는 남자 친구도 있다고. 그러니까 그만 잊어 버려.”

다른 친구가 말했다.

오빠는 친구들에게 가라고 손짓을 하고는 걷기 시작했다. 오빠가 휘청하자 나는 손으로 입을 가리다가 책상 위에 있는 전등을 떨어트리고 말했다.

오빠가 머리를 홱 들어 올렸고 나는 재빨리 창문에서 물러섰다. 젠장, 어두웠는데도 오빠가 나를 보았을까? 나는 감히 다시 창밖을 내다보지 못하고 서둘러 침대로 가서는 이불을 덮고 문을 등지고 누웠다.

잠시 후 현관문이 열렸다 닫히는 소리가 들리더니 계단을 올라오는 무거운 발자국 소리가 들렸다. 그러고는 복도를 터벅터벅 걸어오던 발걸음이 멈추었다. 나는 숨을 죽인 채 두 눈을 꼭 감았다. 문이 삐걱 열렸다.

“에린.”

오빠의 거친 속삭임에 등에서 식은땀이 흘렀다.

“에린, 너 깨어 있는 거 알아. 다 봤어.”

카펫 위로 발 끄는 소리가 들렸다.

“내 일에 상관하지 마, 알았나?”

오빠의 손가락이 내 어깨를 쿡 찔렀고, 오빠의 따뜻한 숨결이 내 귓가에 맴돌았다. 확 끼쳐 오는 맥주 냄새에 코를 찡그리지 않으려고 애썼다. 오빠의 입이 내 귀 가까이에서, 마치 50년은 족히 될 것 같은 긴 시간 동안 머물더니 마침내 떨어졌다. 오빠는 나를 한 번 세게 밀치더니 터벅터벅 걸어가서는 문을 꼭 닫았다.

나는 참았던 숨을 내쉬며 속삭였다.

"알았어."

 **11월 1일 금요일**

나를 기운 빠지게 하는 것들 

✖ 크리스 오빠가 지난밤에 술에 취했던 것 같아. 아만다 때문에 아직도 화가 나 있는 거지. 생각해 보니 난 운이 좋아. 최소한 나는 마크가 다른 사람과 키스하는 걸 본 적은 없으니까. 그리고 마크에게 여자 친구가 있는 것 같지도 않고.

✖ 마크가 할로윈 파티에서 질리를 뚫어져라 바라보았어.

✖ 질리의 진짜 모습을 마크가 눈치채지 못한 것 같아. 질리는 아직까지 가슴이 없어. 이제 막 나오기 시작한 정도지. 젖꼭지가 조금 튀어나왔을 뿐이야. (그건 나도 마찬가지이기는 하지만) 그래도 상상이 안 된다면 초코바를 보면 알 수 있을 거야.

✖ 또 질리는 평소에 그렇게 화장을 진하게 하지 않아. 질리 엄마는 아이새도 살짝, 마스카라, 그리고 볼 화장만 조금 하게 해주셔. 나는 중학교 2학년이 될 때까지 화장을 하면 안 되는데 그게 오히려 나에게는 좋은 것 같아. 언젠가 한번 화장을 했다가 얼굴에 뽀루지가 났었거든. 여름이었는데 뽀루지가 사라질 때까지 숨어 있어야 했어. 그리고 질리

는 가짜 속눈썹을 붙이고 다니는 데다가 사실은 금발도 아니야. 그건 가발이었어.

다행히도 나는 마크 앞에서 좋아하는 마음을 감추는 데 도사가 다 됐어. 만약 마크가 내 감정을 알았다면 울부짖으며 뛰쳐나갔을지도 몰라. 마크가 짐승 옷을 입지 않고 달을 보고 울부짖지도 않는 평소 모습으로 있었다면 질리는 마크를 어리게 보지 않았을 거야. 그러면 두 사람은 사랑에 빠질 테고……. 내겐 기회조차 없겠지. 질리를 보고 있는 마크를 생각하니 죽을 것 같아. 확 죽어 버릴 거야.

생각해 봐야 할 것들

✖ 마크가 질리에 대해서 하나도 묻지 않았어. 다행이라는 생각도 들지만 좀 놀랍기도 해. 어쩌면 마크는 질리가 1학년 남자아이들에 대해 어떻게 생각하는지 들었을지도 모르지. 아니면 할로윈 파티에서 한 번 보고 질리에 대해 잊었을 수도 있고. 이유야 어떻든 난 좋아.

✖ 로지는 타일러 갤런이 나를 좋아한다고 생각해. 미쳤나 봐. 누가 나를 좋아한다고? 내가 좋아하는 남자애들은 언제나 질리를 좋아했어. 그

게 내 인생이었다고! 게다가 타일러는 약간 이상해. 타일러가 나를 좋아한다고 해도 나는 그 애를 좋아할 수 없어……. 하지만 타일러는 착해. 처음 만났을 때는 날보고 왕발이라고 불러서 기분 나빴었지만 어쨌든 괜찮은 아이인 건 분명해. 타일러는 평범한 티셔츠와 청바지를 입을 때 가장 멋있어. 너무 커서 두 사람은 들어갈 수 있을 것 같은 청바지는 안 어울리니까 그만 입었으면 좋겠어. 그리고 뾰족 머리도 좀 그만했으면 좋겠어. 젤 바르기 전에 원래 머리가 훨씬 멋질 것 같은데 도무지 머리를 가만두지 않는단 말이야.

지금 나를 행복하게 하는 것들 

* 에구에구! 이제 막 알았어. 질리가 가면을 쓴 마크를 알아보지 못한 것처럼 마크도 질리를 알아보지 못한 거야. 휴, 살았다!
* 스트레스는 이제 그만! 내 베개가 어디 있지?

chapter 14

에린 스위프트는 바보

다시 화장실을 마음 놓고 다녀도 될 것 같다고 생각했을 즈음 세리나가 어김없이 나타나 시비를 걸었다. 나는 세면대에 서서 코 왼쪽에 난 작은 여드름을 보면서 스스로에게 중대한 질문을 던지고 있었다. 짤 것인가, 말 것인가? 그때 세리나가 들어와 가만히 팔짱을 끼고 나를 째려보았다.

"여기 얼마나 오래 있을 건데?"

"여기는 공중 화장실이거든."

"나 혼자 좀 있고 싶어서."

나는 눈썹을 치켜올렸다. 이미 여드름 따위는 잊어버렸다.

"왜?"

자기가 오줌 누는 소리를 내가 듣는 게 두렵나? 아니면 다른 거?

"신경 끄시지, 스위프트리스."

세리나는 더욱 심하게 째려보면서 발까지 굴렀다. 자기가 화장실 주인도 아니면서. 나는 내가 있고 싶은 대로 여기 있을 수 있다. 나는 거울을 돌아보고는 손가락으로 머리를 빗으면서 질리가 준 빗을 갖고 올걸, 하고 생각했다.

"그렇게 꾸며 봤자 소용없을 텐데."

이미 나는 1라운드에서 배워 세리나의 독설에 대처하는 방법을 알고 있었다. 그래서 그냥 무시했다.

"그 애는 질리를 좋아해. 인정해."

심장이 쥐어뜯기는 것 같았지만 가까스로 참고 거울을 계속 봤다. 그 말을 듣지 못했거나 아니면 들었다 해도 무슨 이야기인지 모르는 것처럼.

"며칠 전에 연극 연습을 할 때 마크가 질리를 보는 걸 내가 봤어."

세리나가 팔이 스칠 정도로 가까이 다가왔다.

"그때는 질리가 마크를 보지 않았지만 만약 마크를 본다면…… 쾅!"

세리나가 세면대를 내려치자 나는 움찔했다.

"다 끝난 거야."

세리나는 거짓말을 하고 있었다. 마크는 질리가 누구인지 몰랐다. 마크는 화장과 가발 때문에 질리를 알아보지 못했다. 두 다리가 떨렸다. 입술도 떨리기 전에 얼른 말했다.

"여기서 혼자 잘 먹고 잘살아."

그리고 문으로 나갔다.

* * *

"스위프트, 기다려!"

돌아보니 마크가 내 쪽으로 달려오고 있었다. 세리나가 했던 말이 내 마음 한구석을 성가시게 찌르고 있었다. 마크에게 손을 흔들어 보이고는 돌아서서 영어 시간에 읽고 있는 소설을 찾으려고 사물함을 뒤졌다.

"농구 한판 할 준비는 됐냐?"

마크가 내 사물함 옆으로 오면서 물었다.

"축구할 준비는 됐고? 아니면 나한테 궁둥이 차일 준비됐어?"

내가 되받아쳤다.

마크가 웃자 나는 마음이 놓였다. 세리나, 네가 뭘 알아? 그리고 마크가 질리를 다시 보게 되더라도 뭐 어때? 마크는 질리에 대해 전혀 묻지 않았다. 할로윈 파티를 하고 나서 나흘이나 지났는데 말이다. 세리나 워싱턴이 그냥 나를 괴롭히려고 그러는 거야. 아무리 그래도 우리 우정은 망칠 수 없을걸.

"네가 모르나 본데, 지금은 겨울이거든, 스위프트. 겨울에는 실내 스포츠를 해야지."

“겁쟁이. 실내 축구도 있잖아.”

나는 미소를 지었다.

마크가 소리 내어 웃었다. 마크의 볼이 살짝 붉어졌다.

“갑자기 왜 그래?”

나는 마크를 장난스럽게 밀치며 물었다.

“어? 아니야. 그냥 뭐 좀 생각하느라고…….”

마크가 말끝을 흐렸다.

“혼자 끙끙대지 말고 털어놓으시지.”

나는 기분이 약간 들뜨면서 마크와 가까워진 느낌이 들었다.

“좋아. 실은 약간 기분이 이상해.”

“오늘따라 그래 보이더라.”

“넌 오늘 기분 좋아 보인다. 그렇지, 스위프트?”

“항상 그렇지.”

나는 책을 꺼내고 사물함 문을 닫았다.

“참, 내가 좋은 아이디어를 생각해 낸 거 말했던가?”

나는 대답을 기다리지 않그 말했다.

“‘선생님을 만나다’ 페이지에 말이야, 선생님 사진을 두 장씩 올릴까 해. 죄수들 사진처럼 옆모습 사진을 올리고 각 사진 아래에다가 숫자를 붙여서 선생님들의 ‘범죄’를 쭉 적는 거야. 과목이나 뭐 그런 거.”

우리는 교실로 향했다.

"내 말을 듣고 있는 거야?"

"미안해. 잠깐 딴 생각을 했어. 좋은 생각인데. 포터 선생님을 교도소 소장으로 넣으면 되겠다."

나는 그 모습을 상상하며 웃었다.

"야, 그러고 보니 너한테 뭘 말하려고 했는지 생각난다."

교실에 들어가 자리에 앉으면서 마크가 말했다.

"뭔데? 페이지에 프레임 만드는 방법?"

"아니."

마크는 다시 긴장하는 것 같았다.

나는 앞으로 몸을 숙였다.

"그러면?"

마크가 내 눈을 피하면서 낮은 소리로 말했다.

"물어보고 싶었어. 할로윈 파티에 함께 있던 그 여자애 말이야."

마크는 손으로 가슴을 만들어 보였다. 그날 보았던 질리의 가슴을 가리키는 동작이었다.

"너희 둘, 친하지?"

내 심장이 운동화 고무 밑창까지 떨어졌다.

에린 P. 스위프트. 너 완전히 속았어. 이제 다 끝났어!

 **11월 4일 월요일**

다 끝장났어! 마크가 질리를 좋아해. 내가 이 문장을 쓰고 있다는 게 믿어지지 않아. 차라리 나를 찔러 죽이지. 또 하나 기분이 나쁜 건 세리나의 짐작이 맞는다는 거야. 정말 믿을 수 없어. 만약 마크와 질리가 사귀기라도 한다면 세리나는 내 얼굴에다 대고 매일같이 그 상황을 보고할 거야. 그땐 전학이라도 가버려야지.

진작 깨달았어야 했어. 마크와 나눈 그 모든 대화가, 어쩌면 우정이라고 생각했던 그 모든 게 질리에게 접근하기 위한 마크의 작전이었다는 것을. 마크가 질리에 대해 알고 싶다면 스스로 노력해서 알아내야 하는 거 아니야? 그런데 마크는 정말로 그렇게 했어. 그 덕분에 나만 더 귀찮아졌어.

마크에게서 '내 인생을 망친 질문'을 받은 이후, 나는 마크를 피해 다녔어. 하지만 마크는 틈이 날 때마다 질문을 해댔지. 마크를 피하려고 화장실에 숨기도 했어. 세상에! '마크를 피하려고' 같은 문장을 쓰게 될 거라고는 꿈에도 생각하지 못했어. 아무튼 마크는 체육관 앞에서 또 나를 불러 세웠고, 나는 '당사자가 없는 상황에서 그 사람에 관해 이야기를 하는 건' 내 신념에 반하는 일이라고 말했어. 갑자기 어디서 그런 생각이 튀어 나왔는지는 모르겠지만……. 아마도 영화나 뭐 그런 데에서 봤겠지만 아무튼 그 말을 들은 마크는 혼란스러워하는 것 같았어. 그리고 나는 마크가 다시 질문을 하기 전에 도망칠 수 있었어.

하지만 그 행운도 영어 시간에 다하고 말았지. 마크가 다시 내게 물었고 나는 누구 이야기를 하는 건지 모르는 체했어. 그러자 마크는 "파티에 왔던 그 여자애, 그 가슴이……." 라고 하며 자기 가슴에다 대고 그 멍청한 손짓을 또 하는 거야. 나는 화가 나서 "할로윈 파티에 왔던 그 여자애?" 라고 하며 마크의 몸짓을 그대로 흉내 냈어. 자기가 얼마나 멍청해 보이는지 마크가 알게 되길 바라면서 말이야. 어떻게 마크가 질리를 좋아할 수 있지? 나와 함께 보낸 그 많은 시간들은 대체 뭐야?

결국 질리에 대해 이야기를 꺼낼 수밖에 없었어. "우리는 친구야. 또 뭘 알고 싶은데? 질리에게는 베카와 몰리라는 두 명의 언니가 있어. 매년 여름, 메인에 있는 친척집에 가고 드라마를 좋아하고 숙제는 싫어해."라고 말한 뒤 난 정말 가장 강력하게 마크를 쏘아보며 내가 빠트린 게 있는지 물었어. 그랬더니 마크가 뭐라고 했는지 알아? "그 애 발 사이즈는?" 이 것 보세요, 얼핏 보기만 하고 이야기도 해본 적이 없는 내 친구를 좋아하는 것으로도 부족해서 내 발을 가지고 약을 올려? 내가 화가 난 걸 알고 마크는 농담이었다며 뭐 때문에 화가 났느냐고 하더군. 세리나에게 한 것처럼 코에 주먹을 한 방 먹여 줄까 생각하고 있는데, 다행히 선생님이 우리 사이에 끼어들었어.

너무 화가 나고 슬프고 절망적이야. 막 소리 지르고 싶어.

내게 베개 맛이 나지 않는 키스를 할 수 있는 날이 오긴 할까?

몰리브라운 중학교, 재수 없어! 

chapter 15

데프콘 1

"여기서 뭐 하냐?"

오빠가 팔짱을 끼고 서서 날 바라보고 있었다.

나는 지하실 벽장에 있는 침낭에 몸을 웅크리고 있었다. 벽장은 내가 기억하는 것보다 작아서 무릎을 바짝 당겼는데도 벽에 등이 닿았고 발은 밖으로 삐져나왔다.

"신경 끄시지."

내 목소리가 갈라져 나왔다. 침낭에서 몸을 움직여 손을 뻗어 문을 닫으려 했다.

"좋아."

오빠의 목소리가 부드러워졌다. 나는 오빠가 왜 저러나 싶어 바라보았다. 오빠는 내가 아니라 벽장을 보고 있었다.

"이건 데프콘 4야. 그렇지?"

"맞아. 기억력 좋은데."

오빠가 나를 내려다보았다.

"지금 네 꼴을 보니 데프콘 4보다 더 심한 일이 생긴 것 같은데."

오빠는 돌아서서 지하실 침대에 털썩 몸을 던졌다.

"지금은 데프콘 1이야."

나는 속삭였다. 목구멍이 막히는 것 같은 기분이었다.

오빠가 일어나 앉았다.

"데프콘 1? 그건 나무 위의 집 아닌가?"

나는 어깨를 으쓱하고는 침낭을 보면서 지퍼 옆에 삐져나온 실을 잡아 뜯었다.

"그래. 맞아. 거기는 정말 숨기에 딱이지."

오빠가 고개를 끄덕였다. 그러고는 나를 보았다.

"그런데 너를 찾으러 가는 건 정말 싫었어. 늘 내가 친구들이랑 놀고 있는 저녁이었거든."

"미안해."

"됐어. 오래전 일이니까. 근데 이젠 네 기사 노릇을 해야 하지."

내가 쏘아보자 오빠가 손을 들어 올리며 말했다.

"그냥 농담이야."

나는 침낭에서 실을 잡아 뜯고, 오빠는 손을 머리 뒤로 한 채로 천장을 멀뚱멀뚱 쳐다보면서 한동안 아무 말도 없이 누워 있었다.

"요즘 어때?"

내가 물었다. 나일론 침낭에서 실을 잡아 뜯고 나자 구불구불한 구멍이 생겼다. 나는 손가락에 실을 감았다.

"좋아."

"그렇구나."

나는 정말 오빠가 잘 지내고 있는 것 같다는 생각을 하며 말했다.

"에린?"

나는 오빠 쪽으로 고개를 돌렸다.

"어?"

"너 손가락이 보라색이야."

진짜였다. 실을 너무 꽉 감아서 피가 통하지 않았던 것이다. 얼른 실을 푸니까 손가락이 보라색에서 분홍색으로 돌아왔다. 손가락이 욱신거려 이리저리 꼼지락거려 보았다.

오빠가 일어섰다.

"20분 뒤에 아마 저녁을 먹을 거야."

나는 고개를 끄덕였다.

"너 데리러 안 올 거야."

"알았어."

"그래."

오빠의 목소리는 단호했지만 표정은 부드러웠다. 오빠가 걸어가는데 벨트 고리에서 달랑거리며 반짝이는 뭔가가 내 시선을 사로잡았다.

은색 농구공 열쇠고리였다.

＊＊＊

나는 컴퓨터실 밖에 혼자 서 있었다. 마크가 나를 궁지에 빠뜨린 이후로 나는 내 시선을 끌고 싶어 하는 마크를 못 본 체 피하고 있었다. 하지만 오늘은 아이 클럽에서 마크의 얼굴을 가까이에서 봐야 했다. 조장 회의를 할 건데 모레노 선생님은 장의사가 부르지 않는 한 꼭 참석해야 한다고 했고, 그래서 나는 우울했다. 마크와 로지가 늘 함께 다니기는 하지만, 지금 이 순간만큼은 로지가 혼자 나타나기를 바라며 복도를 지켜보았다.

로지가 복도에 혼자 걸어오는 것을 본 순간 나는 복권에라도 당첨된 기분이었다. 하지만 그건 로지의 표정을 보기 전까지만이었다.

"너, 마크랑 무슨 일 있는 거야?"

로지의 입에서 처음 나온 말이었다.

"무슨 말이야?"

마크는 있었던 일을 다 이야기하는 성격이었다.

"마크가 그러는데 네가 아무 이유 없이 화를 낸다던데."

"아무 이유 없는 거 아니야."

말을 꺼낸 순간 잘못 말했다는 생각이 들었다. 내가 화를 냈다는 것을 인정한 꼴이 된 것이다. 로지에게는 알리고 싶지 않았다.

"그러니까 뭐냐고?"

"아무것도 아니야."

로지에게 말할 수는 없었다. 로지와 마크는 거의 남매 같은 사이였다.

"에린, 네가 원한다면 아무 말도 하지 않을게. 난 그냥 너희 둘이 싸우는 걸 보고 싶지 않아서 그래."

나는 웃었다. 내가 마크와 싸운다고? 마치 우리 두 사람이 커플이라도 되는 것처럼 들렸다.

"마크가 화났단 말이야."

로지가 목소리를 낮추어 말했다. 몇몇 아이들이 로지 뒤를 지나 컴퓨터실로 들어갔다.

당연히 그렇겠지. 이제 질리에 대한 정보를 얻을 직접적인 통로가 없어졌으니까.

"안녕, 에린."

"안녕, 타일러."

타일러의 얼굴이 모뎀에 불이 들어온 것처럼 반짝였다.

"에린, 그 셔츠 멋지다."

타일러가 컴퓨터실로 들어가면서 중얼거렸다.

로지가 눈썹을 치켜세우며 음흉한 미소를 지었다.

"타일러가 너 좋아한다고 말했잖아."

"입 다물어."

두 볼이 달아올랐다.

로지가 복도 쪽을 보며 말했다.

"저기 온다."

물론 마크를 말하는 것이었다.

"에린. 그게 뭐든 말이야, 그냥 풀어 버려. 알았지? 너희 둘 다 내 친구고, 난 계속 셋이서 잘 지내고 싶어."

로지가 가방을 어깨에서 내리며 말했다.

"안에서 보자."

나는 로지의 뒷모습을 바라보았다. 로지의 말에 마음이 따뜻해졌다. 하지만 혼자 복도에서 마크와 마주칠 생각을 하니 금세 긴장이 되었다. 나는 뒤춤에 셔츠를 넣는 체하면서 슬쩍 뒤를 돌아보았다. 마크는 아직도 복도 저 멀리에 있었다. 마크가 손을 들어 흔들기는 했지만 어쩌면 기지개를 켜는 것일 수도 있었다.

마크 색스. 이제 질리를 좋아하는 아이, 내가 아니라.

나는 얼굴을 찌푸렸다. 그리고 마크를 향해 손을 흔들거나 기지개를 켜는 대신 이미 잘 묶여 있는 신발 끈을 다시 묶기 위해 몸을 굽히고 (질리의 수법이 유용하게 쓰였다) 곁눈질로 마크를 보았다. 마크의 팔에 꼭 붙어 있는 질리가 보이는 것 같았다. 질리가 마크 귀에 뭔가를 속삭이자 마크가 웃었다. 그리고 마크의 볼에 키스를 했다. 마치 세상 모든 사람들에게 "마크는 내 거니까 딴 마음 먹지 마."라고 말하는 것처럼. 하지만 마크를 웃게 한 건 나였다. 마크에게 키스해야 할 사람은 나였다. 나, 나라고. 내 마음속 무엇인가가 내 몸을 벗어나 마구 소리치고 있었다.

마크가 점점 다가오고 있었다. 로지가 풀어 버리라고 했다. 좋아. 풀어 버릴 수 있는 가장 좋은 방법이 뭘까?

***

수위 아저씨의 벽장에서 나는 점점 밀실공포증을 느끼고 있었다. 벽장은 가로 1.5미터, 세로 1.5미터 정도밖에 되지 않았는데 그나마도 물품들로 꽉 차 있었다. 삼면의 벽에는 선반이 줄지어 있었고 선반에는 각종 세제, 표백제, 그다지 좋지 않은 향이 나는 공기 청정제 등이 놓여 있었다.

나는 앞에 쌓여 있는 일회용 구토 처리팩을 보지 않으려 애쓰면서 진공청소기와 빗자루 두 개 쪽에 딱 붙어 있었다. 화장실에 숨을까도 생각해 봤지만, 내가 컴퓨터실에 없다는 사실을 알면 로지는 당장 화장실로 찾으러 갈 것이다. 그리고 그곳은 세리나의 친구들이 내 험담하는 것을 들었던 곳이다. 혹시 또 창피를 당할까 봐 두려워서 피하고 싶은 것인지도 몰랐다.

아이 클럽 아이들이 지금쯤 뭘 하고 있을지 궁금했다. 내가 없다는 걸 알고 있는 걸까? (그러니까 내가 없다는 걸 마크가 알아챘을까?)

타일러는 선생님 인터뷰 부분을 망치지 않고 제대로 작업하고 있을까? 웹 페이지를 만들며 컴퓨터 앞에 앉아 있어야 할 시간에 수위실 벽장 바닥에 앉아 있다니, 믿을 수 없었다. 이 모든 게 마크 때문이었다. 그리고 질리 때문이었고. 마크가 연극 연습을 하는 곳으로 오지 않았다면 질리를 보지 못했을 텐데. 그리고 질리가 그렇게 예쁘지 않았다면 마크가 질리에게 관심을 갖지 않았을 텐데.

"그래서 어쩌라고?"

소리 내어 말하는 순간 내 마음속 목소리가 가르쳐 주었다. 만약 내게 연극 오디션을 보지 않겠다고 말할 수 있는 배짱이 있었다면 마크네 집으로 전화를 해서 진작 이 문제도 함께 풀었을 거라고. 만약 그랬다면 이 모든 일들이 일어나지 않았을 것이다.

하지만 그랬더라도 또 이런 일이 일어났을지도 모른다는 생각이 들었다. 마크가 파티에서 질리를 보았으니까 이건 파티 잘못일지도 모른다. 우리가 파티에 가지 않았다면……. 그러면 마크는 다른 곳에서 질리를 보았겠지, 버스 정류장에서. 그러니까 이건 버스 잘못이다. 우리가 버스를 타고 학교에 가지 않았다면, 그랬다면…….

"그만!"

나는 큰 소리로 말했다. 계속 만약 그랬다면 어땠을 거야를 되풀이하다가는 미쳐 버릴 것 같았다. 한숨을 쉬며 머리 위 희미한 전구를 힐끔 바라보았다. 자세가 불편해서 바꿔 앉다가 대걸레를 팔꿈치로 쳤다. 제때 잡지 못했다면 대걸레는 벽에 덜컹 넘어졌을 것이다.

질리 말이 옳았다. 수위실 벽장은 키스하기 좋은 장소가 아니었다. 그리고 숨을 만한 장소는 더더욱 아니었다. 청소 도구에서 나는 냄새 때문에 머리가 아파 왔다. 나는 잠시 숨을 참았다가 짧고 얕게 내쉬어 보았다. 기절할 것 같았다.

나는 천천히 일어서서 손목시계를 보았다. 3시 40분. 벽장 안에 고작 30분 있었다. 아직도 엄마가 데리러 오려면 한 시간 50분이나 남았다. 여기에서 한 시간 50분을 있을 수는 없었다. 다른 장소를 찾아야 할 것 같았다.

문손잡이를 향해 손을 뻗는 순간 복도에서 발자국 소리가 들렸다. 얼른 손잡이를 잡아당기자 벽장은 다시 캄캄한 어둠 속에 던져졌다. 빛이라고는 좁은 문틈으로 들어오는 가느다란 빛뿐이었다. 발자국 소리가 점점 가까워지자 나는 숨을 죽이고 문틈에 얼굴을 가까이 갖다 댔다. 한동안 내 심장 소리가 큰지, 아니면 복도를 터벅터벅 걸어오는 발자국 소리가 큰지 분간할 수가 없었다.

터벅터벅 발자국 소리가 멈추었다. 벽장 바로 앞이었다. 나는 놀라 물러서다가 빗자루와 부딪쳤다. 빗자루가 금속 선반에 부딪치면서 선반에 있던 유리창 세제병이 도미노처럼 쓰러졌다. 나는 머리에 쏟아질까 봐 손으로 머리를 감싸고 바닥에 주저앉았다. 그 순간 문이 활짝 열리며 빛이 쏟아져 들어왔다.

chapter 16

마음의 구멍

"또구나."

나는 종이 타월 두 뭉치를 옆으로 밀고, 유리창 세제를 치우고, 내 얼굴에서 대걸레를 떼어 냈다. 포슬로브스키 아저씨가 허리에 손을 올리고 험상궂은 얼굴로 나를 빤히 내려다보고 있었다. 그러더니 약간 부드러워진 표정으로 물었다.

"너는 그 옥수수가 아니냐?"

"맞아요."

머리에서 대걸레를 밀쳐 내며 말했다.

포슬로브스키 아저씨가 얼굴을 찡그렸다.

"네가 이럴 거라곤 생각 못 했는데."

아저씨가 앞으로 걸어왔다.

"좋아, 그놈은 어디 있니?"

포슬로브스키 아저씨가 물건들을 주워 선반 위에 다시 올렸다. 그리고 쓰레기통을 옆으로 옮기며 다른 선반 아래를 들여다보았다.

"그놈은 어디에 숨겼니?"

"누구 말씀이세요?"

나는 일어서서 옷을 털며 물었다. 그리고 땅에 떨어진 것들을 주웠다.

아저씨가 나를 돌아보며 미간을 찌푸렸다.

"누가 있겠니? 남자애 말이다."

나는 신경질적으로 미소를 지었다.

"아무도 없거든요."

"어딘가 있겠지. 그러지 않고서야 네가 왜 여기 있겠니?"

두루마리 화장지를 옆으로 밀어내며 아저씨가 중얼거렸다.

나는 두루마리 화장지 뒤에는 덩치가 가장 작은 남자아이조차도 숨을 수 없다는 것을 알려 주고 싶었지만 참았다. 아저씨는 물건을 정리하면서 샅샅이 뒤졌다. 그리고 마침내 돌아서더니 나를 보며 말했다.

"정말 남자아이는 없구나."

그 순간 수위실 벽장에서 남자아이와 함께 있다 걸리는 것보다 더 당황스러운 것이 딱 한 가지 더 있다는 것을 알게 되었다. 바로 혼자 있다 걸리는 것이다. 너무 창피해서 혹시 근처에 이 모습을 녹화하기 위해 숨겨 둔 카메라가 있는 것은 아닌지 둘러보고 싶을 지경이었다.

"네."

"너뿐이구나."

"그렇다고요."

"남자아이는 없어."

"없어요. 절대 없다고요."

나는 한숨을 쉬었다. 마지막 말을 하고 나자 내 마음속에 있던 둑이 터지기 시작했다. 한 번도 남자 친구가 없었던 내 인생에 대해 내가 느끼고 있던 모든 것들이 내 마음에서 흘러넘치는 것 같았다. 입이 열리면서 엄청난 양의 말들이 쏟아져 나오기 시작했다.

"저도 남자아이와 함께 있었던 거라면 좋겠어요. 여기 말고 좀 더 편한 곳에 말이에요. 여기는 청소 도구들 때문에 편하지 않지만……, 물론 학생들이 데이트나 하라고 만든 곳이 아니니까, 그래서 아저씨가 데이트를 하고 있는 2학년 선배들을 쫓아낸 거잖아요. 그런데 말이에요……, 같은 반에 영어랑 컴퓨터 수업을 같이 듣고 방과 후에는 컴퓨터 클럽도 함께하는 남자아이가 있어요. 우리는 친구예요. 제가 친구 이상으로 좋아하지만 말이죠. 그런데 어제 그 아이가 제 가장 친한 친구에 대해 묻기 시작했어요. 그 아이는 제 친구가 귀엽다고 생각해요. 제 친구는 언제나 모든 남자아이들을 차지해요. 그 친구가 원하지 않는 남자아이들까지도요. 정말 불공평해요."

나는 숨을 들이마셨다가 천천히 길게 내뱉었다. 잘 알지도 못하는 수위 아저씨에게 그런 이야기를 하다니, 정말 당황스러웠지만 어쩐지 마음이 한결 편하고 가벼워졌다. 마치 내 하드 디스크를 조각 모음한 것 같은 기분이었다. 결국 누군가 내 개인 블로그를 보지 않고서도 내 감정을 알게 된 것이다. 그게 포슬로브스키 아저씨라는 것은 중요하지 않았다. 어쨌든 내 마음이 세상에 나온 것이다.

나는 아저씨를 몰래 훔쳐보았다. 아저씨는 볼을 씰룩거리면서 나를 보고 있었다. 웃음을 터뜨리거나, 말이 너무 많다고 한 대 때릴 것 같았다. 어느 쪽일까?

하지만 그 어느 쪽도 아니었다. 아저씨는 벽장 문을 활짝 열고는 짧은 사다리를 꺼내어 그 위에 앉았다.

"그러니까 네 말은 그 남자아이가 네 가장 친한 친구에 대해 물었단 말이냐?"

나는 깜짝 놀라서 고개를 끄덕였다.

"그 남자아이는 네 친구를 귀엽다고 생각하고?"

나는 다시 고개를 끄덕였다.

"그 여자아이는 너희 둘과 같은 반이니?"

나는 고개를 저었다.

아저씨는 턱수염을 긁었다.

"넌 그 남자아이와 친구였단 말이지. 그 남자아이가 네 친구에 대해 묻기 전까지는."

나는 고개를 끄덕였고 모든 것을 이야기하기 시작했다. 어떻게 그 '남자아이'가 꼭두각시 사건을 가지고 나를 놀려도 기분 나쁘지 않은 사람이 되었는지, 우리가 어떻게 컴퓨터뿐만 아니라 다른 것들에 관해서도 많은 이야기를 나누게 되었는지, 또한 서로에게 조언을 구하고 문제를 해결할 수 있도록 어떻게 도왔는지까지 모두 말했다. 아저씨는 이따금씩 고개만 끄덕거릴 뿐이었다. 이야기가 다 끝나자 아저씨는 마지막으로 고개를 끄덕이며 말했다.

"그런 친구가 있다니 넌 아주 운이 좋은 아이구나."

"하지만 그 애는 진정한 친구가 아니에요. 질리에게 접근하기 위해 나한테 잘해 준 거라고요."

나는 손으로 입을 가렸다. 아직까지는 누구의 이름도 말하지 않았었다.

"하지만 그 아이가 질리에 대해 알기 전까지 너희 두 사람은 친구라고 방금 말하지 않았니? 맞지?"

아저씨가 지적했다.

나는 모든 일을 순서대로 되짚어 보았다.

"그런 것 같아요."

아저씨가 일어나 사다리를 접어 옆으로 치웠다.

"네가 이 말을 믿을지 모르겠지만, 좋은 친구가 남자 친구보다 더 나을 수도 있단다."

아저씨는 선반 위의 병에서 체리 맛 막대 사탕을 꺼냈다.

"친구란 맛있는 막대 사탕과 같은 법이지. 오래가거든."

그리고 싱긋 웃었다.

"네가 깨물지만 않는다면 말이야."

사탕도 나를 깨물지 않겠죠.

나는 한숨을 쉬었다. 마크와 사귀는 게 친구로 지내는 것보다 훨씬 나을 것 같았다. 그래도 마크가 질리를 좋아하기 전까지 우리는 친구였다. 그것은 분명한 사실이었다. 그런데 마크가 친구보다 질리를 더 좋아한다는 사실을 알고도 내가 마크와 친구로 지낼 수 있을까? 이건 모두 질리의 외모 때문이었다.

한숨을 쉬면서 일어나 문 쪽으로 걸어갔다. 내 시계는 4시 30분을 가리키고 있었다. 엄마가 데리러 올 때까지 아직 한 시간을 더 기다려야 했다.

"아이들이 아직도 컴퓨터 작업을 하고 있더구나. 방금 그쪽에서 오는 길이거든."

포슬로브스키 아저씨가 말했다.

아저씨가 그 말을 하기 전까지는 엄마가 올 때까지 숨어 있을 다른 장소를 찾을 생각이었다. 그런데 그때 갑자기 생각이 바뀌었다.

"같이 가줄까?"

아저씨가 말했다.

나는 고개를 저었다.

"길 알아요."

나는 막대 사탕을 뒷주머니에 집어넣고 복도를 성큼성큼 걸어갔다. 그러다가 멈추어 서서 돌아보며 말했다.

"고맙습니다."

벽장에서 손 하나가 나오더니 어서 가라고 손짓했다. 나는 숨을 깊이 들이마시고 내 큰 두 발로 한 발 한 발 걸어갔다.

***

"어디 갔었어?"

컴퓨터실에 들어서는 순간, 타일러가 내게 얼굴을 들이밀며 물었다. 마치 한 시간 30분이 아니라 며칠 동안 날 못 봤던 사람 같았다.

"안 좋은 일이 있었어."

"이제 괜찮니?"

모레노 선생님이 내 말을 듣고 걱정스러운 얼굴로 물었다.

"네, 괜찮아요."

거짓말을 한 게 마음에 찔렸다.

"허위 신고예요. 장의사한테 연락온 건 없더라고요."

나는 미소를 지어 보이며 말했다.

모레노 선생님도 미소를 지으며 말했다.

"그럼 됐다. 오늘 한 부분은 내일 보충해 주마."

나는 고개를 끄덕인 뒤 바닥에 가방을 내려놓고 작업을 시작했다.

마크 쪽을 쳐다보고 싶어 미칠 것 같았지만 단 한 번도 눈길을 주지 않았다. 그런데 일단 작업을 시작하자 마크에 대한 생각을 거의 하지 않게 되었다. 우리 조에서 맡은 페이지들이 점점 형체를 갖추어 갔다. 나는 조원들이 물어보는 질문에 답했고, 타일러가 교사 인터뷰 페이지 만드는 것을 도왔다. 또 2학년 선배들에게 이미지 맵을 가르쳐 주었다. 이것이 나에게 어울리는 일이었으며 또한 내가 잘하는 일이었다.

"자, 여러분. 이제 정리합시다."

아네트 선생님의 목소리에 깜짝 놀랐다. 나는 컴퓨터에서 눈을 뗐다. 시간이 그렇게 빨리 흘렀을 리가 없다. 절대. 하지만 시계를 보니 벌써 마무리할 시간이 되어 있었다. 그도 그럴 것이, 보통 두 시간 30분씩 하던 것을 오늘은 한 시간밖에 하지 않았으니까.

"있잖아, 에린?"

타일러가 내 쪽으로 몸을 기울이며 말했다.

"왜, 타일러?"

"궁금해서 그러는데, 너 혹시……."

아, 안 돼. 데이트하자는 거야?

"이미지 정렬하는 거 한 번만 더 보여 줄래?"

"아, 물론이지."

야, 에린! 너 대체 무슨 상상을 한 거야? 나는 타일러가 데이트 신청을 하지 않은 것에 안심이 되기보다는 약간 실망스러웠다. 이건 대체 무슨 마음일까?

타일러에게 이미지를 정렬하는 명령어 세 개를 다 보여 주었을 즈음 컴퓨터실은 거의 비었다. 남은 사람은 모레노 선생님, 아네트 선생님, 로지, 그리고 마크였다. 좋아.

"목요일에 보자."

타일러가 문 쪽으로 가면서 말했다.

"급한 일이 있었대."

타일러가 마크에게 말했다. 마치 나에 관한 정보를 공유하기라도 하는 듯했다. 나는 우리 조의 컴퓨터들이 잘 꺼졌는지 확인하다 그 말을 듣고는 미소를 짓고 말았다.

"급한 일이 뭐였는데?"

마크가 두 조 사이에 서서 내 길을 막으며 물었다. 마크는 한쪽 엄지손가락에 가방 끈을 걸어 가방을 들고는, 두 눈이 다 보이도록 앞머리를 뒤로 넘기고 있었다.

"네가 상관할 일 아니야."

나는 마크의 두 눈을 피하면서 말했다.

"그래, 그렇겠지. 아까 복도에서 너한테 손을 흔들었는데 넌 못 본 것 같더라."

마크가 한 발짝 앞으로 나왔다.

"나 가야 해."

"그래, 급한 일이 있다고 했지."

그러고는 어색한 침묵이 흘렀다.

"있잖아."

우리는 동시에 말했다. 그리고 함께 웃었다. 그 덕분에 어색했던 분위기가 좀 풀렸다.

"어제 짜증 내서 미안해. 머릿속이 좀 복잡해서 그랬어."

내가 말했다.

마크가 고개를 끄덕였다.

"우린 친구 맞지?"

마크가 가방을 들고 있지 않은 한 손을 내밀었다.

"당연하지."

나는 마크의 손을 잡으며 말했다. 따뜻하고 단단한 손이었다. 전에 질리와 스케이트를 타러 갔을 때 어떤 남자아이가 함께 스케이트를 타자고 한 적이 있었는데, 그때 만졌던 그 아이의 손은 땀에 젖어 있어 기분이 나빴다. 나는 남자아이들과 스케이트를 타고 싶지 않았지만 질리는 타고 싶어 했다. 남자아이들은 언제나 두 명씩 짝을 지어 우리 곁으로 다가왔고 누가 질리와 함께 스케이트를 탈지 정하기 위해 가위바위보를 했다. 진 사람이 나와 탔다.

"음, 에린?"

"응?"

나는 정신을 차리고 마크를 다시 바라보았다. 마크는 아직도 자기 손을 꼭 잡고 있는 내 손을 턱으로 가리켰다.

“아, 미안.”

나는 뺨이 확 달아올라 얼른 뒤돌아서다가 가방으로 로지를 치고 말했다.

“미안해!”

“괜찮아.”

로지가 우리 둘을 쳐다보았다.

“키스하고 화해했냐?”

얼굴을 붉힌 것은 마크였다. 나는 마크를 향해 어깨를 으쓱하며 고개를 끄덕였다. 마크가 미소를 지었다. 그다지 나쁘지 않았다. 어쩌면 마크도 내 마음을 알게 됐을 것이다. 그래서 이제 질리에 대해 더 이상 묻지 않을 것이고, 결국 질리를 잊을 것이다.

컴퓨터는 절대 멈추지 않을 것이고, 다음 날 아침이면 내 발은 230 사이즈로 줄어 있을 것이다.

 **11월 5일 화요일**

참고로, 컴퓨터들은 때가 되자 작동을 멈추었고, 내 발은 밤사이 230사이즈로 줄어들지 않았어. 이런 게 현실인 걸까? 그걸 확인시켜 주기라도 하듯 마크가 질리에 대해 또 물었어. 마치 내가 그런 정보들을 전문적으로 알려 주는 사람이라도 되는 것처럼 말이야.

마크는 질리에 대한 모든 것들을 관심 목록에 올렸어. 그래서 내가 질리에 대한 이야기를 하면 눈을 반짝이다가도, 학교 홈페이지 이야기를 꺼내면 금세 시들해져. 마크가 그저 조용히 멀리서만 질리를 좋아할 수는 없는 걸까? 질리의 이름 따위는 묻지 말고 그냥 속으로만 좋아할 수도 있는 거잖아.

마크가 귀여운 얼굴로 간절하게 내 대답을 기다리고 있는 걸 보니 더 이상 외면할 수 없었어. 결국 나는 친구된 도리를 다하기로 하고 질리의 이름을 말해 주었지. 그리고 내 가슴속에는 커다란 구덩이가 생겼어. 사람도 들어갈 만큼 큰 구덩이가. 왜 영화 보면 사람들이 정글 같은 데를 걷다가 나뭇잎을 잘못 밟아서 구덩이로 떨어지곤 하잖아. 내 가슴속 구덩이가 딱 그것만 해.

마크에게 질리의 이름을 가르쳐 주었을 때 세상이 뒤집어질 만한 사건은 일어나지 않았어. 하늘도 무너지지 않았고, 마크가 나를 새로운 눈빛으로 보지도 않았고, 질리에 대한 모든 것을 잊어버리거나 하지도 않았어. 그 냥…… 그건 희망일 뿐이었지. 그래서 나는 포슬로브스키 아저씨가 말한 게 사실인지 확인해 보기로 했어. 그건 위대한 실험이었지. 그 결과는 분명히 과학 잡지에 실릴 거야.

실험 주제: 남자 친구와 친구 중에서 누가 더 오래갈까? ❓
(그러니까 막대 사탕이 얼마나 오래갈까 하는 거지)

과학자, 에린 P. 스위프트는 이 실험 주제에 대해 한 가지 의견을 밝히고자 한다. 그러니까 누가 이런 문제에 신경이나 쓴대? 실험이고 나발이고 과학자, 에린 스위프트가 원하는 건 오직 한 가지, 마크가 자신에게 사랑을 고백하는 것뿐이다.

가설 1

마크가 질리를 계속 좋아하고, 질리도 결국 마크를 좋아하게 되면 에린 P. 스위프트는 쓸모없는 파일처럼 삭제될 것이다. 에린은 휴지통에 던져져서 누구의 눈에도 띄지 않게 될 것이고, 사랑 고백도 받지 못할 것이다.

가설 2

두 사람이 데이트를 시작하면 모든 건 끝장이다.

동의하면 **YES**를 클릭하고, 네가 바보면 **NO**를 클릭해.

chapter 17

세상의 정의는 어디에?

"야, 저기 봐, 진짜 괜찮은 애가 떴어."

학교 정문에 거의 도착했을 때 질리가 내 팔을 붙잡고는 빙글빙글 돌았다. 나는 비틀거리면서 간신히 앞을 보았다. 마크가 30미터도 채 안 되는 저 앞, 서리로 뒤덮인 갈색 잔디밭에서 몇몇 남자애들과 해키색 놀이(제기차기와 비슷한 놀이-옮긴이 주)를 하며 걸어오고 있었다. 내 심장이 발꿈치까지 쿵 떨어졌다. 누군가 내 가설에 동의를 해서 YES에 클릭을 했다면, 그 사람은 상으로 질리와 마크의 결혼식 청첩장이라도 받게 될 것이다.

"괜찮네. 어서 들어가자."

나는 몸을 가누려고 애쓰며 말했다.

"괜찮다고? 너 농담하니? 저 앤 거의 남신이잖아."

나는 크게 한숨을 쉬며 말했다.

"넌 저런 타입을 좋아하는구나."

나는 마크 쪽을 힐끗 보면서 마크가 우리를 보지 못한 걸 확인했다. 그때 갑자기 질리의 관심을 돌릴 좋은 생각이 떠올랐다.

"저 애는 1학년인 것 같은데. 너보다 어려 보여."

"몇 학년이든 근사한 사람은 관심을 갖고 볼 필요가 있어."

그러더니 질리는 내 팔을 잡았다.

"쳐다보지 마. 그냥 자연스럽게 행동해."

"이제 염탐 같은 거 안 할 거야."

내가 신음하듯 말했다.

"잠깐만, 저 애가 나를 보고 있는 것 같아."

질리가 말했다.

"너 안 쳐다보거든. 해키색을 하고 있어."

나는 안절부절못했다. 마크가 이쪽을 보면 나를 볼 것이고, 나를 보면 이쪽으로 올 것이고, 이쪽으로 오면 질리를 보게 될 것이다. 그리고 질리를 보면 나한테 소개해 달라고 하겠지. 내가 마크를 소개해 주면……. 나는 질리 팔을 잡아당겼다.

"이제 네 스파이 노릇 안 할 거야, 질리. 어서 가자."

질리가 나를 노려보았다.

"왜 그렇게 봐?"

내가 물었다. 하지만 나는 그 이유를 알고 있었다. 나는 이제까지 한 번도 질리에게 그런 식으로 말한 적이 없었다. 그런 내가 질리에게 맞선 것이다.

"저 애는 그냥 해키색을 하면서 건물 쪽으로 가고 있어. 이제 그만 가자."

나는 질리가 대꾸하기 전에 말했다.

질리가 잔디 저쪽을 보았다. 나는 마크의 눈에 혹시 띄기라도 할까 봐 건물 쪽으로 몸을 숙였다.

"야, 스위프트!"

젠장! 마크가 나를 보고 우리를 향해 잔디밭을 반쯤 걸어오고 있었다.

"세상에, 저 애가 너를 알잖아!"

질리가 돌아서더니 의심스러운 눈초리로 나를 보았다.

"너도 저 애를 알고 있는 거지? 그런데 왜 모른 체한 거야?"

"제대로 못 봤어. 눈이 부셨거든."

나는 쭈뼛쭈뼛 말했다.

"해는 저쪽에 있어."

질리가 화가 난 듯 말했다.

"늦겠다. 어서 가자."

"곧 갈게."

질리는 구부리고 앉아 풀리지 않은 신발 끈을 다시 묶었다.

"그러시든지."

내가 말했다. 이제 모든 것은 끝났다. 나는 최선을 다했지만 모든 것은 내 손을 벗어났다. 두 사람이 서로를 안으며 영원한 사랑을 맹세하는 것을 바로 옆에서 보지는 않을 것이다. 고행의 길로 들어서지 않을 테다. 문을 밀고 들어가려는데 질리가 내 팔을 잡았다.

"잠깐만. 너, 저 애를 좋아하는 건 아니지, 그렇지?"

나는 질리의 눈을 피했다. 마크를 좋아하느냐고? 저 멋진 앞머리 밑으로 나를 쳐다보는 환상적인 눈길을 말이야? 비밀을 나누기라도 할 듯 한쪽으로만 살짝 짓는 그 미소 말이야? 내 이름을 갖고 나를 놀리면서도 전혀 기분 나쁘지 않은 그 말투 말이야? 뭘 좋아하겠어?

갑자기 미친 생각이 내 머릿속을 스쳤다. 내가 좋아한다고 대답하면 어떻게 될까? 내 비밀을 말해 버리면?

바나나 같은 입 모양을 하고 웃는 아나운서가 마이크를 내 얼굴에 들이미는 것이 보였다.

"에린 스위프트, 어서 털어놓으세요!"

아나운서가 소리치자 방청객들이 소리치기 시작한다.

"에-린, 에-린, 에-린."

번쩍이는 스튜디오 조명 사이로 너무 익어 버린 토마토가 가득 든 상자가 우리 머리 위에 매달려 있는 게 보였다. 내가 진실을 말했을 때, 내 대답이 마음에 들면 방청객들은 버저를 눌러 질리 머리 위에서 토마토 상자를 열 것이다. 하지만 내 대답이 마음에 들지 않으면 상자는 내 머리 위에서 열릴 것이다.

"에린?"

아나운서가 재촉하는 가운데 방청석에서 누군가의 목소리가 들렸다.

"에린, 기운 내!"

나는 눈을 깜빡였다. 질리는 나를 보며 미간을 찌푸렸다.

"너, 저 애 안 좋아하지?"

나는 살그머니 위를 보았다. 잘 익은 토마토 상자는 없었다. 말할 수 있는 기회가 아직도 있었다. '내가 먼저 그 애를 보았으니까.' 라는 규칙을 적용하면 질리가 물러설지도 몰랐다. 아니면 마크가 우리 둘 모두를 보고는 자신의 진정한 사랑은 농구 코트에서 자기 바로 앞에 있었던 사람이라고 결정할지도 몰랐다.

나는 한숨을 쉬고 눈을 치떴다.

아니, 좋아해.

"아닐 거야. 우리가 얼마나 운이 좋았는데. 한 번도 같은 남자애를 동시에 좋아한 적이 없었잖아."

나는 대답하지 않았다. 질리는 3학년 때 티모시 컨즈, 4학년 때 조나단 존스, 6학년 때 바비 릿지 일을 몰랐다. 질리는 그 애들에 대해 항상 먼저 이야기를 꺼냈고, 그래서 나는 질리가 그 애들을 차지한다고 생각했다. 결국 내 감정은 질리보다 먼저 희미해졌다. 그게 나았다. 그리고 마크도, 아마 이번에도 마크를 그만 좋아할 수 있을 것이다. 언젠가는.

"연극 연습 때 보자."

나는 질리를 마크와 함께 밖에 두고 문을 밀고 들어가 아이들 속에 섞였다. 너무 당황스러웠던 나머지 누가 문 옆에서 창문을 내다보며 서 있는지도 알아채지 못했다. 그 아이가 말할 때까지.

"내가 뭐라 그랬어."

나는 내가 할 수 있는 한 가장 못되 보이게 얼굴을 찡그리며 세리나를 째려보았다.

"닥치시지."

내가 괴로워하고 있는 모습을 세리나가 보든 말든 상관없었다. 나는 그냥 꺼져 버리고 싶을 뿐이었다.

 **11월 6일 수요일**

내 인생에 이것보다 더 끔찍한 일이 벌어질 수 있을까? 마크는 오늘 아침 질리를 처음 만난 후 질리가 얼마나 괜찮은 아이인지 계속 이야기했어. 그 이야기를 들어 주느라고 난 정말 최선을 다해야 했어. 하지만 쉽지 않은 일이었어. 아마 포슬로브스키 아저씨는 모를 거야. 마크와 계속 친구로 지내는 일이 얼마나 끔찍한지 말이야.

마크는 자기가 내 단짝을 좋아해서 내가 기뻐할 거라고 생각하고 있어. 자기가 던지는 그 많은 질문들이 나를 고통스럽게 하고 있다는 건 모르고 말이야. 마크가 지금 내 기분이 어떤지 제발 알았으면 좋겠어. 입학 첫날부터 난 마크를 좋아하고 있었단 말이야. 이 세상에 대체 정의가 있긴 한 거야?

마크는 질리가 데이트를 해줄 것 같은지 나에게 물었어. 내가 중간에서 뭐든 다 해줄 거라고 생각하나 봐. 천만에 말씀! 난 마크에게 "넌 다 컸으니까 네가 알아서 해!"라고 말했는데, 그러지 말 걸 그랬나 봐. 마크가 하루 종일 인상을 쓰고는 내게 한마디도 하지 않는 거야. 세상에! 마크는 내가 둘 사이를 이어 주지 않는다고 화가 난 거야. 이렇게 될 줄 알았어. 두 사람이 공식적으로 사귀는 것도 아닌데, 내 가설 2번이 벌써 현실이 되고 있는 거야. 모든 게 끝장이야.

그래서 나는 수업 시간 내내 마크의 등만 봤어. 정말 짜증 났다고. 마크는 보통 최소한 한두 번 정도는 뒤돌아보고 나를 향해 인상을 찡그리곤 했는데 오늘은 아니었지. 마크의 뒷모습만 보다 보니 셔츠 깃에 닿은 마크의 멋진 고수머리가 눈에 들어왔어. 나는 최면이라도 걸린 듯 고수머리만 계속 뚫어져라 쳐다봤어. 만지고 싶었어. 거의 만지려다가…… 그러지 못했어. 나에게 화가 나 있는데 머리를 만지면 날 이상하게 볼 것 같았거든. 내가 몰리브라운 중학교를 싫어한다고 말했던가? 혹시 했더라도 다시 말해야지.

몰리브라운 중학교 싫어! 

chapter 18

치명적 사랑

마크가 무대 공포증을 극복하고 내 도움 없이 질리에게 데이트 신청을 했다. 그리고 두 사람은 공식 커플이 되었다. 중학교 1학년에게 커플이 된다는 것은, 마크가 자기 수업에는 늦으면서 거의 모든 질리 수업에 질리를 데려다 주고, 매일 통화를 한다는 것을 의미한다. 또 그것은 마크가 나와 대화할 때, 10퍼센트만 꼭 필요한 이야기를 하고 나머지 90퍼센트는 쓸데없는 질리 이야기를 한다는 의미이다.

마크가 화를 풀고 예전처럼 나와 이야기를 한다는 사실에 기쁘기는 했다. 하지만 대화는 그다지 즐겁지 않았다. 예를 들면, 두 사람이 같이 있다 마크가 교실로 돌아와서 나와 나눈 대화 내용은 이랬다.

마크: 질리는 진짜 멋진 애야.

나: (수학 시험지에 집중하려고 애쓰며) 응.

마크: 질리가 겨울 방학 동안 드라마 캠프에 갈 거라는 것 알고 있었냐?

마크: 응.

마크: 알고 있을 거라 생각했어. 너희 둘은 단짝이니까.

나: 응.

마크: 이번 주말에 질리를 어디로 데리고 갈까?

나: 낭떠러지에.

물론 내가 진짜 그렇게 대답한 것은 아니고 머릿속에서만 그렇게 했다. 그렇지만 너무 짜증이 났다. 그래서 대화 주제를 다른 것으로 한번 바꾸어 보기로 했다.

나: 스포츠 페이지는 어떻게 돼 가?

질리에게 미쳐 있기 전이라면, 마크는 자기 조에서 어떻게 진행하고 있는지 20분 동안 설명을 했을 것이다. 질리에게 미쳐 있는 마크의 대답은 이렇다.

마크: 잘돼 가. 질리가 영화 보러 가는 걸 좋아할까, 점심 먹으러 가는 걸 좋아할까?

과학 잡지에서 아직 전화가 오지는 않았지만 가설 1번과 2번이 도처에서 현실화되고 있다. 인류 역사상 가장 빠른 속도로 증명이 된 가설임이 분명하다. 딱 하나 다행인 것은 질리 엄마가 질리가 남자아이와 단둘이서 데이트하도록 허락하지 않는다는 것이다. 질리는 이제 겨우 열두 살하고도 9개월이기 때문이다. 질리나 나나 열다섯 살이나 열여섯 살이 되기 전에는 데이트를 할 수 없다.

이 사실을 알면 마크가 좀 조용해질 것 같아서 이 말을 마크에게 해줄까 생각도 했지만 하지 않았다. 마크가 질리를 좋아하는 것을 가지고 내가 어떻게 화를 낼 수 있단 말인가. 그리고 이상한 일이지만 나는 여전히 마크가 좋다. 마크는 너무 근사하고 착하니까(질리에게 빠져 있지 않을 때). 그리고 질리와 단둘이 데이트를 하지 못한다는 사실에 마크가 불쌍하기도 하다. 이 모든 감정이 동시에 들었다.

* * *

"마크는 어디에 있으려나?"

식당에서 우리가 늘 앉는 자리에 앉으면서 로지가 말했다. 하지만 그것은 자기는 마크가 어디에 있는지 잘 알고 있는데 나도 알고 있는지 궁금하다는 말투였다.

나는 로지 옆 빈자리를 흘낏 쳐다본 후 물병을 열고 한 모금 쭉 들이켰다. 그리고 손등으로 입을 닦으면서 로지를 똑바로 쳐다보았다.

"어디 있는지 알잖아."

로지는 망설이다가 고개를 끄덕였다.

"너도 알아?"

"아마 질리랑 같이 있겠지."

로지가 한숨을 쉬었다. 슬픈 한숨이었다. 아주 잠깐 동안 로지도 마크를 좋아하는 것이 아닌가 하는 의심이 들었다. 하지만 나는 로지가 자기 조의 2학년 조장을 눈여겨보고 있다는 것을 알고 있었다. 설마 로지도 마크를 좋아하면서 그 사실을 숨기려고 2학년 조장을 좋아한다는 핑계를 대는 것은 아닐까?

"네가 모르고 있으면 말하지 않으려고 했는데."

로지의 말에 나는 정신을 차리고 물었다.

"왜?"

나는 이미 그 답을 알고 있었다.

"내가 마크를 좋아하는 거 너도 알고 있었구나."

물론 로지도 눈치채고 있었을 것이다. 로지는 모든 방면에 똑똑하니까.

"그럴지도 모른다고 생각했어. 그런데 넌 마크랑 정말 좋은 친구 사이인 것 같기도 해서 긴가민가했었어."

로지는 미소를 지었다.

"마크 옆에서 넌 너무 조용해. 난 내가 좋아하는 남자아이 옆에서 절대 그러지 않거든."

하기야 자신만만하지 않은 로지를 상상하기는 힘들었다.

"그래서 내가 마크랑 컴퓨터 이야기만 하는 거야. 그래야 내가 마크를 좋아하고 있다는 것을 잊을 수 있거든."

나는 감자튀김을 먹으면서 마크가 내게 어떤 질문들을 했고, 내가 왜 화가 났는지 모두 말했다.

"마크가 너한테도 질리에 대해 이야기를 하니?"

내가 묻자 로지는 고개를 저었다.

"우리는 그런 이야기는 안 해. 예전에는 그런 이야기도 했었는데 그러다 보니 마크가 나한테 이것저것 해달라고 하더라고. 너한테 원했던 것처럼 말이야. 그래서 난 싫다고 그랬지."

"그랬구나."

나는 마크와 질리가 뭘 하고 있을지 떠올리지 않으려고 애썼다. 제발 두 사람이 포슬로브스키 아저씨의 벽장에 들어가 있지 않기를 바랐다.

"아무튼 오늘은 금요일이니까."

이틀 동안은 두 사람이 함께 있는 것을 보면서 고행을 하지 않아도 되었다.

"내가 뭐라 그랬어."

고개를 들어보니 세리나가 식판을 들고 내 옆에 서 있었다.

"내가 그럴 거라고 했잖아. 내 말이 맞지?"

세리나가 말했다. 그런데 내 얼굴에 대고 그 말을 자꾸 하는 세리나의 표정은 기뻐 보이지 않고 울 것 같아 보였다.

"그래, 네 말이 맞았어."

나는 내 목소리에 짜증이 섞여 있지 않다는 것을 알고 놀랐다.

세리나는 전날 연극 연습을 할 때도 그 말을 또 했다. 질리가 머리가 엉망인 채로 연습에 늦게 온 것이다. 세리나가 질리를 한번 보더니 눈을 홉뜨고는 말했다.

"질리도 역겹고 마크도 역겨워. 두 사람은 수위 아저씨의 벽장을 못 찾았나 봐?"

나는 두 사람이 내가 베개랑 하는 짓을 한다고는 차마 생각하고 싶지 않았다.

"그러게."

그때 나도 모르게 맞장구치고 말았다. 세상에, 내가 대놓고 세리나 워싱턴에게 동조하고 말았군. 이게 무슨 일일까?

"넌 아무것도 몰라."

세리나가 어깨 위로 땋은 머리를 다시 땋으면서 말했다. 트루비 선생님이 악보를 넘기고 있는 것이 보였다. 곧 연습이 시작될 것 같았다.

"너 질투하는 거지? 너도 벽장에 마크와 함께 있고 싶은 거잖아."

내가 말했다.

"그러는 너는? 첫날부터 마크에게 침을 줄줄 흘렸잖아! 우리 학교에서 그걸 몰랐던 건 마크뿐이었거든!"

그게 사실일까?

"그냥 무시해."

로지의 말에 나는 다시 정신을 차리고 식당으로 돌아왔다. 세리나가 다른 테이블로 가고 있었다. 이상하게도 세리나가 가엾어 보였다. 최소한 마크와 나는 친구로 지냈다. 하지만 마크는 세리나와는 말도 하지 않았다.

***

그날 오후 나는 로지와 함께 버스에 탔다. 로지는 자연스럽게 내 앞자리에 앉았다. 질리 때문에 옆자리를 비워 준 것이다. 그런 로지가 참 멋있어 보였다. 우리는 이제 정말 친구가 되었지만, 내가 거의 항상 질리와 앉는다는 사실에 로지는 신경 쓰지 않았다.

"옆자리 비워 둬. 질리가 이 버스 또 놓칠 것 같아."

내가 말했다.

아침에 수업을 들으러 가면서 질리는 나에게 자기 자리를 맡아 두라고 했었다.

"늘 그렇게 하잖아."

나는 질리에게 전날 '내가 이름을 말하고 싶지 않은 그 아이'와 '내가 상상하기도 싫은 그 짓'을 하느라 버스를 놓친 사람이 누구였는지 말하지 않았다. 그 바람에 나는 옆자리가 비어서 혼자 앉아 가야 했다. 그 일은 또 일어날 것 같았다.

로지는 나를 볼 수 있도록 뒤를 향해 앉아서 앞좌석 등받이에 머리를 기댔다. 나는 창문에 등을 대고 앉아 통로 쪽으로 발을 내밀었다. 밖에서 일어날 어떤 일도 보고 싶지 않았다.

"질리 온다. 차에 탈 수 있을 것 같아."

로지가 말했다.

나는 입술을 깨물었다. 묻지 말자, 묻지 말자고. 하지만 내 혀가 자기 마음대로 움직였다.

"마크……."

"그래, 마크랑 함께 있어."

로지는 내가 무슨 말을 할지 이미 알고 있었다. 로지는 괴로운 표정을 지어 보였다.

"넌 질리가 차 탈 때까지 책이나 읽어야겠다."

"왜?"

보고 싶기도 하고, 보고 싶지 않기도 했다.

"두 사람이 손을 잡고 있어?"

로지가 천천히 고개를 끄덕였다.

"두 사람……."

"진짜 알고 싶은 거야?"

나는 한숨을 쉬었다.

"아니, 하지만 언젠가는 맞닥뜨려야 할 것 같아. 받아들여야지. 마크는 내 친구잖아, 안 그래?"

"맞아. 하지만 받아들인다는 게 두 사람의 일을 모두 알고 있어야 하는 건 아니야."

"맞아. 우리 다른 이야기나 하자."

나는 가슴 앞에 팔짱을 끼며 말했다.

로지의 얼굴이 환해졌다. 로지는 무릎을 세우고 앉더니 좌석 등받이에 팔꿈치를 얹었다.

"우리 집에 가서 내 컴퓨터 볼래? 최신형으로 바꾸었거든."

"안 볼래. 우리 엄마 컴퓨터는 진짜 최신식 기종인데 나랑 오빠가 쓰는 컴퓨터는 2년 전 모델이야. 완전 구닥다리지."

내가 말했다.

"공룡이네."

로지가 내 말에 맞장구를 쳤다.

"얘들아."

질리가 통로에 서더니 내 발을 툭 쳤다. 내가 발을 바닥에 내리자 질리가 내 옆에 털썩 앉았다. 전에 소설책에서 여자가 사랑에 빠졌을 때 어떻게 빛이 나는지 읽었던 게 기억이 났다. 그때는 '뻥, 뻥, 순 뻥.'이라고 생각했다. 그런데 이제 그 생각을 바꿔야 할 것 같았다. 질리의 얼굴은 정말 빛나고 있었다. 그 얼굴은 할로윈 때 흔히 보는 것처럼 어둠 속에서 빛나는 푸르스름한 하얀색이 아니었다. 부드러운 분홍색에, 눈은 반짝이고 있었다. 질리의 얼굴을 본 순간 내 심장이 쿵 떨어졌다.

"다들 자리에 앉았니?"

기사 아저씨가 말했다. 그리고 스쿨버스의 문을 닫으려고 했다.

"잠깐만요!"

우리는 모두 소리가 나는 쪽을 보았다. 마크가 계단을 뛰어 올라와 차 안의 얼굴들을 훑어보더니 내 옆에 앉아 있는 빛나는 얼굴에 시선을 멈추었다. 그러고는 성큼성큼 통로를 걸어오더니 몸을 굽혀 질리의 입에 키스를 했다. 나는 너무 놀란 나머지 멍하니 두 사람을 계속 쳐다보았다. 두 사람은 머리를 돌려 입술을 맞대고 있었는데 코가 거의 닿을 것 같았다.

하나, 둘, 셋.

나는 넷을 세면서 고개를 돌려 창밖을 보았다. 두 사람이 다섯까지 갔는지 어땠는지는 모른다. 두 사람에게 '우우우우' 하고 환호성을 보내고 있는 버스 안 아이들을 향해 기사 아저씨가 소리를 지르기 시작했기 때문이다.

"내 차에서는 그런 짓 하면 안 된다! 내 말이 듣기 싫다고? 그럼 출발하기 전에 뛰어 내려!"

"나랑 우리 집에 가면 되잖아."

질리가 속삭이는 게 들렸다.

마크가 킬킬거리며 웃었다. 그러더니 쪽 하고 뽀뽀하는 소리가 들렸고, 이어 빠르게 통로를 뛰어가 계단을 내려가는 마크의 발자국 소리가 들렸다.

　질리가 내 옆에서 크게 숨을 내쉬었지만 나는 질리를 볼 수 없었다. 어이없는 이유로 나는 아무것도 볼 수 없었다. 눈앞이 흐릿해졌기 때문이다.

 **11월 9일 토요일**

아만다가 어떤 남자애랑 키스하는 걸 지켜보던 크리스 오빠를 보고, 그래도 난 운이 좋다고 말했던가? 아니야. 크리스 오빠가 차라리 나았어. 오빠는 족히 15미터는 떨어져서 봤지만, 나는 마크가 질리에게 입을 맞출 때 겨우 15센티미터 거리에 있었거든.

악몽을 꾸는 것 같아……. 두 사람의 입술이 포개져 있는 모습이 머릿속에서 지워지지 않아. 반복 재생 버튼을 눌러놓은 노래처럼 또 나오고, 또 나오고, 내 머릿속에는 멈춤 버튼이 없어서 고함이라도 지르고 싶어. 부끄럼쟁이 마크가 무슨 일을 한 거야? 질리가 데이트를 해줄까 묻던 그 아이가 무슨 짓을 한 거냐고? '사람들이 다 보는 앞에서 키스해 줄게' 하는 이 대담한 소년은 갑자기 어디서 튀어나온 거지?

오늘은 질리를 보지 않으려고 했어. 반짝이는 얼굴로 키스를 하던 질리를 보면 울음이나 터뜨리는 찌질이가 될 것 같았거든. 하지만 질리는 급하게 해야 하는 숙제가 있으니 얼른 와 달라고 말했어. 질리를 보는 건 힘든 일이었지만 질리를 영영 안 보고 살 순 없어. 그건 더 힘들 것 같았거든. 해결책을 찾아야 했어. 숙제⋯⋯. 좋아, 숙제를 하는 건 괜찮을 것 같았어.

바보, 에린!

수학 문제를 딱 두 개 풀고 나자 질리가 마크 이야기를 하기 시작하는 거
야. 질리가 물었어. "마크 귀를 본 적 있어?" 이보세요, 난 마크 뒤에 앉아
서 세 과목이나 듣거든요. 질리는 마크의 귓불이 붙어 있는 게 귀엽지 않
느냐고 물었어. 난 참을 수 없어서 되물었어. "붙어 있다고? 그게 뭐 어때
서?" 질리는 내 말을 무시하고 귓불 이야기를 시작했어. 질리 말로는 어
떤 사람들은 귓불이 붙어 있고 어떤 사람들은 귓불이 늘어져 있대. 아마
몰리 언니가 생물 시간에 배운 걸 질리에게 얘기해 줬겠지.
질리는 귓불 얘기를 마치 옷이나 머리 모양에 대해 얘기하는 것처럼 자연
스럽게 했어. 어떻게 귓불에 대해 그렇게 진지하게 이야기할 수 있지? 정
말 어이가 없어. 그럼, 그건 무슨 뜻이야? 유전에 대해 이야기하는 건데,
마크랑 결혼이라도 하겠단 거야?
나는 점점 벼랑으로 몰려서 결국 뛰어내리고 말았어. 질리가 마크의 다른

신체 부위에 대해 이야기를 하는데 참고 들을 수가 없었어. 질리의 생각이 어떻든 누가 알고 싶대.

이상하고도 수수께끼 같은 일

타일러가 내 사물함 틈에 그다지 익명으로 느껴지지 않는 쪽지를 남겼어. 나는 쪽지를 보자마자 타일러가 보냈다는 걸 알 수 있었어. 쪽지에 묻은 얼룩에서 타일러 머리에서 나는 것과 같은 향이 났기 때문이야. 칼라가 뭐라고 적혀 있는지 알고 싶어 안달했지만(칼라도 그게 누가 보낸 건지 알았어) 난 보여 주지 않았어. 그건 내 사생활이니까. 하지만 원본을 잃어버릴 경우를 대비해서 여기에는 남겨 두어야겠어.

　네 바로 앞에 뭐가 있는지

　충분한 시간을 갖고

　찬찬히 살펴본다면,

　누군가

　너를 아름다움 그 이상이라고

　생각한다는 걸 알고 놀라게 될 거야.

아름다움 그 이상. '아름다움 그 이상'은 고사하고 지금까지 나에게 아름답다고 해준 사람도 없었어. 아빠가 그런 적은 있지만(그것도 '이상'은 아니고 그냥 예쁘다고만 했지) 그건 들었다고 칠 수 없는 거잖아. 생각해 보니 누가 나에게 예쁘다거나 귀엽다고 한 적도 없는 것 같아. 얼뜨기가 보낸 것치고는 참 예쁜 시였어. 타일러가 이 시를 어디에서 베낀 걸까 궁금해. 분명히 베꼈을 거야. 타일러의 머리로는 절대 이렇게 좋은 시를 생각해 낼 수 없거든.

타일러가 사람 보는 눈은 있는데, 그래도 그 머리는 참……. 머리 모양을 좀 바꾸면 좋으련만.

chapter 19

우정과 사랑 사이

"엄마가 오늘 신발을 사야 한다고 하셨어."

크리스 오빠가 양손으로 농구공을 이리저리 퉁기면서 내게 걸어 왔다. 일요일 오후였고 나는 방 청소를 해야 했다. 하지만 그전에 '나 말고는 아무도 보지 않는' 은밀하고도 개인적인 내 블로그에 할 말이 너무 많았다.

"알았어."

나는 클릭을 해서 블로그 창을 닫은 뒤 컴퓨터를 끄고 일어났다.

"코딱지 붙었다."

"아니야."

오빠는 그렇게 말하면서도 손등으로 코를 닦았다.

"그건 뭐야?"

오빠는 내가 드라이브에서 꺼낸 CD를 가리켰다.

"신경 꺼."

나는 내 방에 CD를 숨기려고 뛰어 올라갔다.

＊＊＊

오빠는 사고 싶은 신발을 바로 골라서 계산을 했다. 하지만 나는 시간이 좀 더 필요했다. 나 같은 발을 가진 사람에게 신발은 아주 중요하다. 신으면 발이 작아 보여야 할 뿐만 아니라 편안하고 튼튼해야 했다. 신발을 고르는 것은 아주 과학적인 과정이다.

"푸드코트에서 콜라 사 먹고 있을게. 거기로 와."

내가 여섯 번째 신발을 꺼냈을 때 오빠가 돈을 건네며 말했다.

몇 켤레 더 신어 본 뒤 마침내 결정하고 신발을 샀다. 신발이 든 쇼핑백을 손목에 걸어 흔들며 푸드코트로 갔다. 손목으로 정확하게 원을 그리며 돌리는 데 신경을 쓰느라 처음에는 오렌지 줄리어스 가게 앞이 시끌시끌하다는 것도 알아채지 못했다. 그런데 화난 여자아이의 새된 목소리가 들렸다.

"친구 코나 때리는 세상에서 제일 못난 꼴통……."

나는 벽 뒤에 숨어서 몰래 내다보았다.

아만다 워싱턴이 눈에 있는 대로 힘을 주고 팔짱을 낀 채 서 있었다. 크리스 오빠는 한 손에 콜라를, 다른 한 손에는 신발이 든 가방을 들고 아만다와 좀 떨어져 서 있었다.

아, 안 돼. 또 시작이야. 끝났다고 생각했던 꼭두각시 사건이 다시 부활해 나와 쇼핑몰 전체를 괴롭히고 있었다. 나는 누구의 눈에도 띄지 않기를 기도하면서 벽에 바짝 붙었다. 하지만 호기심 때문에 자꾸 몰래 내다보게 되었다.

오빠는 가방과 콜라를 내려놓고 아만다를 향해 걸어갔다. 아만다가 약간 기가 꺾인 표정으로 뒤로 물러서는가 싶더니 다시 눈을 부릅떴다.

"왜? 나도 치시게? 사람을 치는 게 가족 내력인가 봐?"

아만다가 이죽거렸다.

잠깐 동안 오빠가 정말 때릴지도 모른다고 생각했다. 하지만 오빠는 주먹을 불끈 쥐었다가 다시 손을 풀며 말했다.

"네 동생은 다섯 살 때부터 우리 동생을 쭉 괴롭혀 왔어."

오빠는 아만다를 때리지 않기로 한 것이다. 마음 한구석에서는 오빠가 아만다를 때려 주었으면 하는 마음도 있었다. 하지만 폭력 없이도 아만다를 완벽하게 제압하고 있는 오빠가 자랑스러웠다.

"내 동생 의자에 푸딩을 얹어 두고, 숙제를 몰래 갖고 가고, '초원의 개척자' 모형을 부수고, 내가 좀 덧붙이자면 그건 일곱 살배기가 만든 것 중에 최고의 모형이었어. 또 가방에 땅콩버터를 넣어 두고, 머리카락을 자르고……."

오빠는 계속했지만 나는 더 이상 듣지 않았다. 내가 데프콘으로 달려갈 때마다 오빠는 그 이유를 알고 있었던 것이다. 오빠는 내 모든 창피와 굴욕을 알고 있었다. 어쩌면 그것이 오빠가 항상 나를 데리러 왔던 이유였는지도 모른다. 오빠는 투덜거리면서도 늘 왔었다. 그리고 그곳에서 항상 나와 함께 있어 주었는데 나는 그 사실을 깨닫지 못했다.

"그리고 네 동생이 친구들을 시켜서 그 어처구니없는 포스터를 온 학교에다 붙이게 했지."

나는 움찔했다. 나는 포스터에 대해서는 가족 누구에게도 말하지 않았다. 하지만 세리나가 아만다에게 떠벌렸을 것이고 아만다가 다시 고등학교에서 소문을 냈을 것이다.

아만다가 웃었다.

"당해도 싸지."

"절대 그렇지 않아."

크리스 오빠가 조용히 말했다. 오빠가 아만다의 친구들을 둘러보자 몇몇이 아만다에게서 조금 물러섰다.

"네가 당해도 싼 일을 난 지금 당장 할 수도 있지만, 그러면 나도 너랑 똑같은 사람이 되고 말겠지. 난 그건 사양하겠어."

테이블에 앉아 있는 남자아이 둘이 낮게 휘파람을 불었다. 계산대에 있던 한 여자아이도 "옳소!" 하고 외쳤다.

오빠가 가방과 콜라를 들고 돌아서면서 나와 눈이 마주쳤다. 성큼성큼 걸어가는 오빠의 뒷모습을 아만다가 노려보았다. 일그러진 아

만다의 얼굴이 흉해 보였다. 아만다는 오빠를 향해 뭐라고 소리치다
가 중얼거렸다.

"크리스 스위프트, 저만 잘났지."

말은 그렇게 하면서도 아만다도 조금은 신경을 쓰는 것 같았다.

오빠가 내 옆을 지나가면서 말했다.

"어서 가자."

나는 서둘러 오빠를 쫓아갔다. 목구멍이 꽉 막히는 것 같았다.

"오빠."

오빠는 손사래를 쳤다.

"아무 말도 하지 마."

"하지만 난……."

오빠가 말하지 말라는 손짓을 했다.

"알았어, 알았다고."

내가 어떤 기분인지 오빠가 알 때까지 기다리는 수밖에 없었다.

"아만다에게 쓸데없이 열을 냈어."

차에 타면서 오빠가 중얼거렸다.

"아만다 가슴 뽕인 것 같아."

내가 불쑥 말했다.

"아마도."

오빠가 차를 후진하면서 말했다.

"그래서 그렇게 못돼 먹은 건가. 실리콘에 독성이 있거든. 실리콘

독성이 뇌까지 전해진 건지도 모르지."

내가 웃었다.

"뇌에서 독이 줄줄 흐른다 이거지."

우리는 슬슬 말장난을 시작했다. 집으로 오는 내내 아만다 이야기로 말장난을 하면서 웃었다. 오빠랑 그렇게 재미있게 장난을 쳐본 지가 언제인지 기억도 나지 않았다.

집에 도착했을 때 우리는 손바닥을 마주쳤다.

"세리나에게 한 방 날린 거 잘했어. 네가 그렇게 하지 않았다면 오늘 아만다 앞에서 그런 말도 하지 못했을 거야."

"별거 아니었어."

우리는 다시 함께 웃었다.

우리가 집 안으로 들어가자 엄마가 말했다.

"질리가 전화했었다. 네가 없다니까 좀 실망하는 것 같던데."

엄마가 시계를 보자 나도 보았다. 4시였다.

"한 시간 반 후에는 돌아와서 방 청소를 해라."

오늘 아침 9시에 질리와 수다를 떨었다. 그러니까 질리는 무려 일곱 시간 동안 마크에 대해 이야기를 하지 못한 것이다. 지금쯤 질리는 살아 있는 사람에게 마크 이야기를 하고 싶어 입이 근질근질할 것이다. 하지만 나는 듣고 싶지 않았다. 오빠와 즐거운 시간을 보내다 왔는데 이 기분을 망치고 싶지 않았다.

"방 청소 지금 할게요."

엄마가 이상한 표정으로 나를 바라보았다.

"질리 집에 안 가고?"

"아, 가고 싶긴 해요. 하지만 청소를 미루면 기분이 별로 안 좋을 것 같아서요."

엄마가 걸어오더니 내 이마에 손을 얹었다.

"열은 없는데."

나는 엄마 손을 치웠다.

"엄마."

엄마가 웃었다.

"방 청소 때문에 단짝과 보낼 시간을 포기하는 건 너답지 않다는 뜻이야."

나는 한숨을 쉬었다. 어쩔 도리가 없었다.

"한 시간만 있다가 올게요."

＊＊＊

"금요일에 마크가 뭘 입고 있었는지 다시 말해 줘."

나는 주머니에 손을 찌르고 옷장 문에 기대고 서서는 신음 소리를 내지 않으려고 애썼다. 질리는 이 질문을 매일같이 했다. 매일 아침 버스에서 내리면서 마크를 보면서도 말이다.

"난 마크가 뭘 입었는지 기억이 안 나. 마크 눈만 보고 있었거든."

뻥, 뻥, 순 뻥쟁이!

"카키색 바지를 입었던가?"

질리는 다리를 꼬고 침대에 앉아서는 마치 자기가 아카데미 시상식에 후보로 오른 소식을 내가 전해 주기라도 할 것 같은 표정으로 나를 바라보았다. 나는 질리가 '카키색 바지'라고 말하는 게 싫었다. 마치 자기가 마크의 옷장을 통째로 알고 있으며 그 옷장에서 마음속으로 옷을 고르고 있기라도 하는 것처럼 들렸기 때문이다.

나는 고개를 저었다.

"아니야. 청바지하고 게이트웨이 셔츠를 입고 아식스를 신었어."

나는 책상 의자에 다리를 벌리고 앉아 등받이에 팔을 걸쳤다.

질리가 한숨을 쉬었다. 질리는 멋지게 차려입은 마크를 상상하고 있을 것이다.

"마크가 점심에 뭘 먹었어?"

"쉬는 시간이나 방과 후에 만나면 그런 얘기 안 해?"

반이 달라서 학교 끝과 끝에 있는 아이들도 그럭저럭 서로 만날 수 있었다.

"아니, 우리는 더 중요한 일을 해."

질리는 음흉하게 웃었고 나는 먼 곳을 바라보았다. 내 단짝과 내 인생의 사랑이 서로 입술을 붙이고 있는 모습을 내 마음속에서 몰아내는 데 며칠 밤낮이 걸렸다. 다시 그걸 반복하고 싶지 않았다.

"매점에서 피자랑 콜라를 먹었어."

내가 대답했다. 그러고 나서 마크는 사탕 두 개를 먹었다. 체리 맛
과 딸기 맛으로. 나는 그 이야기는 하지 않았다. 그것은 내가 좋아하
는 맛이었는데, 마크와 나를 이어 주는 중요한 사실이라 나 혼자 간
직하고 싶었다.

"마크랑 점심 같이 먹었니?"

"응, 같은 테이블에서, 로지도 같이."

"너, 로지랑 친하게 지내나 보네?"

이야깃거리를 바꾸어 좋기는 했지만 이 이야기를 하고 싶지는 않
았다. 로지와 친구가 된 사실에 나는 말도 안 되는 죄책감을 느꼈다.

"로지는 마크하고 친구 사이야."

질리 말고 다른 친구랑 잘 지낸다는 이야기보다는 차라리 마크에
대해 이야기하는 게 나을 것 같았다.

"오래전부터 알고 지냈대."

질리의 얼굴이 반짝 빛났다.

"진짜?"

오오. 질리가 머리를 굴리고 있는 게 보였다. 로지는 마크와 단짝
이니까 마크에 대해 잘 알고 있을 것이다. 질리는 마크에 대해 알아
내기 위해 로지를 이용할 것이다.

이 사실을 알면 로지가 날 죽이려 들겠지.

 **11월 16일 토요일**

내 짐작이 맞았어. 어제 버스에서 질리가 강아지처럼 로지 자리까지 따라 가는 게 아니겠어? 그러더니 돌아와서는 "로지 쟤, 좀 웃긴다, 안 그래?" 그러더라고. 그래서 내가 "아마 중간에서 연결해 주는 노릇 하기 싫은가 보지."라고 말했어. 그러자 질리가 "난 중간에서 연결해 주는 일 하는 거 좋기만 하던데."라고 말하는 거야. 그러니까 그 말은 중간에서 연결해 주 는 일을 다들 좋아해야 한다는 뜻인 거지. 그러고는 마크가 얼마나 근사 한지, 한쪽 눈을 가린 앞머리가 멋있지 않느냐는 둥 (난 그걸 입학 첫날, 가 장 먼저 알아봤거든. 그 눈과 그 앞머리는 내 거야), 그 바지 속 엉덩이를 보았 느냐는 둥 (넌 그 배기 청바지 속 엉덩이를 볼 수 없지. 하지만 난 체육복 속 마크 엉덩이를 보았지, 질리안 게일 헤네시!) 이야기를 시작했어.

단짝이 남자 이야기를 쉬지 않고 계속한다고 목을 조르면 범죄가 되겠 지? 내 생각에는 이런 상황이라면 예외로 쳐야 한다고 생각해. 질리는 도 무지 멈출 줄을 몰라. 좋아, 질리 목을 조르는 게 범죄라면, 그냥 망으로 입을 덮어씌우면 되겠다. 아니면 마크와 관계없는 말만 걸러내는 필터를 씌워도 좋을 것 같아. 마크랑 관련된 이야기는 모두 휴지통에 던져 버리는 거야. 그럼 질리와 난 다시 평범한 친구 사이가 될 수 있겠지. 대신 마크에 대한 얘기를 걸러 내고 나면 좀 조용한 친구 사이가 되겠지.

요새 가장 좋지 않은 점은 연극 연습을 마치고 집에 함께 갈 때를 제외하고는 질리를 좀처럼 볼 수 없다는 거야. 그나마 질리를 볼 수 있을 때도 질리는 마크 이야기만 끊임없이 떠들어 대. 질리가 낯선 사람 같아.
질리는 전에도 남자아이들을 좋아했지만 이런 식은 아니었어. 얼마나 많이 키스를 했는지, 어디서 했는지, 얼마나 오래 했는지, 혀를 사용했는지 아닌지 끊임없이 이야기를 해. 난 정말 더 이상 알고 싶지 않았기 때문에 그만 하라고 말했어. 이미 버스에서 충분히 보았으니까.
어젯밤에는 베개가 흠뻑 젖도록 울어서 하고 싶어도 키스 연습을 할 수 없었어. 그런데 하고 싶지도 않았어. 질리는 진짜 사람과 진짜 키스를 하는데 나는 베개랑 해야 한다고 생각하니 비참해서 견딜 수가 없었어.

chapter 20

절교 선언

내가 '추억 속의 추수' 연습을 반가워하게 될 줄은 꿈에도 생각하지 못했다. 이번 주에 나는 연극 연습이 반가웠다. 질리가 마크보다는 자기 배역에 훨씬 더 몰두하고 있었기 때문이었다. 총연습을 한 뒤 다음 주 화요일 밤이 공연이기 때문에 질리는 밤낮으로, 내가 있으나 없으나 연습을 하고 있었다.

한편, 나는 어떻게 총연습에도 참석하고 컴퓨터실에도 갈 수 있을까 고민 중이었다. 우리 조는 모든 준비 과정에서 내가 봐줘야 했기 때문이다.

수요일 오후, 나는 '채소 합창단' 뒷줄에 서서 연극 시작 부분의 노래를 부를 신호를 기다리고 있었다. 일단 노래를 부르고 나면 몰래 빠져나갔다가 내 대사를 하기 위해 40분쯤 후에 돌아오면 되었다. 다음 주에 있을 총연습에서도 그렇게 할 수 있을지 먼저 이번 연습에서 시험해 볼 것이다.

나는 얼굴을 살짝 돌려 옥수수 의상 눈구멍으로 트루비 선생님을 보았다. 우리의 의상은 대단했다. 스펀지 고무로 만들어서 진짜처럼 보였다. 하지만 내 옥수수 낟알 의상은 화장실 휴지처럼 생겨서 입으면 두 팔은 자유로워 괜찮았지만 두 다리는 아기처럼 뒤뚱거리며 걸을 수밖에 없었다.

첫부분의 노래가 끝나자 나는 무대를 빠져나와 복도로 나갔다. 주위가 보이지 않아 자꾸만 복도 양쪽에 있는 사물함에 부딪쳤다. 결국 복도 중앙에서 걸으면 괜찮다는 것을 알게 되었다. 그렇게 걷다 보니 마치 「앵무새 죽이기」(내가 좋아하는 유일한 흑백 영화일 거다)에서 학교 연극이 끝나고 햄 의상을 입고 집으로 가는 스카우트가 된 것 같았다. 설마 나를 덮치려고 누군가 숨어 있는 건 아니겠지?

"야, 옥수수 아가씨가 왔어!"

몇 분 후 내가 컴퓨터실에 들어서자 스티브가 소리쳤다.

"옥수수자루 에린! 옥수수 낟알 여기 내려놓고 나 좀 도와 줘."

타일러가 말했다.

나는 의상 속에서 미소를 지었다. 이 얼뜨기 소년이 그렇게 아름다운 시를 썼다는 게 아직도 믿어지지 않았다. 나는 타일러에게 그 시에 대해 아무 말도 하지 않았고, 타일러도 당연히 아무런 이야기를 꺼내지 않았다. 하지만 나는 가끔, 이제 외우게 된 그 시를 떠올리면서 이 뾰족 젤 머리가 어떻게 그런 것을 썼을까 경탄했다.

내 주변을 맴돌기 위해 타일러는 일부러 짓궂은 장난을 자주 쳤다. 나는 그런 장난이 싫지 않으면서도, 한편으로는 타일러가 이제 나를 좋아하지 않아서 내가 편해져서 그러나 싶어 서운하기도 했다. 이건 대체 무슨 마음일까?

"잠깐만, 에린. 나 먼저 보고 가면 안 될까?"

마크가 물었다. 나는 마크를 흘끗 보았다.

"이 배치가 어떤지 네 생각을 듣고 싶어."

마크가 모니터를 가리키며 물었다.

마크가 또 질리 이야기를 지껄이고 싶은 것은 아닐까 생각하며 얼굴을 찌푸렸다. 타일러를 바라보니 어깨를 으쓱하며 그러라는 듯 고개를 끄덕였다.

"뭔데?"

내가 마크에게 물었다.

"사진을 왼쪽으로 길게 두고 글은 그 옆에 쓰는 게 좋을까?"

"너 지금 장난해? 이건 일주일 전에 다 했어야지. 일주일 뒤면 홈페이지를 정식으로 공개한다고."

"이제 거의 다 했어. 이게 마지막 할 것들 중 하나야. 열 내지 말고 좀 봐줘."

마크가 마우스를 몇 번 클릭해서 그림들을 열었다.

"아니면 옆으로 할까?"

“잠깐만.”

마크가 다시 클릭하기 전에 나는 마크 손을 잡았다.

“이것부터 보자.”

나는 그림에서 글을 보며 전체 효과를 살펴보았다.

“좋아. 이제 클릭해도 좋아.”

마크 손에서 내 손을 떼며 말했다. 그리고 방향을 바꾸어 눈구멍으로 마크를 보았다. 그런데 마크가 이상한 표정을 지으며 날 보고 있었다.

“왜 그렇게 보는 거야? 또 옥수수 갖고 날 놀리려고?”

“아니, 그냥……”

마크가 웃으며 말했다. 마크는 당황한 것처럼 보였는데 왜 그런지는 알 수 없었다. 문득 마크 손을 잡았는데도 아무런 전기가 통하지 않았다는 생각이 들었다. 하지만 그 생각을 오래할 겨를이 없었다. 마크가 마우스를 클릭했기 때문이었다.

“좋아, 여기는 옆으로 했네.”

나는 마크에게 몇 가지를 더 이야기를 하고 타일러에게 갔다. 마우스를 클릭하는 동안 타일러의 손을 보게 되었다. 손이 아주 예뻤다. 손톱을 적당한 길이로 잘 다듬은 것을 보고 조금 놀랐다.

마크에 대한 내 감정을 떨쳐 버리고 나는 타일러의 어깨 위로 몸을 굽혔다.

“10분 뒤에 가봐야 해. 얼른 보여 줘.”

＊＊＊

"마크가 예전 같지 않아."

연극 공연과 학교 홈페이지 공개를 앞두고 있는 일요일이었다. 질리와 나는 내 방에서 손톱을 다듬고 있었다. 그러니까 질리는 손톱을 다듬고 있었고, 나는 덴버 대학교 파이오니어 여자 농구팀 포스터 아래 내 침대에 엎드려 엄마의 노트북 컴퓨터로 우리 학교 홈페이지를 다듬고 있었다. 이제 사흘밖에 남지 않았지만 아직도 손볼 게 많았다. 그러는 틈틈이 나도 나만의 방식으로 손톱을 다듬고 있었다. 손톱 물어뜯기.

그런데 질리의 말을 듣고 손톱 물어뜯는 것을 멈추었다.

"뭐라고?"

어떤 기분이어야 하는지조차 알 수 없었다.

"사귄 지 이제 겨우, 뭐야, 2주?"

"그리고 사흘에다가……."

질리는 자기 시계를 보았다.

"열 시간 40분."

질리가 창문 아래 놓인 내 책상에서 돌아섰다. 나는 숙제를 하고 있는 중에도 진짜 세상에서는 무슨 일이 일어나고 있는지 내다보는 것을 좋아했기 때문에 창문 아래에 책상을 두었다.

"시간까지 세고 있는 것을 보니 너도 시들해졌나 보네."

나는 노트북 컴퓨터를 옆으로 밀면서 일어나 앉았다.

"난 심각해, 에린. 나 마크 좋아해. 그런 것 같아."

질리가 일어서더니 방 안을 서성거렸다.

"이 방에는 왜 거울이 없니?"

나는 어깨를 으쓱하며 구석에 있는 키가 큰 서랍장을 흘깃 보았다. 저 위에 거울을 둔다 해도 얼굴을 비추어 보기는 힘들 것이다. 그리고 문 뒤에 전신 거울을 두는 것도 싫었다. 한번에 내 몸 전체를 보는 것은 너무 부담스러운 일이다.

"그러니까 아직도 마크를 좋아한다는 거니?"

질리가 남자 친구를 사귀는 기간은 평균 2주였다. 아마 이번에도 질리의 마음이 변하기 시작했는데, 내가 전혀 눈치채지 못한 것 같았다. 아이 클럽 때문에 너무 바빴던 탓이었다. 그러고 보니 며칠 사이 마크가 나랑 이야기를 많이 하고 농담도 했던 것 같다. 그리고 내가 마크 손을 잡았다가 뗐을 때 마크의 그 표정은……

"왜 그걸 물어? 내가 방금 그렇다고 말했잖아."

질리가 나를 보며 눈썹을 찡그렸다.

"너 금요일에 보니까 버스 보이랑 노닥거리던데."

"그 애 이름은 존이고, 난 노닥거린 거 아니야. 존이 질문을 하기에 대답한 것뿐이야."

질리가 손톱을 후후 불고는 손을 앞으로 내밀었다. 그러고는 나를 노려보았다.

"노닥거린 게 아니라고."

"알았어, 알았다고."

나는 항복한다는 듯 두 손을 들어 올렸다.

질리는 한숨을 쉬고 내 책상으로 돌아가서는 매니큐어 바르는 솔을 매니큐어 병에 담갔다.

"마크가 나랑 헤어지려고 하는 것 같아. 그러니까 내가 먼저 헤어지자고 해야겠어."

"왜 같이 헤어질 수 없어?"

"그럴 수는 없지. 누군가 항상 먼저 해야 해."

질리는 나에게 고개를 저었다.

"넌 잘 몰라, 에린."

나는 얼굴을 찌푸렸다. 내가 남자 친구를 사귀어 본 적이 없다고 해서 헤어지는 방법에 대해서 내 생각이 없는 것은 아니었다.

"그래, 잘 몰라. 하지만 네가 왜 이렇게 야단을 떠는지 모르겠어."

"야단을 떠는 게 아니야. 어떻게 말할지 계획을 세워야 할 것 같아서 그래."

질리는 입술을 한 번 핥더니 책상으로 돌아섰다.

"그리고 우리가 헤어지고 나면 너도 더 이상 마크와 친구로 지낼 수 없어, 안 그래?"

내가 질리 말을 제대로 들은 것인지 내 귀를 의심했다. 나는 침대 끝으로 기어가 앉아서 다리로 침대 난간을 쳤다.

"뭐라고?"

"전에는 한 번도 내 남자 친구랑 네가 친구였던 적이 없었지. 그러니까 지금은 좀 특별한 경우잖아. 그런데 마크가 나를 차거나 내가 마크를 찬 후에도 네가 마크랑 친구라면 어떻게 보일 것 같아?"

"좋아 보일 거야. 왜냐하면 우리는 네가 끼어들기 훨씬 전부터 친구였거든."

질리는 의자에 앉은 채로 한 바퀴 휙 돌았다.

"하지만 그렇게 되면 넌 내가 아니라 마크랑 더 친한 것처럼 보일 거야."

"미쳤어, 질리. 넌 나랑 가장 친한 친구야. 다들 알고 있는 사실이라고."

"내가 마크랑 말도 하지 않는데 네가 마크랑 말한다는 게 별로 좋지 않아."

아, 이제야 진심이 나오는구나.

"하지만 넌 이제 더 이상 마크를 좋아하지 않아서 헤어질 건데 왜 그게 중요하지?"

나는 완벽하게 논리적이었다. 하지만 나의 무경험이 나를 잘못된 길로 이끌었다. 사랑에 있어서는 모든 것이 비논리적이니까.

질리가 한숨을 쉬더니 아이에게 설명하듯 말했다.

"왜냐하면 네가 마크에게 나에 대해 이야기할지도 모르니까. 그러면 정말 이상하잖아."

나는 눈을 치떴다.

"정말 말도 안 되는 소리야, 질리. 내가 마크와 나누는 모든 대화가 너에 관한 건 아니야. 사실, 마크와 이야기할 때 네 얘기를 하지 않아."

물론 약간 거짓말도 있었지만 최근에는 사실이었다.

"왜 그런지 알아? 너랑 관련된 거 아니라도 우리는 공통 관심사가 많거든. 그게 네가 마크와 사귀기 전부터 우리가 친구였던 이유고, 네가 마크랑 헤어져도 계속 친구로 남을 이유야."

질리는 두 눈을 번쩍하더니 책상 의자에서 벌떡 일어섰다. 왼손에 손가락 두 개만 매니큐어를 칠한 게 보였다.

"어떻게 그런 말을 할 수 있니?"

질리가 일어서서 칠하다 만 손가락을 나에게 흔들었다.

"진정한 친구라면 단짝의 전 남자 친구와는 절대 친구가 될 수 없어. 전 남자 친구와 사귀기 전부터 친구였다 해도."

나는 질리를 정면으로 마주하고 섰다.

"진정한 친구라면 단짝에게 자신의 전 남자 친구와 친구가 되지 말라고 하지 않을 거야. 남자 친구가 되기 전부터 둘은 친구였고, 이제는 전 남자 친구가 될 거니까."

우리는 링 위의 권투 선수처럼 대결 자세로 마주했다. 질리는 돌처럼 굳은 표정이 되었다.

"마크야, 나야?"

"내가 왜 골라야 하는 거지? 왜 두 사람 모두와 친구가 될 수 없는 건데?"

내가 따졌다.

"왜냐하면 넌 아직 내 친구니까. 그게 이유야. 친구의 전 남자 친구와는 친구가 될 수 없다는 것, 그게 친구-남자 친구-전 남자 친구 사이의 약속이지."

질리가 허리에 손을 얹었다.

"그러니까 누구를 고를래?"

나는 질리를 노려보았다. 어떻게 이런 식으로 나를 몰아세울 수 있지? 이건 미친 짓이야.

흙탕물처럼 어지럽던 머릿속에서 문득 수정처럼 맑고 완벽한 생각이 떠올라 점차 모양을 잡아갔다. 나는 그 생각을 말했다.

"선택하지 않는 것을 선택할게."

질리가 얼굴을 찌푸렸다.

"그럴 수는 없어."

수정처럼 맑은 생각이 용기를 주었다.

"아니. 그렇게 할래, 질리. 내가 더 이상 네 꼭두각시가 아니라는 증거로. 세리나 말이 맞았어. 넌 언제나 명령하고 난 네가 시키는 대로 해왔어. 단 한 번도 용기 내어 내 생각을 말해 본 적이 없지. 네가 신청하고, 네가 자리를 고르고, 주말에 뭘 할까도 네가 정했어. 하지만 이제는 아니야."

나는 숨을 몰아쉬었다. 그리고 용기를 잃기 전에 서둘러 계속 말을 이어 나갔다.

"너와 마크 사이에서 누구도 선택하지 않기로 했어. 그게 내 선택이야. 나와 계속 친구로 지낼지 말지는 네 선택이고."

나는 가슴 앞으로 팔짱을 꼈다. 좀 더 강하고 도전적으로 보이고 싶었기 때문이다. 사실 떨고 있는 걸 들키고 싶지 않을 때 나는 팔짱을 꼈다.

질리는 족히 10초 동안 나를 노려보았다. 머릿속으로 세었기 때문에 알았다. 하나, 둘, 셋, 그리고 열까지.

"좋아."

질리가 조용히 말했다. 질리가 그렇게 조용히 말하는 것을 들어본 적이 없었다. 무서웠다. 질리가 매니큐어를 집어 들더니 천천히 마개를 돌려 닫았다. 질리가 코트를 입는 동안 목구멍이 막히는 것 같았고, 눈이 찌르는 듯 아팠다. 모든 것을 되돌리고 싶었다. 농담이었어, 난 여전히 나야, 유치원 때부터 네 친구였던 에린 페넬로페 스위프트. 하지만 그것은 내가 옥수수 낟알 에린이고, 꼭두각시 에린이며, 따라쟁이 에린이란 뜻이었다. 다른 모든 사람이 생각하는 에린. 진짜 내가 아니라.

나는 입술을 꾹 다물고 질리가 방을 걸어 나가는 것을 지켜보았다. 그리고 그 자리에서 두 팔로 나를 꼭 감싼 채 계단을 내려가는 질리의 발자국 소리를 들으면서 간신히 서 있었다. 하나, 둘, 셋, 넷,

다섯, 여섯…… 잘 가라는 부모님의 목소리가 들렸고…… 일곱, 여
덟, 아홉, 열, 열하나…… 현관문이 열리고 닫혔다.
　두 다리에 힘이 빠져 버렸다. 나는 침대에 쓰러졌고 결국 울음을
터뜨리고 말았다.

 **11월 24일 일요일**

질리는 이제 내 친구가 아니야. 도무지 믿기지가 않아. 질리는 그냥 걸어 나가 버렸어. 문밖으로, 그리고 내 인생 밖으로…… 가슴이 터질 것 같아. 숨을 쉴 수조차 없어. 이러다 숨이 막혀 죽을 것 같아.

질리가 나에게 마크와 자기 중 한 사람을 택하라고 하다니 믿을 수 없어. 내가 선택하지 않자 그냥 가버린 것은 더욱 믿을 수 없어. 그럴 리가 없어. 그럴 리가 없어. 그럴 리가 없어!

더 이상 못 쓰겠어.

 **밤 11시**

잠이 오지 않아. 자꾸만 반복해서 그 장면이 떠올라. 내 대답을 기다리던 질리의 얼굴, 허리에 얹은 질리의 손. 이제 슬프지도 않아. 화가 날 뿐이야. 너무너무.

질리는 내가 자기를 선택할 것이라 기대했겠지. 자기 뜻대로 내가 움직이기를 바랐던 거야. 그런데 내가 싫다고 하자 원하는 것을 얻지 못한 꼬마처럼 화가 나서 쿵쿵 걸어 나가 버린 거야. 아프리카까지라도 걸어갈 기세였어.

질리는 우리 우정에 자신이 주도권을 갖고 있고, 나는 자기가 말하는 대로 뭐든 해야 한다고 생각해. 난 꼭두각시가 아니야. 그리고 질리는 꼭두각시를 조정하는 주인이 아니고. 질리도 이 사실을 알까? 질리는 이 세상에서 가장 이기적이고, 거만하고, 자기 방식만을 고집하는 애야.

너무 화가 나서 이 글을 치는 손가락이 다 떨릴 지경이야. 질리, 이제 너랑 마크가 사귀지 않아서 너무 기뻐. 마크가 나를 좋아하기 시작하면 너한테 자랑할 거야. 네 앞에서 마크랑 키스하면 넌 아무렇지도 않은 체할 수 없을걸. 네가 더 이상 마크를 좋아하지 않는다 해도 말이야.

그 버스 보이한테도 다 말할 거야. 네 겨드랑이에서 냄새나는지 나한테 맡아 보라고 한 거랑, 침대 밑에 괴물이 산다고 생각해서 바닥에서 침대로 뛰어오르다가 침대 모서리에 정강이를 부딪치곤 하는 것도 말이야. 그게 네가 바지를 많이 입는 이유지. 있지도 않은 괴물한테서 도망가려다 생긴 멍을 아무한테도 보이고 싶지 않아서. 넌 아기야.

내 말 들리냐, 질리?

내가 살아 있는 한, 네 말은 절대 듣지 않을 거야. 넌 내 친구가 아니야.
친구인 적도 없었어.

난, 너 싫어.

chapter 21

최악의 실수

질리와 나는 마치 전염병에라도 걸린 듯 서로를 피했다. 월요일에 우리는 서로 마주치는 시간을 줄이려고 버스 시간이 거의 다 되었을 때까지 기다렸다가 버스 정류장으로 갔다. 나는 로지와 앉았고 질리는 버스 보이(존이라는 이름이 떠오르지 않았다)와 앉았다.

"가서 키스하고 화해해."

내가 단짝과 절교했다고 이야기하자 로지가 말했다.

"먼저 하지 않을 거야."

전날 밤 괴물처럼 울고 났더니 슬픔이 깨끗이 사라지고 이제 화만 날 뿐이었다.

"내 생각이 옳고 질리가 틀렸어. 내가 사과할 필요 없어."

"질리도 저기 앉아서 똑같이 생각하고 있을 거야."

"잘 생각해 보면 자기가 옳았다고는 생각할 수 없을 거야."

나는 이미 내 블로그에 '질리 죽이기' 페이지를 만들 계획을 세우고 있었다. 내가 하고 싶지 않았는데도 질리가 시켰던 일들을 모두 적어 놓을 것이다. 그리고 나에게 동의하는 사람, 질리에게 동의하는 사람을 볼 수 있도록 '여기를 클릭해'도 넣을 것이다.

"마음 풀어. 다 잘될 거야."

로지가 다리를 꼬아 앉으며 말했다.

"우리 엄마가 그러는데 네 허락 없이는 그 누구도 너를 무시하거나 조롱할 수 없대."

나는 그 말을 생각해 보았다.

"맞아. 질리 스스로 바보 같은 짓을 하고는 나와 절교하기로 결정한 거야. 내가 그러라고 한 적 없어."

"그래. 넌 그러라고 한 적 없지. 질리가 너더러 연극을 하자고 하지 않았고, 너희 집이 버스 정류장에서 더 가까운데도 자기 집에 와서 같이 걸어가자고 한 적 없는 것처럼."

나는 깊이 한숨을 쉬었다.

"나도 알아."

나는 그 모든 일을 떠올리기 싫었다. 질리 앞에서 그렇게 대단한 연설을 한 뒤 내 머릿속에는 최근 몇 년간의 일들이 주마등처럼 스쳐 지나갔다. 내가 하고 싶지 않았지만 질리를 위해 했던 일들이 떠올랐다. 질리가 나랑 친구로 지내지 않을까 봐 겁이 나서 언제나 아무 말도 할 수 없었다.

하지만 질리와 함께 지내면서 즐거웠던 시간도 많았다. 손전등을 가지고 이불 속에 숨어서 『아이들에게 섹스에 대해 이야기해 주는 법』의 그림을 보고 낄낄댔던 일이나 질리가 내 생일 선물로 새 WNBA 농구공을 선물해서 나를 놀라게 했던 일, 질리가 발목을 삐었을 때 보통 때라면 절대 그런 일을 하면서 가만히 앉아 있지 못하면서도 질리가 부탁하지도 않았는데 손톱을 다듬어 주던 일 등.

"사람들은 늘 남에게 좌우되지 말고 자기 뜻대로 하라고 말하지. 하지만 그렇게 했더니 난 결국 친구를 잃었어."

"질리는 돌아올 거야."

로지가 말했다.

"돌아오지 않으면?"

로지가 나를 바라보더니 창밖을 내다보았다. 그게 무슨 뜻인지 생각하고 싶지 않았다.

학교에 도착했을 때 로지가 내 팔을 다정하게 치면서 말했다.

"내일 밤 드디어 옥수수 낟알이 되는구나. 그리고 그 다음 날이면 학교 홈페이지도 공개되고."

"그래."

내가 질리네 집 현관까지 달려가 왜 그렇게 속이 좁냐고 소리치고 싶은 것을 참는 이유가 바로 그거였다. 수요일, 학교 홈페이지를 공개하기 전까지 해야 할 일이 산더미처럼 쌓여 있었기 때문에 울며 소리치는 일은 좀 더 미루어 두어야 했다. 나는 방과 후 모든 시간을 컴퓨터실에서 보냈다.

"나 아직 페이지를 세 개나 더 만들어야 해."

그날 오후 컴퓨터실에 갔을 때 타일러가 말했다. 타일러는 걱정이 되는지 목소리가 다소 날카로웠다.

"어떻게 시간에 맞춰 다 하지?"

"인터뷰도 아직 준비가 안 됐어. 로지네 조에서는 이미지들이 자꾸 사라진대. 이건 악몽이야."

나는 그렇게 말하며 주위를 둘러보았다. 아이들은 미친 듯이 클릭을 해댔고, 다른 컴퓨터로 달려가기도 하고, 아네트 선생님이나 모레노 선생님에게 가서 조언을 구하기도 했다. 우리 모두 중압감을 느꼈다. 학생들은 지난 2주 동안 홈페이지 공개를 손꼽아 기다리며 그 이야기들을 하고 있었다. 학교 곳곳에 컴퓨터 단말기를 설치해서 교실이나 컴퓨터실에 가지 않고도 홈페이지에 접속할 수 있도록 했다. 이것은 정말 중요한 일이었으므로 우리는 약속을 제대로 지켜야 했다.

아이들이 계속 도움을 청해 와서 내 일을 할 수가 없었다. 아무리 늦게까지 작업을 한다 해도 제대로 마무리하려면 밤에 집에서도 작업을 해야 할 것 같았다.

＊＊＊

‘추억 속의 추수’를 공연하는 밤, 나는 공연을 빨리 끝내고 마지막 파일들을 학교 홈페이지에 올리기만을 목을 빼고 간절히 기다렸다. 전날 밤에 거의 12시까지 자지 않고 교사 인터뷰 부분을 추가하고 웹 로그를 편집했다. 그렇게 마무리한 파일을 CD에 저장해서 안전하게 내 가방에 넣어 왔고 이제 서버에 전송하기만 하면 되었다.

연극에 집중하기 힘들었다. 의상 속에서 부글부글 끓다가 에린 수프가 될지도 모른다는 생각을 했다. 하지만 나는 정신을 차리고 내 차례가 되자 손을 컵 모양으로 해서 귀에 댄 채 “네가 무슨 말을 하는지 아안 드으려.”라는 대사를 한 후 안도의 한숨을 내쉬었다. 이제는 순풍에 돛단 배였다. ‘채소 합창단’과 함께 노래 몇 곡만 더 부르면 되었다.

연극이 끝나자 부모님이 잘했다며 안아 주었다. 크리스 오빠는 옥수수를 가지고 농담을 하면서 연극이 좋았다고 했다.

“세리나도 잘하더라.”

“그래, 잘했지.”

그것은 사실이었다. 세리나가 성격이 못되기는 해도 좋은 배우였다. 거의 질리만큼.

“질리 잘하던데.”

오빠가 내 마음을 읽기라도 한 듯 말했다. 나는 아무 말도 하지 않았다. 엄마만 우리가 싸운 사실을 알고 있었다. 우리가 싸운 다음 날 왜 내 눈이 빨갛게 부었는지 까닭을 들은 이후로 엄마는 아무 말도 하지 않았다.

"아만다 봤어?"

내가 조용히 물었다. 아만다는 도서관 밖에서 키스하던 그 남자아이와 함께 왔었다.

오빠가 어깨를 으쓱했다.

"옛날 뉴스야."

나는 질리와 질리 부모님이 있나 보려고 체육관을 훑어보았지만 사람들이 무리지어 몰려다니고 있어서 찾을 수 없었다. 아마 질리네 가족은 무대 뒤에서 사진을 찍고 있을 것이다. 연극하는 동안 질리는 나와 눈을 한 번도 마주치지 않았다. 리허설 동안에는 줄곧 눈을 마주쳤으면서 말이다. 하지만 그 일을 신경 쓸 겨를이 없었다. 배우들의 파티가 끝나고 나면 나는 파일을 전송하고 마지막 수정을 해야 했다. 내일 드디어 홈페이지가 공개되는 것이다.

가족과 연극에 대해 계속 이야기하고 있는데 체육관 저쪽에서 미친 듯이 팔을 흔드는 사람이 보였다. 타일러였다.

"기본적인 모든 건 준비가 됐어. 네 CD가 필요해."

타일러가 숨을 헐떡이며 달려와 말했다.

나는 엄마를 돌아보며 말했다.

"제 가방이 사물함에 있어요. 이따 파티에서 봐요."

“내가 갖고 가면 돼. 파티에 가.”

타일러가 말했다. 나는 고개를 저었다. 옥수수대가 통째로 흔들렸다. 타일러에게 사물함의 비밀번호를 알려 주지는 않을 것이다. 나는 그 시가 마음에 들었지만 타일러가 또 어떤 사랑 고백을 넣어 둘지 누가 알겠는가? 게다가 옷도 갈아입어야 했다.

“내가 갖고 갈게. 오래 걸리지 않을 거야.”

우리는 체육관을 나와 복도를 걸어갔다. 타일러가 몇 걸음 앞서 걸었다. 나는 타일러를 돌아서게 한 다음 비밀번호를 눌러 사물함을 열고 가방을 꺼냈다. 그리고 앞주머니에서 CD를 꺼내 타일러에게 내밀었다.

“파티 끝날 때쯤 들러서 잘됐는지 한번 확인해 볼게.”

“좋아.”

연극반으로 가는데 뒤에서 누군가 달려오는 소리가 들렸다. 퍽! 나는 오른팔을 깔고 앞으로 넘어졌다. 팔뚝에서 극심한 고통이 느껴져 나는 비명을 질렀다. 머리가 어질어질했다.

“조심해서 다녀야지, 콘도그(꼬챙이에 낀 소시지를 옥수수 빵으로 싼 핫도그-옮긴이 주).”

세리나의 목소리가 저 멀리서 들리는 것 같았다.

“네가 에린을 쓰러뜨렸어.”

타일러의 목소리도 저 멀리서 들렸다. 움직여 보려고 했지만 의상 속에서 몸이 비틀려 있었다. 팔은 여전히 깔려 있었고 눈구멍이 한

쪽으로 돌아간 상태였다.

"콘도그?"

세리나가 불렀다. 이어 다시 불렀다.

"에린?"

"팔이 너무 아파."

누군가 내 옆에 무릎을 꿇는 게 느껴졌다.

"부러진 것 같아."

타일러가 말했다.

"어, 세상에!"

세리나의 목소리였다. 그다음에 내가 들은 것은 저쪽으로 달려가는 발자국 소리와 의상 속에서 내쉬는 내 뜨거운 숨소리뿐이었다.

***

"가벼운 골절인 것 같습니다."

의사 선생님이 엑스레이를 들고 방으로 들어오면서 말했다. 엄마와 아빠는 진찰 테이블 옆에 서 있었고 크리스 오빠는 의자에 앉아 스포츠 잡지를 넘기고 있었다. 오빠는 내 부상을 깊이 걱정하고 있는 게 분명했다.

"끝내주네."

나는 욱신거리는 팔을 내려다보며 말했다.

“세리나가 달려들었어요. 그러고는 나한테 조심하라고 그러는 거예요.”

“네 기분이 풀릴지 모르겠지만 세리나가 정말 미안해하고 있어. 네가 괜찮은지 물어보려고 이쪽으로 전화도 했었단다.”

“그런 말을 들어도 용서가 안 돼요. 그 애는 혹시 고소라도 당할까 봐 걱정하고 있을걸요. 우리에게 잘 보이려고 그러는 거예요.”

“그만해, 에린.”

나는 엄마를 흘낏 보며 물었다.

“다른 데서는 전화 안 왔어요?”

엄마가 고개를 흔들었다.

“안타깝지만 안 왔어.”

엄마는 내가 질리를 염두에 두고 말한다는 것을 알았다.

나는 한숨을 쉬며 의사 선생님을 쳐다보았다.

“깁스해야 하나요?”

“그래, 해야지, 아가씨. 몇 주 동안 해야 할 거야.”

의사 선생님은 엄마, 아빠를 돌아보며 말했다.

“내일은 집에서 쉬어야 합니다. 아직 아프기 때문에 안정을 취해야 해요.”

“전 쉴 수 없어요. 학교 홈페이지 작업을 해야 해요.”

“홈페이지를 너 없이 마무리해야겠구나. 넌 집에서 쉬어야 해.”

나는 엄마, 아빠에게 도움의 눈길을 보냈지만 부모님은 이해심 없는 부모님으로 돌아가 있었다. 근데 정말 웃긴 것은 내가 이 상황에서 학교에 가고 싶다고 떼를 쓰고 있다는 것이다.

"미안하구나, 에린. 이번 일이 너에게 중요하다는 것을 우리도 안단다."

아빠가 말했다.

"아니요, 아빠는 몰라요."

나는 거의 소리치듯 말했다. 팔에서 날카로운 통증이 느껴지자 몸이 움찔했다.

"제가 이번 일에 얼마나 공을 들였는지 엄마, 아빠는 몰라요. 제가 조장이에요. 홈페이지 전체 배치도 제가 디자인했어요. 제 홈페이지라고요."

내 말이 투정처럼 들린다는 것을 알았지만 부모님은 이 홈페이지가 나에게 얼마나 큰 의미인지 알 리 없었다. 나 혼자 컴퓨터 클럽에 가입하고 나 혼자 해낸 것이다. 질리 없이 말이다. 온전히 내 것이다. 그런데 의사 선생님, 엄마, 아빠는 나에게서 이 모든 것들을 떼어 내려는 것이다.

나는 이를 앙다물고 말했다.

"내일 학교에 갈 거예요. 모레부터 추수 감사절 방학이 시작되잖아요. 내일은 학교 홈페이지가 공개되는 중요한 날이라고요."

의사 선생님이 엄마, 아빠와 눈빛을 교환하며 말했다.

"깁스하죠."

＊＊＊

다음 날 아침, 눈을 떠보니 아직도 팔이 욱신거렸다. 비몽사몽 중이라 무슨 일이 있었는지 기억나지 않아서 팔을 들어 올리다가 하마터면 내 머리를 때릴 뻔했다. 머리를 흔들다가 깁스 위에 오빠가 그려 놓은 외계인이 눈에 들어왔다. 외계인의 크고 검은 눈이 나를 노려보고 있었다. 나는 그 외계인에게 말했다.

"그 홈페이지는 내 거야. 대부분의 아이디어는 나와 마크가 생각해 낸 거야. 학교에 가서 내가 마무리를 해야 한다고."

외계인은 아무 말이 없었다. 나는 눈을 치뜨고 침대에 앉았다.

"깼구나."

엄마가 물과 알약을 가지고 들어왔다.

"네가 깰까 봐 전화기 벨 소리를 꺼두었어. 나도 전화 소리 때문에 일하는 데 방해받고 싶지 않았고."

"시계 알람도 꺼놓으셨네요."

나는 알약과 물컵을 받아들면서 원망하듯 엄마를 쳐다보았다. 시계를 흘낏 쳐다보았다. 11시였다. 학교에서는 9시에 홈페이지를 공개했을 것이다. 아마 전교생들이 인터넷으로 내가 얼마나 열심히 일했는지 보고 있겠지. 그런데 그곳에 내가 없는 것이다.

"사실은 울렸는데 네가 그냥 잔 거야. 다행이지, 뭐. 어젯밤에 미리 꺼두려고 했는데.”

엄마는 내 앞머리를 매만져 주며 말했다.

“팔은 어때?”

“아직 아파요. 메시지 확인하셨어요?”

홈페이지 때문에 누가 전화를 했는지 궁금했다. 로지가 했을 것이다. 타일러도. 어쩌면 마크도. 물론 질리는 아닐 것이다. 질리는 분명히 관심이 없을 것이다.

엄마는 고개를 저었다.

“전화기를 갖고 올 테니 네가 직접 확인해 봐.”

나는 고개를 끄덕였다.

“아, 깜빡할 뻔했네.”

엄마가 옷장 쪽으로 가더니 그 위에서 플라스틱 CD 보관함을 꺼냈다.

“오늘 아침 컴퓨터 옆 책 더미에서 이걸 찾았다.”

엄마는 웃으며 그것을 내밀었다.

“이게 없었으니 홈페이지를 마무리하지 못했을 것 같은데.”

나는 엄마에게서 상자를 받았다. 나는 상자 뚜껑에 단정한 글씨로 이렇게 프린트해서 붙여 두었다. ‘에린의 것-접근 금지’ 라고.

“학교에서 분명히 연기했을 거야. 기분이 좀 나아지니?”

“고마워요, 엄마. 하지만 이건…….”

나는 멈칫했다. 플라스틱 뚜껑을 통해 보이는 CD 위에 뭔가가 내 시선을 끌었다. 나는 떨리는 손가락으로 상자 끝을 꼭 움켜잡고 천천히 뚜껑을 열었다.

안에 들어 있는 CD의 은색 표면 위에 선명하게 적혀 있는 것은 '몰리브라운 중학교 홈페이지'였다.

심장이 멈춘 것 같았다. 가방에 CD를 잘못 넣은 것이다. 타일러에게 다른 CD를 주고 서버에 올리라고 한 것이다.

개인적이고 은밀한 '나 말고는 아무도 보지 않는' 비밀 블로그가 우리 학교 홈페이지에 공개된 것이다.

| chapter 22 |

재앙의 시작

아, 이럴 수가! 나는 30분 동안 과호흡 증세를 보이며 계속 눈을 감았다 떴다 했다. 그리고 그때마다 내 손에 있는 CD에 '에린의 것-접근 금지'라고 적혀 있기를 바랐다. 스무 번도 더 하고 나서야 서서히 현실을 받아들일 수 있었다.

그것은 우주에서 가장 근사한 소년 마크가 자신을 우주에서 가장 근사한 소년이라고 적어 놓은 내 개인 블로그를 읽었다는 것을 뜻했다. 마크에게, 심지어 마크의 발에라도 키스하고 싶다는 것, 그리고 마크를 뜨거운 타말리라고 불렀던 것까지. 마크는 내 속마음을 낱낱이 알게 되었다. 아마 나를 세상에서 가장 어이없는 애라고 생각할 것이다.

그리고 또 뭘 적어 놓았더라? 잠깐, 베개 키스…… 악, 이럴 수가!

아니다. 누군가 분명히 실수를 발견했을 것이다. 내용을 확인하지도 않고 올렸을 리가 없다. 어쩌면 내가 올 때까지 기다리기로 결정했을지도 모른다. 그제야 심장 박동이 정상으로 돌아왔다. 아이들이 내가 올 때까지 기다렸다가 같이 올리자고 했거나 아니면 선생님들이 파일 내용을 미리 확인했을 것이다. 모든 것이 괜찮을 것이다.

틀렸다. 완전히 틀렸다. 20분쯤 후 떨리는 두 손을 진정시키며 음성 사서함을 확인해 볼 수 있었다. 쉰일곱 개의 메시지가 있었다. 쉰일곱 개. 내 개인 블로그가 온 학교에 공개된 뒤 쉰일곱 명의 사람들이 전화를 한 것이다. 그 와중에도 메시지를 확인하기 전에 CD가 바뀐 사실을 알게 되어 다행이라는 생각이 들었다.

"메시지를 들으려면 1번을 누르세요."

안내 목소리에 심장이 떨렸다. 손가락이 1번 위에서 머뭇거렸다. 눈을 딱 감고 눌렀다.

"타일러야. 아니, 네가 부른 대로 얼뜨기 타일러. 네가 정말 비열하다는 걸 알았으면 좋겠다. 널 친구라고 생각한 내가 한심스러워."

딸깍.

"메시지를 삭제하시려면 6번을, 저장하시려면 8번을 누르세요."

나는 8번을 눌렀다.

세리나가 남긴 메시지.

"넌 우주 전체에서 가장 밉상이야. 다들 '세리나 워싱턴 죽이기' 웹 페이지에 방문할 수 있는지 나에게 묻고 있거든. 나는 '에린 스위프트 죽이기' 웹 페이지를 만들어서 인터넷에 올릴 거야. 그럼 온 세상이 네가 얼마나 끔찍한 인간인가 알게 될 거야."

딸깍.

나는 다시 8번을 눌렀다.

"에린이니? 나 칼라야. 세상에, 무슨 말을 해야 할지 모르겠어. 네가 한 말에 나 놀랐거든. 하지만 네가 안됐다는 생각도 들어. 음, 이만 끊을게."

딸깍.

다시 타일러가 메시지를 남겼다.

"전교생이 다 보도록 그 시를 거기에 남겼다니 도무지 믿기지 않는다. 넌 잔인하고 무자비한 아이야. 그 시를 쓴 아이가 정말 안됐다. 그런데 어쩌냐? 그거 내가 쓴 거 아니거든. 그걸 내가 썼다고 그 시시한 블로그에 올리는 바람에 나도 내가 안됐다. 다들 내가 그걸 썼다고 생각하고 나를 놀리고 있어. 정말 고마워."

타일러의 세 번째 메시지.

"내가 그 시를 베끼지 않고 처음부터 누구의 도움도 없이 썼다고 해도 그 시가 진심일 거라고는 생각하지 마. 내 속마음은 정반대거든. 사실은 '네 주위에서 냄새가 나서 맡아 보니, 그 진저리 나는 악취는 놀랍게도 바로 너였어.'라고 썼어야 했어."

딸깍.

타일러의 마지막 메시지는 간단했다.

"너의 원수가."

진저리 나는 악취? 열두 살배기 중에 그런 단어를 아는 사람이 몇이나 될까? 그건 내가 좋아하는 문구 중 하나였다. 「스타워즈」를 처음 보았을 때, 실제로는 「스타워즈」 4편이었는데, 레이아 공주가 죽음의 별에서 타킨 총통에게 "승선했을 때 당신의 진저리 나는 악취를 맡았어요."라고 말했다.

진저리 나는 악취. 좋아하는 문구였는데 누군가에게 욕으로 이 말을 듣게 될 줄은 몰랐다. 타일러의 새 시는 정말 내 마음을 아프게 했다. 정말 비열했다. 정말. 내가 썼던 글들이 타일러에게 상처가 되었다는 것은 알지만 원래 그런 의도로 쓴 게 아니었다는 걸 이해해 줄 수는 없는 걸까? 타일러에게 사람 보는 눈이 있다고 한 것은 못 보았나? 어떻게 된 거야?

그리고 세리나에게는 맞는 말도 한다고 썼는데 세리나가 그 부분은 안 읽었나? 마크가 질리를 좋아한다는 사실은 세리나 말이 맞았으니까. 한 페이지 전체에 '세리나 워싱턴 죽이기'에 대해 쓰고 다른 페이지에서 딱 한 줄 세리나가 옳다는 이야기를 쓴 것은 사실이다. 그래도 그렇지. 왜 다들 이렇게 부정적으로만 보는 걸까?

나는 메시지를 들으면서 이불 속으로 더 깊이 파고들었다. 내가 모르는 아이들이 남긴 메시지도 있었다. 어떤 아이들은 세리나에 대한 내 행동이 옳았다고 했고, 어떤 아이들은 비열하다고 했다. 어떤 아이들은 내가 쓴 글들 중에서 특정한 부분만 가지고 문제 삼기도 했다.

"내가 뜨거운 타말리일까?"

이렇게 묻고는 웃다가 전화를 끊어 버린 아이도 있었다.

"여섯 셀 동안 너한테 키스해 줄게. 나한테 백 달러를 준다면!"

딸깍.

아이들의 잔인할 정도로 솔직한 반응에 나는 놀랐다. 우리 부모님
이 메시지를 먼저 확인할지도 모른다는 생각은 하지 않았을까? 거기
까지는 미처 생각하지 않은 게 분명했다. 아이들은 자기 감정을 풀
어 놓기에만 급급했다.

"세리나에 관한 건 정말 잘했어! 정말……."

"질리는 약간 으스대는 면이 있기는 하지만 착해. 단짝에 대해 그
런 말을 하다니 정말 너무해. 내 단짝인 캐롤라인 크루즈는 몸에서
냄새가 나고 가끔은 입 냄새가 심할 때도 있지만 난 너처럼 온 학교
에 떠들고 다니지는 않아."

말하지 않는다면서 내 음성 메일에는 대놓고 떠들었잖아.

"세리나가 모든 아이들에게 못되게 구는 건 아니야."

분명히 세리나 패거리 중에서 한 아이가 남긴 메시지일 것이다.

어떤 메시지는 특히 놀라웠다.

"음, 에린? 넌 나를 모르겠지만 난 너와 같은 반이고 수업도 같이
들어. 음, 그런데 있잖아, 나도 베개에 키스해."

딸깍.

마지막 문장이 너무 빨라서 다시 돌려 듣고서야 무슨 말인지 알 수 있었다. 나처럼 베개에 키스하는 아이가 또 있다니 조금이나마 위로가 되었다.

어떤 아이들은 마크와 질리에 대한 내 예상에 대해 'YES'에 클릭 했다고 했다. 어떤 남자아이는 세 번째 선택 사항을 넣기도 했다.

"나는 '무슨 상관이야?'에 클릭했어. 너희 여자애들은 늘 어떤 남 자애들이 자기를 좋아하지 않는다고 징징대지. 정말 시시해. 뭘 그 런 일에 신경을 쓰냐? 진짜 한심하다."

분명히 자기를 좋아해 주는 여자아이가 아무도 없는 아이일 것이 다. 불쌍한 놈.

증오에 찬 메시지를 남기는 아이들의 얼굴을 떠올려 보았다. (내가 잘 모르는 아이들은 얼굴은 없고 머리카락만 덥수룩하게 보였다) 나는 메 시지들을 듣고 또 들었다. 비밀로 남겨져야 했던 것을 함부로 공개 해 버린 것에 대한 나의 참회였다.

쉰일곱 개의 메시지가 쉰일곱 명의 아이들에게서 온 것은 아니었 다. 어떤 아이들은 한 번 이상 전화를 했다. 타일러는 네 번, 세리나 는 여섯 번. 나는 침대 옆에 있는 공책에 계속 적어 두었다. 가장 끔 찍한 것은 질리에게서 온 메시지였다.

"너 일부러 이렇게 한 거지? 그렇지? 네가 나에 대해 어떤 기분인 지를 모든 사람들에게 알리고 싶었던 거잖아. 좋아, 그게 뭐든 난 상 관없어. 나도 널 싫어하거든."

그리고 잠시 침묵이 흐르더니 숨을 몰아쉬며 코를 훌쩍거리는 소리가 났다.

"누가 상관한대? 네가 쓴 글 때문에 네가 나보다 훨씬 더 어이없는 애처럼 보이거든."

딸깍.

하지만 절망만이 존재하는 어두운 동굴 속에도 몇 가닥 빛이 보이는 것 같았다. 베개에 키스하는 아이의 메시지가 그랬고, 모레노 선생님의 메시지도 있었다.

"착오가 좀 있었다, 에린. 타일러가 네 파일을 업로드한 다음에 말이다. 나는 아네트 선생님이 확인을 했다고 생각했고, 아네트 선생님은 내가 확인을 했다고 생각한 거지. 다른 문제들 때문에 다들 정신이 없었거든."

선생님은 전화기 저쪽에서 깊은 한숨을 쉬었다.

"네가 함께할 수 있도록 추수 감사절 이후에 다시 학교 홈페이지를 열기로 했다. 물론 우리는 준비가 다 되어 있다. 네게 몇 번이나 전화를 했는데 받지 않더구나."

그리고 잠깐 침묵.

"정말 미안하다, 에린."

내게 빛이 되어 준 메시지 중에는 로지가 남긴 것도 있었다.

"걱정하지 마. 다 잘될 거야. 학교 마치고 갈게."

나는 로지의 메시지도 저장했다. 나는 계속해서 다른 메시지를 되돌려 들었다. 그때 엄마가 들어왔다.

"너 뭐 하고 있는 거니?"

엄마가 달려오더니 내 귀에서 전화기를 잡아챘다. 나는 로봇처럼 다시 듣기 위해 3번을 누르고 저장하기 위해 8번을 누르고 다음 메시지를 듣기 위해 # 버튼을 눌렀다. 수화기가 내 손에 없는데도 손가락은 계속 버튼을 누르고 있었다.

"아, 에린."

나는 올려다보았다. 수화기를 귀에 대고 있던 엄마의 눈에 눈물이 맺혔다. 엄마가 어떤 메시지를 듣고 있을까 궁금했다. 엄마가 수화기를 내려놓고는 관자놀이를 문질렀다.

"모두 다 들은 거니?"

나는 어깨를 으쓱했다. 그리고 엄마에게 모든 것을 말했다. 마크, 질리, 로지 이야기, 그리고 마크와 질리 이야기, 마크와 로지 이야기, 그리고 타일러와 세리나 이야기까지 (물론 타일러와 세리나 이야기는 따로 해서 사귀는 것처럼 오해하지 않게 했다). 엄마는 "아, 에린."을 쉰일곱 번 정도 말했다. 그것이 '그런 걸 썼다니 믿을 수 없어.' 라는 뜻의 "아, 에린."인지, '정말 마음이 아프구나.' 라는 뜻의 "아, 에린."인지는 알 수 없었다.

"『탐정 해리엇』에 나오는 해리엇이 된 것 같아요."

나는 침대 발치에 앉아 있는 엄마에게 울면서 말했다. 책 속에서 해리엇은 단짝인 두 사람을 포함해서 자기가 알고 있는 아이들에 대한 나쁜 이야기를 썼는데, 그 아이들이 해리엇의 공책을 발견해 자기들에 관한 끔찍한 내용을 모두 읽게 된다. 그래서 그 아이들은 해리엇을 미워하고 말도 하지 않는다.

"아니, 그렇지 않아."

엄마가 말했다.

나는 4학년 때 엄마와 함께 그 책을 읽었고, 5학년 때 다시 읽었다. 나만큼이나 엄마도 그 책을 좋아했다.

"첫째, 넌 누구를 몰래 염탐하지 않았어. 둘째, 해리엇은 왜 기분이 나쁜지를 자기 엄마에게 말하지 않았어. 셋째, 해리엇은 좋은 아저씨에게 가서 말했지. 그 뭐냐 좋은 게임으로……."

"심리 치료사요."

엄마는 놀란 것 같았다.

"그래, 맞아. 그 남자가 심리 치료사였어. 네가 아는 줄 몰랐어."

"칼라의 엄마가 심리 치료사예요."

엄마가 칼라가 누군지 모르는 것 같아 덧붙였다.

"칼라는 제 사물함 짝인데, 채소 합창단에서 콩이었어요."

엄마가 고개를 끄덕였다.

"넷째, 사람들은 해리엇이 가정교사 '올 골리'를 그리워해서 그랬다는 걸 알게 돼."

엄마가 손을 뻗어 내 어깨를 꽉 잡더니 미소를 지어 보였다.

"넌 우리에게 다 이야기해서 심리 치료를 받으러 갈 필요가 없고 우리 집에는 가정교사가 없잖아. 그러니까 넌 절대 해리엇이 아니야."

나는 엄마를 올려다보고 다시 내 깁스를 보았다.

"전학을 가야 할 것 같아요."

"해리엇은 다시 학교로 돌아갔어. 기억하니? 결국 친구들이 용서해 주었잖니."

"그건 책이에요. 현실과 달라요. 제 인생이 아니라고요."

"맞아. 결말은 다르겠지."

"결국 아무도 저를 용서해 주지 않을 거라는 말씀이세요?"

"아니."

엄마가 한숨을 쉬었다. 터무니없이 큰 한숨이었는데 엄마가 정말 나를 안쓰러워한다는 뜻이었다.

"내 말은 네가 해리엇과 다르고, 네 친구들도 해리엇의 친구들과는 다르다는 거야. 그리고 넌 해리엇처럼 화가 나서 쓴 게 아니잖아. 넌 네 감정을 표현했고 누구나 그럴 권리는 있어. 네 감정이 모든 사람에게 공개되었다는 게 좀 불행할 뿐이지."

나는 큰 소리로 신음했다. 밤잠을 설쳐가며 블로그에 글을 쓴 대가가 이거라니.

"가장 안타까운 건 그 글이 대부분 몇 주 전에 쓴 거라는 거예요. 지금은 그 글을 쓸 때 마음에서 많이 바뀌었어요. 세리나에 대한 제 감정도 그렇고요."

“정말이니?”

엄마가 눈썹을 치켜세웠다.

“네. 세리나 워싱턴 죽이기 페이지를 바꿀 거예요.”

“아, 에린.”

엄마는 미소를 지었다.

“앞으로 나흘 동안 쉬면서 어떻게 하면 좋을지 한번 생각해 보자꾸나. 그리고 월요일에 학교에 가서 모든 것들과 부딪쳐 봐.”

나는 엄마를 쳐다보았다. 어떻게 엄마는 이런 일이 있는데도 나보고 학교에 가라고 하는 거지? 하지만 엄마는 내 표정을 무시하고 계속 말했다.

“그동안은 푹 쉬는 게 어떨까? 내일 저녁, 추수 감사절 식사를 하러 친척들이 열다섯 명 정도 올 거야. 사촌들은 분명히 네 깁스에 낙서하고 싶어 할걸.”

엄마는 내 팔을 톡톡 두드리고는 방을 나갔다.

나는 침대에 벌렁 누워서 천장을 쳐다보았다. 몰리브라운 중학교로 절대 돌아가지 않을 거야. 절대! 엄마, 아빠도 절대 나를 학교에 보낼 수 없어. 좀처럼 잠이 오지 않았다. 악몽 속에서 살고 있는데 어떻게 잠들 수 있단 말인가.

chapter 23

에린 스위프트, 꼴통

"너 미쳤냐?"

내 방문이 벌컥 열리자 나는 벌떡 일어나 앉았다. 내 심장은 미친 듯 방망이질을 했다. 햇살이 창으로 쏟아지고 있어서 아직 낮이라는 것을 알 수 있었다.

"일어나!"

크리스 오빠가 나에게 소리치며 다가왔다. 나는 공격을 막으려고 두 팔을 들었지만 오빠는 침대 옆에 서더니 두 손으로 자기 허리를 꽉 잡았다.

"왜 그러는데?"

나는 팔을 내리며 물었다. 내가 부상을 당한 환자이므로 편히 쉴 수 있도록 배려해야 한다는 사실을 오빠가 잊지 않도록 깁스한 팔을 무릎에 올렸다.

하지만 안타깝게도 '배려'라는 단어는 오빠의 머릿속 어디에도 없었다.

"왜 그러느냐고? 왜 그러는지 알고 싶어?"

"아니. 이젠 안 궁금해."

나는 오빠의 번득이는 눈을 보며 말했다.

"너무 늦었어."

오빠는 내 어깨를 잡고 말했다.

"네가 얼마나 큰 문제를 일으켰는지 알고나 있는 거야, 응?"

나는 얼른 오빠를 쳐다보았다가 시선을 딴 곳으로 돌렸다. 내가 블로그에 학교 친구들 이야기만 쓴 게 아니었다. 오빠에 대해서도 쓴 것이다. 세리나가 고등학교에 있는 언니에게 전화를 한 게 틀림없었다. 재수 없는 휴대 전화.

오빠가 나를 홱 잡아끌며 말했다.

"아만다가 나에게 미안하다고 하더군. 내가 아만다를 좋아했던 건 옛날 일이라고 말했는데 그 사실을 떠들고 다닌 것도 모자라서 아만다가 차드랑 키스하는 걸 내가 본 게 안됐다고?"

오빠가 내 어깨를 꽉 잡았다.

"전교생이 이제 내가 개구리 무늬 속옷을 입은 걸 안다고!"

"그렇게 엉덩이 밑으로 내려오는 바지를 입었으니 벌써 다들 알고 있었을 거야."

나는 미소를 지으려 애썼다.

"그 말이 아니잖아. 네가 블로그에 쓴 글 때문이잖아. 그리고 할로 윈 데이에 술에 취했다고도 썼더라. 엄마나 아빠가 아시면……."

"난 그냥 오빠가 술에 취한 것 같다고 했어."

오빠는 내 말을 듣지 않고 계속 말했다.

"그리고 사진에 관한 건 어떻고? 모든 여자아이들이 자기 사진을 주면서 자기랑 얘기하는 건 어떻겠냐고 물어본단 말이야."

오빠는 내 어깨를 더 꽉 잡고는 얼굴을 들이밀었다.

"널 죽일 수도 있어."

나는 움찔했다. 오빠는 이내 자기가 무슨 짓을 하고 있는지 깨닫고 나를 거칠게 밀었다. 나는 침대 머리에 머리를 부딪쳤다.

"아우."

나는 뒤통수를 문질렀다.

"넌 고통이 어떤 건지 몰라. 이 꼭두각시야."

나는 아무 말도 못 하고 오빠를 노려보았다. 오빠는 정말 화가 났을 때를 빼고는 한 번도 꼭두각시 사건에 대해 말한 적이 없었고 나를 그렇게 부르지도 않았다. 눈물이 찔끔 나왔지만 애써 참았다.

"이제 곧 알게 되겠지."

오빠가 조용히 말했다. 그러고는 문을 쾅 닫고 나가 버렸다. 나는 온몸을 떨며 닫힌 문을 노려보았다. 눈물이 볼을 타고 흘러내리고 입술이 바르르 떨렸다.

옷소매로 눈물을 닦으며 스탠드 아래를 흘깃 보았다. 물컵 아래로 쪽지 하나가 삐죽 튀어나와 있었다. 떨리는 손을 뻗어 쪽지를 뺐다.

에린(해리엇이 아니야, 넌.)

잘 해결될 거야. 엄마가 약속할게!

아래층 작업실에 있을 테니 내 도움이 필요하면 언제든 오렴.

푹 잘 자길. 사랑해.

—엄마가.

가엾은 엄마. 엄마는 지금 상황이 얼마나 끔찍한지 모른다. 우주를 다 뒤져도 잘 해결할 수 있는 방법은 없다. 나는 가장 친한 친구를 잃었고, 온 학교가 나를 미워하며, 이제는 오빠까지 나를 미워한다.

아래층에서 초인종이 울렸다. 몇 초 후 발자국 소리가 들리더니 누군가 내 방문을 부드럽게 두드렸다.

"에린, 깼니?"

엄마의 목소리였다. 엄마는 크리스 오빠가 내 방문을 쾅 닫는 소리를 못 들은 게 분명했다.

"네. 들어오세요."

문이 열리는 순간, 나는 이불을 꽉 움켜 잡았다.

"야, 내 메시지 들었어?"

로지가 엄마 옆에 서 있었다.

나는 고개를 끄덕이며 들어오라고 손짓했다.

"다 잘될 거라고? 내 생각에 넌 좀 낙천적인 것 같아. 난 음성 메시지를 쉰일곱 개 받았는데, 대부분이 욕을 하는 메시지였어."

"그랬구나."

로지가 책상 옆 의자에 앉았다.

"내가 블로그에 네 욕을 하지 않아서 날 보러 와준 거지?"

로지가 웃으며 말했다.

"넌 날보고 거만하다고 했어."

"하지만 그러고 나서 아니라고 했어."

"알아. 하지만 그건 상관없어. 난 내가 거만하지 않다는 걸 알거든."

로지가 땋은 머리를 잡아당겼다.

"음, 내가 여기 온 이유가 네가 나를 욕하지 않아서일까? 솔직하게 말하면 잘 모르겠어. 네가 나에 대해 나쁘게 말했다 해도 왔을 거라고 생각하고 싶은데 확실히 그럴지는 모르겠다."

"최소한 넌 정직해."

로지가 미소를 띠며 침대 발치에 앉았다.

"그래, 좀 어때?"

그러고는 얼굴을 찡그리며 다시 말했다.

"내가 생각해도 참 바보 같은 질문이다, 그렇지?"

나는 이불을 걷어 젖히고 일어나 내 깁스를 문질렀다.

"일이 어쩌다가 그렇게 된 건지 알아?"

내가 묻자 로지가 고개를 저었다.

"모레노 선생님 말대로 큰 착오가 있었던 거야. 어젯밤에 정말 모든 게 엉망진창이었거든. 모레노 선생님은 서버에서 일어난 문제를 해결해야 했고, 타일러는 에릭이 관리하던 마지막 페이지를 포맷하는 걸 돕느라 아네트 선생님에게 CD에 대해 이야기하는 걸 잊었어. 모두 난리였어. 오늘 아침에는 세리나가 있는 조에서 그래픽 파일 하나를 잃어버려서 대신할 만한 것들을 찾느라 다들 정신이 없었어. 그리고 마크가 작업했던 칼럼이 사라졌다가 갑자기 다시 나타났고, 스티브가 '수위실의 연애 사건' 같은 것들을 행사 목록에 넣어서 일일이 살펴보고 장난스러운 것들을 골라내야 했어."

로지가 나를 바라보았다.

"일단 모든 문제가 해결되자 우리는 파일을 서버에 올렸어. 난 네가 올 때까지 기다리자고 했지만 다들 그냥 하자고 했고, 그래서 하게 된 거야."

로지가 한숨을 쉬었다.

"우리는 먼저 전화하려고 했어, 그런데……."

"나도 알아."

"우리는 9시 10분쯤에 그 이야기를 들었어. 모레노 선생님이 급히 홈페이지를 차단했지만 그 전에 누군가 네 블로그를 프린트해서 돌린 거야."

나는 침대에 쓰러지듯 누워 깁스를 하지 않은 손으로 턱을 괴었다.

"이건 악몽이야. 그때 그 사건보다 더 끔찍해."

"그 사건이라니?"

"꼭두각시 사건."

"아, 그래."

로지는 꼭두각시 사건에 대해 지금까지 한마디도 한 적이 없었다. 나는 그 사실이 고마웠다.

"너도 이게 더 심하다고 생각하지, 그렇지?"

"글쎄. 더 많은 사람들이 관계되었으니까 그럴지도 모르지."

"질리는 내가 일부러 그랬다고 생각해. 자기한테 돌아가고 싶어서."

로지가 코웃음을 쳤다.

"미쳤군."

로지가 내게로 다가와 내 팔을 만지며 말했다.

"에린, 나도 만약 사흘 연속 밤늦게까지 작업했다면 실수를 했을 거야. 질리는 자기 생각만 하고 있는 거야."

나는 로지를 흘낏 보았다.

"질리가 언제나 그런 건 아니야."

"나도 알아. 늘 그렇다면 네가 질리와 친구가 안 됐겠지."

나는 한숨을 쉬었다.

"이제는 질리와 친구가 아니야."

"다시 친구가 될 거야. 걱정하지 마."

로지는 그렇게 말하고는 깁스한 내 한쪽 팔을 들었다.

"좀 썰렁해 보인다, 안 그래?"

그러고는 글을 썼다.

"세상에서 가장 촌스러운 친구에게."

나는 웃다가 좀 이상한 기분이 들어 웃음을 멈추었다. 그리고 다시 웃었다. 우리는 한동안 아무 말 없이 앉아 있다가 키득키득 웃었다. 그리고 한숨을 쉬었다.

방문을 두드리는 소리가 들렸다.

"네?"

엄마가 머리를 쏙 들이밀며 물었다.

"아가씨들 뭐 먹을래? 레모네이드랑 팝콘은 어때?"

"좋아요."

우리는 똑같이 말하고 다시 웃었다.

엄마가 미소를 띠며 말했다.

"레모네이드와 팝콘 대령하겠습니다."

엄마가 나간 뒤, 나는 로지를 보며 말했다.

"있잖아, 사실 방에서 음식 먹는 거 우리 엄마가 별로 안 좋아하셔."

우리는 서로 마주 보며 미소를 지었다. 그리고 나는 침대에 기대며 얼굴을 찌푸렸다.

"마크는 내가 자기에 대해 쓴 거 다 읽었어?"

로지가 고개를 끄덕였다.

"글쎄, 그런 셈이지. 마크는 조금 읽다가 너무 당황해서 그만 읽었는데 다른 아이들이 다 이야기해 주었거든."

"진짜 당황스러워. 마크가 그것 때문에 짜증 났겠지? 나한테 화 많이 냈지?"

로지가 고개를 저었다.

"아니, 아주 당황했을 뿐이야. 다들 마크를 '귀여운 녀석' 이라고 불러. 모두 다 말이야."

"꼭두각시나 피노키오보다는 낫다."

나는 침대에 털썩 앉았다.

"그래서 마크가 전화를 안 하는구나."

"그럴 거야."

"세리나랑 타일러가 화난 건 알아."

"세리나는 울었어."

"뭐?"

나는 똑바로 앉았다.

"처음에는 엄청나게 화를 냈거든. 그런데 다들 세리나에게 '세리나 죽이기' 웹 페이지에 대해 묻기 시작하니까 화장실로 달려가서 울더라. 마스카라가 흘러내리고 난리였지."

나는 머리를 흔들었다. 내가 세리나 푸펜데나를 울렸어. 그 많은 고통의 시간 끝에 나, 에린 페넬로페 스위프트가 세리나의 눈에서 눈물을 흘리게 한 것이다.

이 세상 최고의 찌질이가 된 기분이었다.

chapter 24

지옥 문

나는 사형장으로 걸어가고 있었다. 어떤 채소든 가리지 않고 먹고, 시키지 않아도 방 청소를 하고, 변기를 포함해 욕실 구석구석을 청소하고, 살아가는 동안 아무것도 요구하지 않겠다는 조건을 내걸었지만 무시무시한 교도관 같은 엄마와 아빠는 다른 학교로 전학시켜 달라는 내 부탁을 거절했다.

"학교에 가거라."

아빠가 말했다.

나는 사람들 눈에 띄지 않을 만큼 줄어들거나 아예 이 세상에서 사라지고 싶었지만 그 어느 쪽도 가능할 것 같지 않았다. 엄마는 내가 버스를 타지 않도록 학교까지 태워 주겠다고 했지만 나는 싫다고 했다. 엄마의 자비는 어설펐다. 어차피 가야 한다면 내 힘으로 헤쳐

나갈 것이다. 엄마가 나를 차로 데려다 주면 스스로 헤쳐 나가지 못하는 것처럼 보일 것이다. 모두를, 특히 질리를 피하고 있는 것처럼 말이다. 아니, 정면으로 맞서겠다. 지금 당장.

꿈꾸고 있는 거야, 에린.

버스 정류장이 있는 거리로 들어섰을 때 질리가 오는 것이 보였다. 심장이 쿵닥거리고 뒤틀리더니 숨을 쉴 수 없었다. 스무 걸음 남짓 걸어서 우리는 1미터 거리에 서게 되었다.

"질리."

주위에 아무도 없는데 나는 조용히 말했다.

질리는 장갑 낀 손에 각지를 낀 채 땅을 내려다보며 서 있었다. 질리가 얼마나 굳게 이를 다물고 있었던지 볼 뒷부분에 불룩한 것을 넣은 것처럼 보였다. 저러다 턱이 나가면 어쩌지 걱정스러웠다. 질리는 내가 왜 깁스를 하고 있는지 모르는 것 같았다.

"음, 질리?"

"이런, 이 버스는 언제 오는 거야?"

질리가 팔짱을 끼며 말했다.

"할 이야기가 있어."

내 목소리가 너무 작아서 나조차도 내가 말을 하고 있는지 알 수가 없었다. 하지만 질리가 휙 돌아서서 나를 쳐다보는 것을 보니 내가 말을 하기는 한 모양이었다.

"아직도 할 말이 더 남았니? 네가 한 말들 때문에 사람들이 깊은 상처를 입었을 거라는 생각은 안 들어?"

"그건 개인적인 글이었어! 아무도 보면 안 되는 글이었다고. 그리고 난……."

나는 항의하듯 말했다.

"다른 사람이 보든 보지 않든 그건 중요하지 않아! 넌 내가 밉다고 말했어. 나를 미워한다고! 내가 이기적이고 거만한 다 큰 아기 같다고 했어. 내 목을 조르고 싶다고 했고 내 입을 막아 버리고 싶다고 했어."

나를 향해 걸어오는 질리의 눈이 번득였다.

"내 가슴이 작다고 했어. 그게 얼마나 창피한 말인지 알기나 해? 하루 종일 얼마나 많은 사람들이 내 가슴을 쳐다보고 있는지 상상할 수 있겠어? 지난 수요일에 내가 초코바를 얼마나 많이 받았는지 알아? 자판기 초코바가 동이 날 지경이었어."

질리의 목소리 톤이 높아졌다. 질리가 울지 않으려고 애쓴다는 것을 알 수 있었다.

"난 널 친구라고 생각했어, 에린. 하지만 넌 위선자야!"

질리는 저쪽으로 쿵쿵 몇 걸음 걸어갔다. 질리 눈에서 눈물이 떨어지는 게 보였다.

"난 네가 가장 좋은 친구라는 글도 썼어. 그런데 네가 나를 그냥 그저 그런 친구로 생각한다는 걸 믿을 수 없었어. 넌 나더러 마크와 너 중에 한 사람을 고르라고 했어. 그건 아니잖아?"

"지금 그 이야기를 하고 있는 게 아니잖아, 에린. 우리는 지금 네가 비열하고 못된 글을 써서 전교생이 보게 된 일에 대해 이야기하고 있어."

숨이 가빠지고 심장이 방망이질을 했다.

"네 말이 맞아. 미안해. 그럴 생각은 아니었는데……."

"야! 저기 있다!"

2학년 남학생 두 명이 어슬렁어슬렁 다가왔다. 한 아이는 나를 손가락으로 가리키며 말했다.

"네가 그거 쓴 애지?"

그러고는 엉덩이를 실룩댔다.

"내가 뜨거운 타말리일까?"

이어 키스하는 소리까지 내더니 친구를 보며 말했다.

"베개 있어? 나 하고 싶어."

두 사람은 서로 부둥켜안고 낄낄대기 시작했다.

온몸이 긴장되었다. 나는 울지 않으려고 입술을 깨물었다.

이번에는 다른 남자아이가 다가오더니 얼굴을 가까이 갖다 대고는 말했다.

"귀여운 녀석은 어디 있지? 네 뜨거운 사랑을 고백했어?"

그리고 팔을 들어 올렸다.

"겨드랑이에서 냄새가 나는지 한번 맡아 볼래?"

그러고는 질리를 가리키며 물었다.

“네가 미워한다는 그 단짝이 얘야?”

질리의 온몸이 다시 굳었다.

“닥쳐! 입 닥치라고!”

나는 소리를 지른 뒤 달리기 시작했다. 바로 그때 버스가 모퉁이를 돌아 정류장을 향해 달려오고 있었다. 나는 네 블록이나 쉬지 않고 달리고 모퉁이를 세 개 더 돌아 우리 이웃집 옆에 세워져 있는 캠핑카 앞에 섰다. 우리 이웃 사람들은 매년 이맘때쯤 텍사스로 캠핑카를 몰고 가지만 올해는 무슨 일이 있는지 집에 있었다. 나는 몸을 숙여 자동차 가장자리의 아랫부분을 더듬어 숨겨 놓은 열쇠를 찾아냈다. 전에 이웃 사람들이 여행을 떠날 때 거기서 열쇠를 꺼내는 것을 몇 번 본 적이 있었다. 나는 주위를 한번 둘러보고 캠핑카 안으로 얼른 들어가 문을 닫았다.

캠핑카 안은 춥고 조용했다. 바로 앞은 싱크대 하나와 스토브 하나, 30센티미터 정도의 조리대가 있는 부엌이었다. 오른쪽, 그러니까 운전석과 조수석 뒤에는 식당처럼 쿠션을 댄 긴 의자 사이로 테이블이 놓여 있었다. 그 앞에는 긴 의자가 있었고 운전대 위에는 침대가 있었다. 왼쪽으로는 화장실과 침실이 있었는데 이불은 없고 그냥 매트리스와 베개 두 개뿐이었다.

나는 작은 깔개 위에서 떨며 두 팔로 몸을 감쌌다. 데프콘 0. 크리스 오빠도 모르는, 처음 사용하는 장소였다. 책가방을 내려놓고 테이블에 손을 얹으며 긴 의자에 앉았다. 이럴 생각은 아니었다. 비상

용으로 갖고 다니는 스니커즈와, 포슬로브스키 아저씨에게 받은 오래된 막대 사탕 말고는 먹을 것도 없었다. 책도 없고, 게임기도 없고, 종이도 없었다. 아무것도 할 게 없었다.

몇 년처럼 긴 시간이 흐른 후 나는 일어서서 우리 집을 향해 나 있는 창문 쪽으로 기어갔다. 오늘 아침 출발한 곳에서 겨우 몇 미터 거리에 있었지만 몇 킬로미터처럼 멀게 느껴졌다. 따뜻한 우리 집 지하 작업실에서 엄마는 최근에 의뢰받은 웹 사이트 작업을 하고 있을 것이다. 흠, 어쩌면 몰래 안으로 들어가 책이나 음식을 좀 갖고 나올 수도 있겠다. 몸도 조금 녹이고 말이다. 아니, 너무 위험하다. 엄마는 언제나 갑작스럽게 올라온다. 특히 고객이 전화를 할 때 엄마는 통화하면서 집 안을 정리한다.

커튼을 내리고 돌아섰다. 여기서 3시 45분까지 버텨야 한다. 그러고는 집으로 걸어 들어가서 '블로그의 악몽'을 잘 견뎌 낸 것처럼 이야기할 것이다.

한숨을 쉬며 찬장으로 가서 먹을거리나 읽을거리가 있는지 찾아보았다. 조수석 아래에서 미스터리 소설 한 권을 찾았고, 싱크대 옆 찬장에서 크래커 한 상자를 찾았다. 침대 밑 서랍에 감추어져 있던 담요 두 장을 꺼내 몸을 둘둘 말고 긴 의자에 앉았다.

계기판 시계로 8시 35분이 되었을 때 우리 집 차고 문이 열리는 소리가 들렸다. 창문으로 달려가 커튼 사이로 몰래 내다보니 우리 차가 빠른 속도로 도로에 접어드는 게 보였다. 엄마가 차를 타고 나간 것이다. 세상에, 엄마가 집을 비우다니. 내게는 정말 좋은 기회였다. 엄마의 차가 사라지는 것을 확인하고 캠핑카에서 나와 집으로 달려 갔다. 화장실에 들렀다가 필요한 것들을 한 아름 안고 다시 달려 나 왔다. 엄마가 어디로 갔는지, 언제 돌아올지 누가 알겠는가.

나는 네 시간 동안 책 200페이지를 읽고, 크래커 한 상자를 먹어 치웠다. 계기판에 있는 시계를 보니 정오였다. 아직 세 시간 45분을 더 기다려야 한다는 뜻이다. 다시 화장실에 가고 싶었다. 차에 있는 화장실을 쓸까 생각했지만 참는 게 더 나을 것 같았다. 참을 수 있었 다. 잘 때는 오줌을 누지 않고도 밤새도록 잘만 견디니까.

잠이나 자자. 그렇게 생각하니 오줌이 덜 마려운 것 같았다. 나는 담요를 집어 들고 차 뒤쪽에 있는 매트리스로 기어 올라갔다.

*＊＊

눈을 뜨자마자 서둘러 시간을 확인했다. 3시 39분! 와, 해냈다! 추 워서 몸이 굳어 있었지만 학교에 가지 않고 블로그 사건 이후 첫 등 교일을 잘 버텨 낸 것이다.

빈 크래커 상자를 포함해 모든 것들을 제자리에 놓았다. 그리고 가방과 열쇠를 쥐고 문밖으로 나왔다.

집으로 들어가니 엄마와 아빠가 거실을 왔다 갔다 하고 있었다. 두 사람은 안도와 노여움이 섞인 표정으로 동시에 나를 돌아보았다.

"어디 갔었니?"

아빠가 성큼성큼 걸어오더니 내 어깨를 잡고 말했다.

"학교에……."

"아침에 학교에서 전화가 왔었다. 네가 결석하는 것을 왜 알리지 않았는지 묻더구나. 아빠와 내가 여기저기 널 찾아다녔어."

엄마가 말했다.

"나무 위 집에도 없었어. 내가 아는 다른 곳에도."

크리스 오빠가 말했다.

오빠의 얼굴을 보자 참아 왔던 것들이 터져 나왔다. 나는 울음을 터뜨리며 아빠의 팔에 안겼다. 그리고 흐느껴 울며 버스 정류장에서 있었던 일을 말했다.

"학교에 갈 수 없었어요. 도저히 갈 수 없었다고요. 버스 정류장에 고작 세 명이 있었는데 모두 날 미워했어요. 전교생과 맞닥트릴 수는 없었어요."

나는 코를 훌쩍이며 흐느끼는 사이에 숨을 몰아쉬었다.

"쉬, 쉬. 괜찮아질 거야."

아빠가 내 머리를 쓰다듬으며 말했다.

크리스 오빠가 걸어오더니 내 어깨에 손을 올렸다.

"홈페이지에 올라온 글들을 복사한 걸 읽어 보았어. 내가 생각한 것보다 훨씬 괴롭겠더라."

물론 복사물은 고등학교까지 다 돌았을 것이다. 내 불행의 끝은

대체 어디일까.

오빠가 내 팔을 가볍게 치며 말했다.

"넌 잘 이겨 낼 거야."

나는 무겁게 한숨을 내쉬었다. 내일 학교 복도를 걸어가는 내 모습과 함께 내게로 향하는 따가운 시선들이 그려졌다. 차라리 맨발로 뜨거운 석탄 위를 걸어가는 게 나을 것 같았다. 아니면 정말 힘들겠지만, 컴퓨터를 영원히 못하게 된다든가, 아니면 남은 인생 동안 스니커즈를 못 먹게 된다든가.

"하루만 더 집에 있으면 안 돼요? 딱 하루만요."

내가 애원했다.

엄마와 아빠가 서로 쳐다보았다. 두 사람의 눈에서 괴로움을 엿볼 수 있었다. 두 사람은 자신이 열두 살 아이였다면 이 일을 어떻게 했을지 생각하고 있는 것 같았다.

엄마가 말했다.

"내 마음 한구석에서는 그러라고 말하고 싶구나. 내가 5학년 때 토미 제라르디라는 아이가 내 머리에 파란 페인트를 쏟았어. 일주일 동안 지워지지 않았지. 아이들에게 매일같이 '푸르뎅뎅 계집애'라고 놀림을 받았어."

"그게 엄마가 거실을 파란색으로 칠하지 못하게 하는 이유란다."

아빠가 말하자 엄마가 아빠를 짓궂게 때렸다.

"어쨌든 내가 지금 네 기분을 다 이해할 수는 없겠지. 하지만 학교에서 얼마나 힘들지는 상상할 수 있어. 나도 널 보호해 주고 싶어. 하지만 그건 정답이 아닌 것 같구나. 넌 네 문제를 피해 영원히 숨을 수는 없거든."

"영원히 숨겠다는 게 아니라 내일만요. 그리고 어쩌면 그 다음 날 까지도요."

아빠가 미소를 지었다.

"에린, 넌 잘 이겨 낼 수 있을 거야. 넌 네가 생각하는 것보다 훨씬 강하단다."

착각에 빠진 부모님이 이해하지 않으려는 부모님보다 더 나쁘다. 내가 발만 컸지 엄청난 약골이라는 사실을 알면 부모님은 어떻게 할 까?

정면 돌파

다음 날 나는 버스가 정류장에 도착하는 시간에 딱 맞추어 나갔다. 그리고 남자아이들이 버스에 오를 때까지 뒤에서 기다렸다가 버스에 올랐다. 질리는 없었다. 분명히 질리는 나와 마주치지 않으려고 부모님 차를 타고 학교에 갔을 것이다. 나는 처음 눈에 보이는 자리에 앉아 앞만 쳐다보았다. 몇몇 아이들이 내 블로그에 대해 이야기를 하더니 이제 질리에 대해 이야기했다. 다음 정류장에서 로지가 타서 내 옆에 앉았다. 로지 덕에 용기가 생겼다. 나는 일어나 돌아서서 말했다.

"그걸 쓴 것은 나야. 질리가 아니라고. 난 질리에게 화가 났던 거야. 알겠니? 질리를 이 일에 개입시키지 마."

나는 자리에 털썩 앉았다. 로지가 미소를 지으며 내 손을 꼭 쥐었다. 잠깐 조용한가 싶더니 아이들은 귀여운 녀석에 대해 묻고 자기들이 '스니커즈'에 클릭을 했는데 언제 스니커즈를 받게 되느냐고 물었다.

나는 손목시계를 보았다. 7시 55분. 이제 일곱 시간 25분만 버티면 된다.

* * *

오전 8시 35분, 교실. 세리나는 내 머리에 구멍이라도 뚫을 것 같은 눈초리로 나를 노려보았다. 나는 세리나에게 두 걸음 다가갔지만 세리나는 일어서더니 교실 다른 쪽으로 가버렸다.

"내 근처에 올 생각은 하지도 마, 에린 스위프트."

모든 아이들이 나를 노려보았고 나는 숨을 쉴 수 없었다. 아처 선생님이 교실 앞으로 나오라는 손짓을 했다.

"이 모든 일이…… 비극이야."

선생님이 말했다.

나는 고개를 끄덕이며 선생님이 우리에게 읽히겠다고 겁을 주는 셰익스피어 연극 중 하나와 비교하지 않기를 바랐다.

"다 잘될 거야, 에린. 걱정하지 마."

내 인생의 모든 어른들은 '다 잘될 거야'라는 환상 세계에 살고 있는 것 같았다. 그들은 또 다른 세상이 어떤 곳인지 몰랐다. 현실 세계 말이다.

"고맙습니다, 아처 선생님. 저도 그랬으면 좋겠어요."

나는 마크 뒤 내 자리에 앉아서 나를 향하는 시선들을 무시하려고 애썼다. 그 시선들은 내가 눈을 마주치려고 하면 잽싸게 딴 곳을 바라보았다.

나는 바로 앞에 있는 마크의 뒤통수도 볼 수 없었다. 볼에 불이 붙은 느낌이었다. 마크는 내가 자기에 대해 쓴 모든 것들을 읽었다. 너무 창피해서 그 자리에 앉은 채로 죽을지도 모르겠다는 생각이 들었다. 바닥이 무너져 내려서 그 속으로 빨려 들어가 다시는 나타나고 싶지 않았다. 로지가 나를 향해 용기를 주는 듯한 미소를 지었다. 나와 눈을 마주치는 단 한 사람이었지만 도움이 되지 않았다. 온 세상이 내 앞에서 문을 닫았다. 나는 세상 바깥에 있었다.

오전 9시 18분, 영어 시간. 간신히 복도에서 살아남았다. 모두들 내 블로그에 대해 이야기했다. 칼라가 나를 향해 슬픈 미소를 지어 보였다. 웃는 것보다 더 나빴다. 나는 고개를 푹 숙이고 어느 누구의 눈에도 띄지 말았으면 좋겠다고 생각했는데, 발 크기만으로도 눈에 너무 잘 띄는 내게는 어려운 일이었다.

오전 10시 25분, 컴퓨터 시간. 모레노 선생님이 나를 불러냈다.

"이런 일이 생겼다는 것이 너무 안타깝구나, 에린. 난 확인하려고 했어. 정말 그랬어. 그런데 그때…… 모든 것들이 너무 엉망이었거든."

선생님이 내 어깨를 꼭 잡았다.

"추수 감사절 연휴가 끝날 때까지 기다렸다가 공개하자고 더 강력하게 밀어붙였어야 했는데. 네가 많은 부분을 담당하고 있으니까 말이야. 그런데 전교생들이 너무 보고 싶어 했고, 우리 클럽 아이들이 모든 걸 준비해 놓은 상태라……."

선생님이 말끝을 흐렸다. 선생님의 눈에서 정말 괴로워하는 기색이 역력했다.

"우리가 기다렸다면 좋았으련만……."

"괜찮아요."

절대 괜찮지 않았지만 나는 그렇게 말했다. 그리고 자리로 가 앉았다.

종이 울리자 나는 자리에서 일어났다. 의자에서 가방을 들어 올리다가 통로를 지나가는 마크와 부딪힐 뻔했다.

"미안."

우리는 동시에 말했다.

마크가 나를 바라보다가 얼른 눈을 피했다. 너무 어색해서 눈물이 날 것 같았다. 마치 마크가 어쩌다 내 알몸을 보게 됐는데 은밀한 부분을 보기라도 할까 봐 눈을 돌리는 것 같았다. 나는 가슴을 가리거나 아담과 이브처럼 청바지 앞부분을 커다란 나뭇잎으로 가려야 할 것 같은 충동을 느꼈다. 마크가 돌아서더니 교실에서 달려 나가다시피 했다.

복도로 가는데 누군가 내 옷소매를 당겼다.

"음, 에린?"

여자아이의 목소리였다.

"에린, 그런 이야기를 적어 주어서 고맙다고 말하고 싶었어."

뭐? 혹시 나를 놀리는 것은 아닌지 돌아보았다. 나는 어떤 비난이라도 다 받아들일 각오를 했다. 하지만 그 아이의 표정은 진지했다.

"좀 이상하게 들리겠지만 남자아이들에 대해 너랑 같은 생각을 하고 있었거든."

그러더니 내 쪽으로 몸을 숙이며 속삭였다.

"나도 베개에다가 키스하거든."

나는 놀라서 그 아이를 쳐다보았다.

"네가 그 애니?"

그 아이가 고개를 끄덕였다.

"그렇게 끊어서 미안해. 난 그냥, 창피했어."

그 아이가 쑥스러운 듯 미소 지었다.

"아무튼 나 혼자 그런 게 아니라는 걸 알게 돼서 기뻐."

"우리 모임 하나 만들까? 베개에 키스하는 사람들의 모임."

내가 말했다.

그 아이가 키득거렸고 나는 미소를 지었다. 어쩐지 이 순간만큼은 그리 끔찍하지 않았다.

오전 11시 45분, 점심시간. 로지가 나와 함께 앉아 점심을 먹었다.

이 말을 입 밖에 내지는 않았지만 이 상황에서 나와 함께 밥을 먹는 것은 천당에서도 최고의 자리를 약속받을 만한 행동이었다. 아이들은 여전히 그 일에 관해 떠들고 있었다. 아이들 대부분은 나와 나의 '모든 것을 다 밝힌 블로그'를 조롱하거나, 세리나와 질리에 대해 그런 글을 쓴 내가 비열하고 재수 없다고 말했다. 하지만 몇몇 아이들은 다가와 예상 외의 이야기를 했다.

어떤 남자아이는 이렇게 말했다.

"네가 이야기를 하는 방식이 재미있었어. 그 글을 읽고 웃었거든."

그러고는 심각하게 물었다.

"그런데 세리나의 실물로 다트판은 언제 만들 거야?"

다른 여자아이는 자기 언니가 우리 오빠에게 홀딱 반해서는 개구리 무늬가 있는 속옷 한 벌을 사 가지고 왔다고 했다.

"너희 언니는 우리 오빠를 이상하게 생각하지 않니?"

그 아이는 고개를 저었다.

"네 글을 보고 언니는 너희 오빠가 똑똑하고 감각 있다고 했어."

로지가 나를 보고 웃었다.

"봤지? 모두 나쁜 건 아니야."

모두 나쁜 것은 아니지만 대부분은 나빴다. 나는 베개 키스, 뜨거운 타말리, 몸 냄새 맡기 같은 이야기의 바다에서 살아남기 위해 "모두 나쁜 건 아니야."라는 말을 꼭 붙잡고 있어야 했다.

오후 5시 10분. 마지막 수업이 끝난 뒤 복도를 달려가다가 나는 하마터면 포슬로브스키 아저씨와 부딪칠 뻔했다.

"오, 이런! 얘야, 뭐가 그리 급하니?"

아저씨가 뒤로 물러서더니 나를 알아보고는 표정이 바뀌었다.

"아, 우리 밀항자 손님이시군. 문제가 좀 있어 보이는데, 응?"

"좀이라고요?"

포슬로브스키 아저씨가 미소를 지으며 말했다.

"막대 사탕 있니?"

나는 눈썹을 찡그리고는 가방에 손을 뻗었다.

"하나 갖고 있어요. 하지만 좀 오래되었죠."

포슬로브스키 아저씨가 손을 들어 나를 막았다.

"하나 갖고 있다니 다행이구나. 여기 하나 더 있다."

그러고는 포도 맛 막대 사탕을 내밀었다.

"이제 두 개 가지고 있는 거다."

사탕이 블로그 악몽에서 나를 구해줄 거라고 생각하는 거야? 나는 포슬로브스키 아저씨야말로 전문가의 도움이 필요한 것은 아닐까 하는 생각을 하면서 아저씨를 쳐다보았다. 그래도 어쨌든 주머니에 사탕을 넣으며 말했다.

"고맙습니다."

"깨물지 마라."

포슬로브스키 아저씨가 내 등 뒤에서 소리쳤다.

* * *

"오늘은 내 인생 최악의 날이었어."

나는 컴퓨터실로 가는 복도에서 로지를 만나 함께 걸어가면서 말했다.

"마크는 내가 나타나기만 하면 달아나고, 질리는 전화를 해도 연락도 없어. 이제 아예 전화를 받지도 않아. 질리 엄마나 아빠, 아니면 음성 메시지가 받아."

나는 마음이 무거웠다. 질리는 전화 받는 것을 아주 좋아했다. 질리네 집에서 울리는 전화는 대부분 질리에게 걸려 오는 것이었기 때문이다. 하지만 나 때문에 질리는 이제 전화 벨이 울려도 더 이상 즐겁지 않을 것이다.

"질리에게 좀 더 시간을 줘."

로지가 말했다.

"나를 쳐다보지도 않아. 내가 보이지 않는 것처럼 말이야."

로지가 한숨을 쉬며 말했다.

"어쩌면 좋으냐? 그래도 네가 컴퓨터실에 와서 다행이다."

"난 자판이나 마우스는 손도 안 댈 거야. 이제 컴퓨터는 영원히 포기했어. 타일러가 사과를 받아줄지 보러 온 거야."

질리나 세리나는 내 사과를 받아 주지 않았다. 하지만 타일러는 받아 주기를 바랐다. 컴퓨터실에 도착해서 나는 안을 몰래 들여다보

있다. 다행히 마크는 아직 보이지 않았다. 나는 타일러에게 다가갔지만 타일러는 지금까지 내가 본 것 중 가장 싸늘한 시선을 보냈다. 나는 말을 걸어 보려고 했지만 타일러는 모니터에서 눈도 떼지 않은 채 말했다.

"찌질이는 저리 꺼져."

스트라이크 아웃.

chapter 26

외로운 시간들

일요일 오후, 나는 벽장 앞에 서서 깔끔하게 한줄로 걸려 있는 옷들을 보고 있었다. 옷이 그리 많지는 않았다. 질리가 사라고 고집 피웠던 예쁜 셔츠 몇 장과 너무 좋아해서 서랍에 쑤셔 넣을 수 없는 바지 몇 벌뿐이었다. 나머지는 서랍장에 있었다.

지금과는 달랐던 또 다른 내 인생에서 질리는 내 옆에 서서 벽장과 서랍장을 오가며 그 주에 입을 옷을 골라 주었다.

하지만 지금 나는 혼자였다

"도와줄까?"

엄마가 문 앞에 서서 나를 보고 있었다. 동정과 연민이 가득한 가족들의 얼굴에 점점 싫증이 나고 있었다. 가장 친한 친구를 잃는 것은 충분히 힘든 일이었다. 그랬기 때문에 가족들이 나 때문에 미안해하는 모습까지 보고 싶지 않았다.

"질리는 아직도 화가 안 풀렸나 봐요."

엄마는 질리가 리미티드에서 골라 준 파란 블라우스를 손가락으로 만지작거렸다.

"질리는 패션 감각이 뛰어나지. 네가 뭘 입으면 예뻐 보이는지 알아."

엄마를 홀낏 쳐다보았다. 나는 질리가 옷을 골라 주는 것은 내 옷차림 때문에 자기가 부끄러울까 봐 그러는 거라고 생각했다. 하지만 엄마의 말을 듣는 순간 진실을 알게 되었다. 질리는 자신이 예뻐 보이고 싶었던 만큼 나도 가장 최고로 보이게 하고 싶었던 것이다.

질리는 뾰족 구두를 신고 어떻게 걷는지, 심지어는 남들에게 재미있는 시간을 보내고 있는 것처럼 보이고 싶을 때는 어떻게 웃어야 하는지 따위의 방법까지 알려 주곤 했는데 그런 질리가 너무 나선다고 생각했던 내 자신이 우스웠다. 그리고 지금 당장 질리가 여기 와서 내가 뭘 입을지 나서서 말해 주었으면 좋겠다는 생각이 들었다.

"뭘 입고 싶니? 네가 선택할래?"

엄마가 부드럽게 물었다.

나는 시간을 되돌리는 일을 선택하겠다고 말하고 싶었다. 다시 시작하기 위해. 블로그에 그런 것은 절대 쓰지 않고, 다른 사람에 대해 그런 생각도 하지 않기 위해.

"제가 뭘 입든 뭐 그리 중요하겠어요. 질리가 아직 절 용서하지 않았는데요."

＊＊＊

크리스마스가 다가올수록 나는 혼자 크리스마스를 보낼 생각에 극도로 우울해졌다. (로지는 멕시코에 있는 친척집에 갈 거라고 했다)

계속 맥없이 돌아다닐 수는 없었다. 내가 저지른 실수니까 내가 바로잡아야 했다.

나는 사과 편지를 보내기로 하고 내 블로그의 희생자 네 명에게 각각 사과하고 용서를 비는 편지를 썼다. 세리나 편지에서부터 시작해서 질리 편지로 끝을 냈는데, 쓰기 쉬운 편지부터 어려운 순서순이었다. 우리 블록 어귀에 있는 우체통에 편지를 떨어트릴 때 내 심장 박동이 조금 빨라졌다. 나는 질리 편지를 가장 오래 들고서, 해야 할 말을 다 썼는지 생각했다. 마침내 내 손가락에서 편지가 떨어지고 우체통 문이 닫히면서 편지가 안으로 떨어졌다.

"아주 좋은 출발이구나. 네가 자랑스러워."

집으로 돌아가니 엄마가 말했다.

나는 미소를 지으려고 했는데 울음이 터졌다. 엄마는 두 팔로 나를 감싸 안았다.

"잘될 거라고는 하지 마세요. 그렇지 않으니까요."

나는 코를 훌쩍였다.

"잘될 거야."

엄마가 말했다. 그러고는 가방에서 화장지를 꺼내서 내게 건네주었다. 나는 코를 풀었다. 엄마가 나를 가까이 끌어당겼다.

"넌 네가 할 수 있는 모든 걸 하고 있어, 에린. 나머지는 그 친구들에게 달려 있어."

엄마가 나를 꼭 잡았다.

"친구들이 너를 놀라게 해줄 수도 있어. 두고 보렴."

***

다음 날이면 편지가 도착할 것이고, 금요일쯤이면 뭔가 반응이 올 것 같았다. 금요일은 겨울 방학 전날이었다. 아침에 학교에 갔더니 아예 봉투를 뜯어 보지도 않은 편지 세 통이 사물함 틈 사이에 끼워져 있었다. 타일러와 세리나, 질리에게 보낸 편지들이었다. 마크의 편지는 없었는데, 교실에서 마크가 나에게 미소를 지어 보이더니 워드 프로세싱에서 포맷하는 것에 대해 물어보았다. 나는 그게 뭔가 의미 있는 일이라고 생각했다.

"네가 크리스마스에 여기 있었으면 좋겠어."

학교를 마치고 버스를 타러 걸어가면서 로지에게 말했다. 상쾌한 12월의 바람에 기분이 좋아져서 위로 올려다보니 눈송이 몇 개가 떨어지기 시작했다. 나는 혀를 쏙 내밀어 눈송이를 혀로 받았다.

“넌 뭐 할 거야?”

로지가 물었다.

나는 어깨를 으쓱했다. 모레노 선생님이 방학 동안 홈페이지 작업을 하겠는지 물어서 하지 않겠다고 대답했다. 나는 벌을 받아야 했다. 컴퓨터를 더 이상 가까이 하지 않는 벌.

“우리 할머니가 그러셨어. 가장 힘든 일은 아무것도 하지 않는 일이라고.”

“편지를 썼어. 그것 말고는 뭘 해야 할지 모르겠어.”

“그랬구나.”

버스에 올라 좌석을 쭉 훑어보았다. 휴, 질리는 아직 타지 않았다. 아직 질리의 싸늘한 시선을 견딜 필요가 없었다. 우리는 바퀴 위의 자리를 찾았다. 로지가 그 위에 발을 올리는 것을 좋아했기 때문이었다. 내 앞에 있는 바닥에 가방을 쑤셔 넣고 있는데 질리가 버스에 오르더니 맨 앞 ‘버스 보이’ 옆자리에 앉았다. 나는 숨을 들이쉬었다. 하지만 질리는 돌아보지 않았다. 단 1센티미터도 고개를 돌리지 않았다. 그 편이 나았다. 질리가 나에게 보낼 무시무시한 표정을 보고 싶지 않았다. 그래서 차라리 질리가 돌아보지 않는 편이, 나를 완전히 무시하는 게 더 나았다.

“에린, 내가 한 말 들었어?”

로지가 팔꿈치로 내 팔을 찔렀다.

“크리스마스가 끝나면 홈페이지 작업을 다시 시작할 거야.”

그 말에 정신이 번쩍 들었다.

"다시 시작한다고?"

모레노 선생님과 아네트 선생님은 홈페이지 재공개를 무기한 연기했다. 아이들은 웹 페이지를 볼 수 있었지만 시험용이었고, 재공개 날짜는 정해지지 않았다.

"그래. 사람들에게 첫 번째 시작에 대해 잊을 시간을 주는 거지."

로지를 바라보았다. 나는 내게 닥친 시련을 헤쳐 나가는 데 바빠서 홈페이지가 정상적으로 운영되지 않는 게 이제까지 열심히 작업을 해왔던 아이들에게 어떤 의미일지는 생각해 보지 못했다.

"미안해. 지금 내 상황이 너무 끔찍해서 말이야."

로지가 고개를 끄덕였다.

"알아."

"내 블로그에 쓴 글 대부분은 내 기분에 대한 것이었어. 하지만 다들 내가 다른 사람에 대해 쓴 글에만 관심을 가져."

나는 고개를 저었다.

"굴욕을 느껴야 할 사람은 나야."

'굴욕'은 요새 새로 배운 단어였는데 마음에 들었다. 그건 '당황스럽다'는 것보다 내 상황에 훨씬 어울렸다.

"사실, 난 정말 굴욕적이야."

"사람들은 늘 다른 사람의 나쁜 점을 알려고 한다고 우리 엄마가 말씀하셨어. 그래야 자기 자신이 더 낫다고 느낄 수 있거든."

"다른 사람의 기분을 상하게 하지 않고도 내 기분이 좋을 수는 없는 걸까?"

로지가 아무 말 없이 나를 바라보기만 했다. 그 표정이 마음에 들지 않았다.

"책 읽을래."

나는 몸을 숙여 가방에서 책 한 권을 꺼냈다. 그리고 버스를 타고 가는 동안 한마디도 하지 않았다.

12월 12일 목요일

다시는 컴퓨터에 손을 대지 않겠다고 다짐했지만 도무지 견딜 수가 없었어. 이 글이 엉뚱한 누군가의 손에 넘어가지 않도록 하려면 쓰자마자 지워야 하겠지만 아무튼 뭐라도 써야 할 것 같아.

진짜 나를 열 받게 하는 일들

블로그 사건 이후 거의 2주가 지났지만, 내 블로그에 대한 이야기가 조금 수그러들었다는 것 말고는 아무것도 변한 게 없어.

- ✖ 세리나와 질리, 타일러, 마크는 아직도 나와 말을 하지 않아.
- ✖ 오늘 방과 후에 질리가 버스 옆에서 '버스 보이'와 이야기하고 있는데 마크가 그 옆을 지나갔어. 그런데 놀랍게도 두 사람은 서로 쳐다보지도 않았어. 잠시 서서 친구와 이야기를 하는 마크를 지켜보았지. 마크가 입을 벌릴 때마다 혀끝을 조금씩 내민다는 걸 지금까지 전혀 알지 못했어. 꼬마 같았어. 사실은 좀 멍청해 보였지. 하지만 마크가 그리워.
- ✖ 마크와 블로그 사건 이후 진짜 대화다운 대화는 나누지 못했어. 나는 마크와 질리가 어떻게 헤어졌는지 몰라. 두 사람 중 누구도 어떻게 된

건지 말해 주지 않았으니까. 컴퓨터를 포기하겠다고는 했지만 마크와 컴퓨터에 대해서는 이야기할 수 있을 텐데. 또 농구도 할 수 있고, 꼭 두각시 포터 선생님을 놀릴 수도 있을 텐데…….

모든 상황이 하도 반복해서 봐서 마치 정말 일어난 일처럼 느껴지는 영화 같아. 하지만 마지막에 자막이 올라가면 영화에 나온 사람들은 내가 전혀 모르는 사람들이고 내 인생의 일부가 아니라는 사실을 깨닫게 되지.

질리는 거대한 협곡의 한쪽 끝에 있고 나는 그 반대편에 있는 것 같아. 질리를 만날 방법이 없어. 만난다 해도 질리는 나에게 등을 보이고 있어서 내가 다가가고 있다는 것도 모르겠지.

아주 조금 기분 좋은 일들(많이는 아니고) 

✖ 모레노 선생님이 집으로 전화해서 아이 클럽으로 다시 들어오라고 하셨어. 선생님은 그건 아주 끔찍한 실수였으므로 내가 컴퓨터를 그만둘 필요는 없다고 하셨어.

하지만 그건 내가 내 자신에게 준 벌이었고, 난 그 벌을 끝까지 받을 생각이야(이 페이지를 지운 직후).

그래도 그건 정말 고통스러운 일이야. 내 인생의 너무 많은 부분이 컴퓨터와 관련되어 있거든. 컴퓨터 게임, 엄마 일 돕기, 그리고 이 블로그까지.

훨씬 더 기분 좋은 일들 

* 크리스 오빠가 요즘 아주 잘해 줘.
* 로지와는 여전히 잘 지내.

또다시 질문: 왜 안 좋은 일들이 기분 좋은 일들보다 훨씬 더 크게 느껴지는 것일까?

내가 할 수 있는 일

겨울 방학 첫날인 토요일, 나는 질리 집까지 걸어갈 구실을 찾으려고 이웃집에서 개를 빌렸다. 질리네 집 근처를 한 바퀴 돌고 다시 질리네 집을 지나는데, 거실 커튼이 움직이는 것을 본 것 같았다. 하지만 확실하지는 않았고, 질리도 나오지 않았다.

일요일, 질리가 우리 집에 두고 간 물건들을 챙겨 갔다. CD 2장, 매니큐어, 머리핀 몇 개. 그리고 질리가 가장 좋아하는 향수 한 병을 예쁜 상자에 넣고 리본으로 묶어서 가지고 갔다.

질리 집 현관에 서 있는데 몹시 긴장이 되었다. 기절하거나 토하거나, 아니면 둘 다 동시에 하는 일은 하지 말아야지. 온몸이 떨렸다. 질리가 나를 만나 줄까? 질리에게 뭐라고 말할까? 시멘트 바닥을 내려다보았다. 눈으로 현관 매트 아래에서 시작해 현관의 저쪽까지 이어져 있는 눈에 익은 금을 따라갔다. 우리는 분필로 얼마나 많이 그 금을 따라 긋거나, 뛰어넘었던가? 올리브라운 중학교의 통신문이 든 봉투를 들고 우리가 같은 반인지 궁금해하며 이 현관에 함께 서 있던 게 불과 넉 달 전이었단 말인가.

헤네시 아줌마가 문을 열고 나왔다.

"질리는 위층에 있는데, 아무도 만나고 싶어 하지 않는단다."

마치 집 안에 잠자는 아이들이 가득한 것처럼 속삭였다.

나는 슬프기도 하고 안심이 되기도 해서 한숨을 쉬었다. 아줌마에게 무슨 말을 해야 할지 몰랐다.

"진짜, 진짜 속상해요."

나는 아줌마를 쳐다보지도 못하고 말했다. 아줌마가 손가락으로 내 턱을 부드럽게 감싸 쥐며 내 얼굴을 들어 올렸다.

"나도 진짜, 진짜 속상하구나."

아줌마의 눈은 친절했고 내 입술은 고마움으로 떨렸다. 최소한 아줌마는 나를 미워하지 않는구나. 아줌마에게 질리가 나를 용서해 줄 것 같은지 물어보고 싶었지만 두려웠다.

"전할 말이라도 있니?"

나는 잠깐 생각했다.

"뭘 입어야 할지 모르겠다고 전해 주세요."

* * *

질리와 나는 여섯 살인가 일곱 살 이후로 매년 크리스마스이브에 선물을 주고받았다. 그래서 질리 없이 우리 가족과 함께 초에 불을 붙이고 노래를 하는 것은 힘든 일이었다. 질리와 함께 선물들을 열기 전에 뭔지 맞혀 보거나, 낄낄거리며 웃는 일이란 없을 테니까. 나는 질리의 선물(질리가 갖고 싶어 하던 인조 진주 귀걸이 한 쌍)을 여러 달 전에 사놓았는데, 그 선물은 반짝이는 포장지에 싸인 채로 내 서랍장 위에 초라하고 슬프게 놓여 있었다.

겨울 방학은 끝도 없이 계속되었다. 이제 겨우 12월 26일, 개학하려면 아직 열흘이나 남았다. 나는 엄마 작업실로 어슬렁어슬렁 내려갔다. 엄마 책상은 지금 작업 중인 웹 사이트의 현황을 나타내고 있는 도표와 표가 있는 서류들만 빼고는 깨끗했다.

"인트로가 정말 멋진데요."

나는 엄마 어깨 너머로 몸을 숙이며 말했다. 엄마는 실크 회사의 웹 사이트를 디자인하고 있었는데 스크린 위로 아름다운 이미지가 나타났다 사라졌다 하게 만들고 있었다.

"회사 슬로건을 어떻게 보여 줄지 고민이야. 한쪽에서부터 미끄러져 들어가게 할까, 아니면 오버랩을 시킬까?"

엄마가 클릭을 몇 번 하더니 글자가 왼쪽에서부터 미끄러져 보이게 만들었다.

"좋은데요."

나는 마우스를 잡고 싶어 꿈틀거리는 손가락을 애써 외면하며 말했다.

"글자가 점점 선명해지게 효과를 주는 건 어때요? 이건 그냥 문서니까 그게 더 나을 것 같은데요."

엄마가 몇 가지 선택을 하더니 내가 말한 대로 해보았다.

"좋은데."

그러고는 어깨 너머로 나를 돌아보며 미소를 지었다.

"고마워."

나는 어깨를 으쓱했다. 대단한 것은 아니었다. 나는 엄마를 한참 지켜보았다. 마치 엄마의 디자인 속에서 내 문제를 풀어 줄 실마리를 찾을 수 있기라도 하듯.

"뭘 해야 할지 모르겠어요."

"날 도와주면 돼."

내가 가만히 있자 엄마가 의자를 돌려 나를 바라보았다. 그러고는 내 얼굴을 쳐다보며 말했다.

"에린, 네가 뭘 더 할 수 있겠니? 넌 전화도 했고, 편지도 썼어. 사과하고, 용서를 빌고 또 빌었어. 선물도 보냈잖아."

나는 마크에게는 농구 티셔츠를, 타일러에게는 웹 디자인 책을. 질리에게는 팩선 상품권을, 세리나에게는 갭 상품권을 보냈다. 그리고 네 명에게 계속 전화를 했는데, 결국 부모님들이 제발 그만하고 내게 사정을 했다.

"이제는 그냥 두고 볼 수밖에 없어. 어렵다는 건 알아. 하지만 그래야 해.”

나는 엄마 작업실을 나와 거실에 있는 소파에 몸을 던졌다. TV, 새로운 내 단짝. 깁스한 팔이 간지러워서 뜨개질바늘을 집어넣고 쑤셨다. 한숨을 쉬면서 리모컨을 눌러 TV를 켰다.

크리스 오빠가 옆에 앉았다. 나는 오빠를 쳐다보지 않았다.

“아직도 질리랑 화해 안 했다며. 안됐다. 질리가 나를 부려 먹던 게 조금은 그리운데 말야.”

나는 오빠에게 눈을 깜빡이다가 TV로 시선을 돌렸다.

“너도 질리에 대해 그렇게 쓰기는 했지만 질리도 네 우정을 저버렸어. 너한테만 책임이 있는 게 아니야.”

“오빠도 내가 질리에 대해 쓴 거 봤어?”

오빠가 고개를 끄덕였다.

“온 학교가 봤겠지. 내가 질리를 아기라고 생각하고 또 미워한다는 걸 온 학교가 봤겠지.”

나는 마크에 대한 일은 말하지도 못했다. 오빠가 그걸로 나를 놀리지 않았다는 게 기뻤다. 나는 한숨을 쉬며 채널을 다시 돌렸다.

“난 질리의 엄청난 비밀도 말했어. 아무한테도 말하지 않기로 했는데 말이야. 질리는 절대 날 용서하지 않을 거야.”

“정면으로 부딪쳐 봐.”

“어떻게? 엄마는 이제 그냥 두고 보라고 하셨어.”

오빠가 어깨를 으쓱했다.

"엄마 말이 맞는지도 모르지."

"하지만 엄마가 틀린 거라면? 내가 할 수 있는 일이 또 있으면 어떻게 해?"

오빠가 나에게 미소를 지었다.

"그럼 하면 되지."

내가 대꾸하려 하자 오빠가 의자에서 몸을 앞으로 내밀었다.

"야! 저 사람 봐!"

오빠가 웃으며 TV를 가리켰다. 한 남자가 몸 앞뒤로 광고판을 붙이고 있었다. 광고판 앞에는 '두루미를 지킵시다', 뒤에는 '자연을 위해 벌거벗읍시다' 라고 적혀 있었다.

"이야, 저 사람 완전히 벌거벗었는데!"

오빠가 소리쳤다.

그때 방으로 들어오던 아빠가 웃으며 말했다.

"이렇게 꽁꽁 얼 정도로 추운 날씨에는 새들이 찾아오는 플로리다보다는 위스콘신에 있는 '네세다 국립 야생생물 보호 구역'에서 저런 시위를 하는 게 더 효과적일 거야. 봐, 사람들의 주목을 끄는 데에는 성공했잖니."

나는 아빠를 바라보다가 다시 TV를 보았다. 이 블로그 악몽에서 벗어나기 위해 내가 할 수 있는 마지막 일이 있을 것 같았다.

chapter 28

걸어다니는 스팸 메일

1월 6일, 엄마와 오빠가 학교까지 태워다 주었다. 나는 '샌드위치맨 광고판'을 꼭 쥐고 뒷자리에 겨우 올라탔다. 엄마, 아빠에게 내가 뭘 할지 이야기하자 그것을 그렇게 부른다고 아빠가 가르쳐 주었다. 나는 '걸어다니는 스팸 메일'이라고 이름 붙였다. 다만 TV에서 보았던 남자처럼 벌거벗지는 않고 검정색 바지에 검정색 터틀넥 티를 입고 깁스에는 검정색 테이프를 붙였다. 내 메시지에만 관심을 가져 주길 바랐기 때문이다.

광고판을 멀리해서 앞면을 다시 한 번 더 읽어 보았다.

질리안 G. 헤네시,

마크 색스,

세리나 워싱턴,

타일러 갤런에게.

미안해.

내가 정말 큰 실수를 했다는 거 나도 알아.

언젠가 너희들이 날 용서해 주었으면 좋겠어.

너희들이 용서해 줄 때까지 이 광고판을 입고 다닐 거야.

뒷면은 이렇게 썼다.

몰리브라운 중학교 학생 여러분,

더 나아진 새로운 학교 홈페이지를 확인해 보세요!

광고는 없고 정보와 즐거움으로 가득하답니다.

꼭 전할 말이 있으니 내일 반드시 홈페이지를 확인하세요.

학교 앞에 도착했을 때, 어찌나 긴장했던지 심장이 반쯤 꼬인 채로 세 번 정도 뒤틀리는 것 같았다.

"차에서 내릴 수 있을지 모르겠어."

"에린, 너 이런 일까지 안 해도 돼. 아무도 알아주지 않을 거야. 네가 하고 싶은 말은 홈페이지에 다 썼잖아. 샌드위치맨 광고판을 입을 필요까지는 없어."

엄마 말이 옳다는 것을 알고 있었다. 하지만 다른 사람이 내게 선택해 주거나 내가 우연히 선택하게 된 것이 아니라, 내 자신의 의지로 선택해서 대단하고 놀라운 뭔가를 해야 한다고 생각했다.

"넌 진짜 용감하거나 아니면 진짜 멍청하다."

오빠가 말했다. 하지만 오빠는 미소를 짓고 있었다. 나에게 힘을 주기 위해 여기까지 와준 오빠가 고마웠다.

"나중에 봐."

나는 깊게 숨을 들이쉬고 밖으로 나갔다. 오빠가 샌드위치맨 광고판을 건네주었다.

"데려다 주어서 고마워요. 이제 가볼게요."

나는 학교 건물을 향해 돌아서며 차 문을 쾅 닫고는 어깨 위의 끈을 당겨 앞뒤 광고판을 조정했다.

창문 내리는 소리가 들려 돌아보았다.

"행운을 빈다, 우리 딸."

엄마 눈에서 걱정하는 마음이 느껴졌지만 나는 그냥 미소 지으며 손을 흔들었다. 꼭두각시 사건과 블로그 사건도 겪었는데 그에 비하면 샌드위치맨이 되는 건 훨씬 쉬운 일 아닐까.

＊＊＊

나는 아이들의 시선에 익숙해졌다고 생각했다. 꼭두각시 사건 때 아이들은 나를 노려보았고 블로그 사건이 터진 뒤에는 더 심하게 노려보았다. 하지만 아이들의 시선을 끌어 글을 읽게 하는 것은 여전히 힘든 일이었다. 어떤 아이들은 미소를 지었고 어떤 아이들은 눈을 치떴다. 나는 계속 걸었다.

"너 달라졌구나."

포슬로브스키 아저씨가 나를 보더니 말했다.

"내가 준 막대 사탕은 아직도 갖고 있지?"

나는 고개를 끄덕였다.

"좋아. 필요할 거야."

나는 고개를 저으며 계속 걸어갔다.

교실에 들어갔다. 내가 세리나와 마주하고 있다는 사실을 알고는 멈추어 섰다. 세리나가 나를 힐끗 올려다보고는 놀라는 듯하더니 내 앞의 글을 읽었다. 나는 세리나가 뒤를 읽을 수 있도록 돌아섰다. 그리고 다시 돌아서서 세리나를 보았다.

세리나가 나를 보며 말했다.

"고등학교 댄스파티 때 입을 수 있게 잘 보관해. 오랫동안 입고 있게 될 거니까."

심장이 쿵 내려앉았다. 모든 것이 잘될 거라고 기대하지는 않았지만 세리나의 이런 반응에 대해서는 미처 대비하지 못했다. 하지만 나는 용기를 모아 세리나에게 미소를 지었다.

"그럼, 깨끗하게 보관해야겠네."

세리나는 조금 놀라는 것 같더니 재빨리 돌아섰다.

샌드위치맨 광고판을 입고는 자리에 앉을 수 없다는 사실을 바로 알게 되었다.

"어떻게 하지? 늘 입고 있을 거라고 약속했는데."

내가 로지에게 말했다.

"아이들은 네가 계속 그걸 입고 있는다고는 기대도 하지 않을걸. 화장실도 가야 할 텐데 그때는 어떻게 할 거야?"

"맞아."

나는 광고판을 벗어서 교실 앞에 뒤집어 세워 놓았다.

그날 아침에는 계속 그렇게 했다. 앉을 때나 화장실을 갈 때만 벗고 어디를 가든 샌드위치맨 광고판을 입고 갔다. 언제나 눈에 띄었다. 로지와 함께 점심을 먹으러 식당에 갔을 때 나는 타일러가 있는지 식당을 훑어보았다. 한참을 살펴본 후에야 타일러를 찾을 수 있었다. 타일러의 머리가 예전처럼 뾰족하지 않았기 때문이었다. 타일러의 머리는 부드러운 갈색의 웨이브로 변해 있었다.

"완전히 달라 보이는데."

나는 그렇게 말하고 타일러에게 걸어갔다. 광고판의 글씨를 보는 타일러의 눈이 점점 더 커졌다.

"야, 타일러. 저기 네 이름도 있다."

타일러의 친구 하나가 말했다.

"내일 학교 홈페이지에 들어가 봐."

나는 가려고 돌아서며 말했다.

“잠깐만.”

타일러의 목소리에 나는 멈춰 섰다. 그리고 입술을 깨물며 돌아보았다.

“왜?”

“아이 클럽에서 처음 봤던 날, 내가 했던 말 사과할게. 왕발에게 배운다고 했던 것 말이야.”

타일러가 몸을 숙이더니 내 귀에 대고 속삭였다.

“그리고 네 음성 메시지에 못된 말을 남겼던 것도.”

나는 미소를 지었다.

“괜찮아. 널 얼뜨기라고 부른 거 미안해. 넌 진짜 그렇지 않아. 누군가 그걸 볼 거라고 생각했다면 한참 전에 지웠을 거야. 내일 홈페이지에 있는 내 편지 읽어. 알았지?”

“알았어.”

“그런데 머리에 무슨 짓을 한 거야?”

“이게 아무것도 안 바른 진짜 내 머리야.”

타일러의 친구 하나가 타일러의 머리를 쓰다듬으며 말했다.

“널 위해서지.”

“닥쳐.”

타일러가 그 친구의 어깨를 치며 말했다.

“머리는 네가 하고 싶은 대로 해.”

나는 돌아서 가기 전에 말했다.

＊＊＊

질리는 자기 사물함 앞에 혼자 있었다. 내가 질리를 만나러 그곳에 자주 가던 때는 혼자 있는 일이 좀처럼 없었다. 두근거리는 가슴에 손을 얹고 심호흡을 했다. 복도를 걸어가 질리 30센티미터쯤 앞에서 멈추어 섰다.

"언제 널 만날까 궁금했어."

질리는 내 얼굴이나 광고판은 보지도 않고 말했다.

나는 아무 말도 하지 않았다. 내가 하고 싶은 말을 적은 광고판을 보고 질리가 무슨 말이라도 해주기를 바랐다. 내가 얼마나 노력하는지. 질리를 위해.

질리는 영원할 것같이 긴 시간 동안 사물함을 뒤졌다. 어깨 끈이 내 피부를 파고들어 광고판의 무게를 그대로 전해 주었다.

"그게 불편하지 않았으면 좋겠어."

질리가 책을 꺼내고 사물함 문을 닫으며 말했다.

나는 침을 꿀꺽 삼켰다.

"그러면 좋겠어. 세리나가 나더러 고등학교 댄스파티에도 이걸 입고 있을 거래."

질리가 큰 소리로 웃었다.

"일주일 내내 입고 다니는 것도 너무한 것 같은데."

나는 미소를 지었다.

"내일 내 편지를 읽어 줘. 알았지? 그래도 여전히 네가 날 용서할 수 없다면 더는 귀찮게 하지 않을게. 광고판은 계속 입겠지만 네 친구가 되려는 노력은 그만둘게."

"읽어 볼게."

질리가 말했다. 그러고는 내 주위를 빙 돌아 뒤에 있는 누군가에게 손을 흔들었다. 뒤를 돌아보니 버스 보이였다. 두 사람은 이제 사귀는 사이인 것 같았다. 내가 없어도 질리의 인생은 계속되고 있는데, 나는 아무것도 모르고 있었다고 생각하니 기분이 이상했다. 슬펐다.

나는 샌드위치맨 광고판을 포슬로브스키 아저씨의 벽장에 처박아 놓고 버스를 타러 갔다. 이제 남은 일은 다들 내 편지에 어떻게 반응하는지 지켜보는 것뿐이다.

내 마음속 한구석에서 잘 안 될 거라는 부정의 말들이 나를 잡아끌었다. 나는 다른 쪽에서 잘될 거라는 긍정의 말들이 나를 구원해 주기를 간절히 바랐다.

몰리브라운 중학교 전교생 여러분께,

제 이름은 에린 스위프트입니다. 학기 초에 있었던 사건을 알고 계신 분들이라면 아마 저를 피노키오나 꼭두각시 소녀로 알고 있을 겁니다. 아니면 큰 발에 잘 걸려 넘어지는 아이쯤으로요. 하지만 이제는 저를 자기 개인 블로그를 실수로 학교 홈페이지에 공개한 아이로 알고 있을 겁니다.

많은 사람들에게 제 비밀이 공개되었다는 사실에 완전히 굴욕적인 기분이 듭니다. 하지만 더 괴로운 것은 제가 쓴 글로 인해 다른 사람에게 상처를 주고, 여러분도 그 아이들에게 상처를 주고 있다는 사실을 알게 된 겁니다.

먼저 세리나 워싱턴. 우리는 유치원 때부터 알고 지냈지만 잘 지낸 적은 없어. 너는 내 머리카락을 자르고, 놀리고, 나한테 진짜 못되게 굴었어. 하지만 내가 블로그에 너에 대해 그렇게 쓴 건 정말 잘못했어. 내가 생각지도 못한 일이 일어나서 너에게 너무 화가 났던 거야. 그런데 사실은, 학교 홈페이지 작업을 함께하게 된 후로 난 더 이상 네가 밉지 않아. 넌 정말 아이디어도 많고 못되게 굴지도 않을 뿐만 아니라 착해. 너에 관한 페이지는 진작 없앴어야 했어. 이제 그건 더 이상 진실이 아니니까. 하지만 나는 그 페이지를 없애지 않았고 결국 많은 사람들이 보고 말았어. 정말 미안해. 네가 언젠가는 나를 용서해 주었으면 좋겠어. 내가 얼마나 더 창피함을 견딜 수 있을지 나도 잘 모르겠거든.

두 번째로 마크 색스에게. 내 블로그에서 많은 아이들이 네 이야기를 읽었다지. 너를 난처하게 해서 정말 미안해. 어떤 똑똑한 사람이 말해 주었는데, 좋은 친구는 막대 사탕과 같아서 깨물지만 않으면 오래갈 수 있대. 그런데 내가 깨물고 말았어. 정말 미안해. 언젠가는 우리가 다시 친구가 될 수 있으면 좋겠다.

세 번째로 우리 학교에서 가장 세련된 타일러 갤런. 넌 홈페이지 작업을 정말 열심히 했고, 완성하는 데 많은 도움을 주었어. 그동안 좋은 친구가 되어 주었는데 나는 그걸 몰랐어. 너에게 정말 큰 실수를 했어. 미안해.

마지막으로 유치원 때부터 나의 단짝이었던 질리안 게일 헤네시에게. 난 널 질투하고 있었어. 그런 것 같아. 네게 약간 으스대는 면이 있긴 하지만 사람들은 언제나 널 좋아했어. 넌 네가 원하는 건 뭐든 가지는 것 같았고 난 아무것도 없는 것 같았어. 하지만 그건 내 문제지 네 문제가 아니었어. 너하고 할 이야기가 정말 많아. 꼭 함께 이야기를 나누었으면 좋겠어. 정말, 정말, 정말, 정말 미안해. 내가 막대 사탕을 꽤 세게 깨물었어. 하지만 아직도 남은 게 있을 거라고 생각해. 너도 그렇게 생각했으면 좋겠어.

아무도 제 곁에 없을 때 함께 있어 준 로지 벨라르드에게도 고마움을 전하고 싶습니다. 로지는 친구가 된다는 게 어떤 의미인지 정말 잘 알고 있습니다. 정말 특별한 막대 사탕입니다.

다시 시간을 돌려 모든 것을 바꿀 수 있다면……. 솔직히, 제가 그럴 것 같지는 않습니다. 말도 안 되는 소리로 들리겠지만 사실입니다. 이번 일로 제 자신에 대해, 우정에 대해 많이 알게 되었고, 샌드위치맨 광고판을 입고 화장실에 가는 것에 대해서도 알게 됐습니다. ^^

여러분 중 누구든 복도에서 저를 보면 인사를 해주었으면 좋겠습니다. 고등학교 댄스파티 때까지 샌드위치맨 광고판을 입고 있을 테니까요. 아니면 그보다 더 오래일지도 모르고요.

읽어 주셔서 고맙습니다.

에린 페넬로페 스위프트 올림

P.S. 저는 체리 맛 막대 사탕을 가장 좋아해요. 

chapter 29

용서

그날 수업이 끝나고 사물함에 가보니 체리 맛 막대 사탕이 정확히 열 개 꽂혀 있었다. 질리처럼 많이 받지는 못했지만 이제 시작이었다. 많은 아이들이 나를 보면 인사를 했고, 대부분의 아이들은 네 명 중에 나를 용서한 사람이 있는지 묻기도 했다.

"지금까지 두 명."

나는 마지막으로 물은 아이에게 대답했다. 막대 사탕 중 한 개는 마크가 꽂아 둔 것이었다. '나도 체리 맛 좋아해.' 라는 쪽지도 붙어 있었다. 타일러는 수업이 끝나자 얼굴을 붉히며 다가와서는 편지에 적어 둔 이야기에 대해 고맙다고 했다. 타일러의 머리는 다시 뾰족뾰족했다.

"지금 머리 마음에 들어. 그게 너니까."

나는 타일러의 머리를 가리키며 말했다.

"그래, 맞아."

타일러가 씩 웃으며 말했다.

나는 머리 위로 샌드위치맨 광고판을 벗고 복도를 걸어갔다.

"이런, 이런. 이제 네가 실수를 좀 그만하면 주변이 진짜 조용할 것 같은데 말이다."

포슬로브스키 아저씨가 말했다.

"조용하면 좋죠. 정말 좋죠."

나는 광고판을 내밀며 말했다.

"이것 좀 보관해 주실래요?"

"그러마. 하지만 네가 이걸 오래 입게 될 것 같지는 않은데."

"두 명만 용서했어요. 남자 둘이오. 아직 둘 남았어요."

그 둘은 쉽지 않을 거예요.

"아, 나머지 두 사람도 이제 곧 널 용서할 것 같은데. 특히 질리 말이야."

"그래도 세리나가 남아요."

"꼭두각시 사건을 일으킨 아이 말이냐?"

내가 고개를 끄덕였다.

"그 아이도 용서할 거다."

나는 코웃음을 쳤다.

"아저씨는 세리나 워싱턴을 몰라요."

***

내 생각이 틀렸다는 게 밝혀졌다. 목요일에 샌드위치 광고판을 넣어 두려고 수위실 벽장으로 가고 있는데 세리나가 다가와 말했다.

"아, 좋아. 이제 그만하면 됐어. 내가 창피해서 죽기 전에 그 시시한 것 좀 치워 버려."

"정말이야?"

세리나는 자기가 그런 말을 하고 있다는 것을 믿을 수 없다는 듯 콧잔등을 찡그리며 말했다.

"내가 악당 같잖아. 애들이 나 빼고 다 널 용서한 줄 알아. 네가 나 때문에 아직도 그걸 입고 다닌다고 생각한다고. 딴 사람 괴롭히는 사람처럼 다들 날 바라보니까 이제 그것 좀 벗어. 벗을 거지?"

"질리도 용서하지 않았어."

"질리도?"

질리가 용서하지 않았다는 말에 세리나의 머릿속이 컴퓨터처럼 삐비빅 돌아가는 게 보였다. 모든 정보 처리가 끝난 후 세리나가 미소 지으며 말했다.

"좋아. 그럼 내가 마지막이 아니란 말이네. 벗어. 사람들이 볼 수 있는 곳에 두지 마."

세리나가 귀찮은 파리를 쫓듯 손사래를 쳤다.

"질리를 위해 내일 입어야 해."

세리나가 얼굴을 찌푸렸다.

"그럼, 나는 벗으라고 했다는 말을 좀 써줘. 다들 알 수 있도록."

이 말은 곧 세리나와 친하게 지낼 수 있을 거란 뜻이었다.

"좋아, 그럴게."

"질리도 어서 용서해 주길 바랄게. 사람들이 더 빨리 잊을수록 좋은 법이니까."

"그렇지."

나는 매직을 꺼내 세리나 이름 옆에 '세리나가 이걸 벗으라고 말했어요.'라고 썼다. 그리고 수위 아저씨의 벽장으로 슬쩍 밀어 넣고 내 사물함 쪽으로 돌아섰다.

"그럼 이제 컴퓨터 클럽에서 볼 수 있는 거지, 그렇지?"

세리나가 팔짱을 끼고 발을 탁탁 치면서 물었다.

나는 세리나를 가만히 쳐다보았다.

"그렇지?"

세리나가 다시 물었다.

"그래."

간신히 그 말을 할 수 있었다. 세리나의 말을 그대로 믿어도 좋을지 몰라 쉽게 입이 떨어지지 않았다. 가끔 불신은 사람을 침묵하게 할 수도 있는 모양이다.

chapter 30

다시 우정으로

그날 오후 집에 가보니 YMCA에서 같이 농구를 하자는 마크의 메시지가 와 있었다. 마크의 목소리를 듣고도 심장이 뛰지 않는다는 것을 깨닫고는 깜짝 놀랐다. 모든 감정이 깨끗이 사라져 버린 것 같았다.

***

체육관은 사람들로 꽤 붐비고 있었다. 저 멀리 있는 농구 골대에서 마크가 자유투를 던지며 서 있었다. 나는 여기저기서 날아오는 공을 피해 코트를 빙 돌아 마크에게로 갔다. 내가 다가가자 마크가 공을 던져 주었고 우리는 두 게임을 했다. 이번에는 두 번 다 내가 이겼다.

"다음에는 축구장에서 만나자. 또 이겨 줄 테니까."

나는 두 손을 무릎에 얹고는 숨을 헐떡이며 말했다.

마크가 소리 내어 웃더니 내 얼굴에 공을 던지는 시늉을 했다. 나는 머리를 홱 숙였다. 우리는 자유투를 실컷 던지고 나서 복도에 있는 자판기로 갔다. 게토레이를 뽑아 들고 체육관 근처 바닥에 앉아 꿀꺽꿀꺽 마셨다. 수많은 운동화들이 우리 곁을 지나갔다.

"이제 모든 일들이 괜찮아진 것 같던데."

그 말을 하고 나서 마크는 내 얼굴을 보지 않고 음료수만 길게 들이켰다.

"그래. 운 좋게 잘된 것 같아."

나는 파란만장했던 중학교 1학년이 아직 끝난 건 아니라는 말은 하지 않았다. 말이 씨가 될 것 같았기 때문이다.

"너도 노력했잖아. 편지 고마워. 나한테 보낸 것 말이야. 그리고 홈페이지에서 한 이야기도."

마크가 손등으로 입을 닦았다.

"전교생한테 보낸 편지 말이야?"

"응, 그거."

속이 울렁거렸다. 제발 마크가 블로그 이야기는 꺼내지 말았으면 했다. 특히 마크에 대해 쓴 부분은.

"그런데 거기에 네가 쓴 것 말이야. 네 온라인 일기 같은 그것 말이야."

젠장, 꺼냈다.

"뭐 말하는 거야?"

나는 내 손이 얼마나 떨리는지 마크가 알아채지 못하기만을 바라면서 음료수를 한 모금 마셨다.

"진심이었어?"

"뭐가?"

"네가 쓴 것 말이야."

"뭘?"

"에린, 꼭 내 입으로 말해야 해?"

마크는 얼굴이 빨개지더니 티셔츠 자락으로 이마에 맺힌 땀을 닦았다.

"그래. 말해 봐. 난 네가 무얼 말하는지 정확히 모르겠으니까."

나는 마크가 무얼 말하는지 정확하게 알고 있었지만 마크가 당황해하는 것을 즐기고 있었다. 그 일 때문에 나는 마크보다 훨씬 더 심하게 당황했고 힘들었으니까.

"네가 나를 좋아한다는 말 말이야. 그러니까 친구 이상으로."

마크는 마치 몇 년 동안 마음속에 갖고 있던 비밀을 털어놓기라도 한 듯 큰 숨을 내쉬었다.

"내가 그랬었나?"

내가 묻자 마크가 고개를 끄덕였다.

"그래, 그랬지. 그 글을 썼을 때는."

마크의 표정이 약간 어두워졌다.

"그 말은 지금은 아니라는 뜻이구나."

"그런 것 같아. 왜?"

"아, 그러니까, 잘됐다고."

"그래?"

"응."

"아."

세상에, 우리가 지금 이 주제로 무슨 토론이라도 하고 있는 거야? 하지만 우리의 대화는 겉에서 맴돌고 있었다. 나는 적의 영토로 뛰어들기로 했다.

"질리랑 헤어진 건 안됐어."

마크가 어깨를 으쓱했다.

"내 생각에는 우리가 동시에 안 좋아하게 된 것 같아. 이제는 질리 근처에 있으면 이상해."

마크가 나를 힐긋 쳐다보고는 게토레이를 한 모금 마셨다.

"네가 질리에 대해 했던 말이 맞았어. 질리는 자기 자신에 대해 너무 말을 많이 해."

나는 미소를 지었다.

"그 수다 속에는 좋은 마음도 있어."

"그렇겠지."

마크는 복도 쪽을 돌아보며 말했다.

"너와 다시 친구가 되어서 기뻐."

"나도."

우리는 한동안 말없이 앉아 있었다. 신발이 바닥에 끼익끼익 미끄러지는 소리와 공이 쿵쿵 울리는 소리만 들릴 뿐이었다.

"그리고 네가 다시 아이 클럽에 들어오기로 해서 기뻐. 네가 없으니 예전 같지 않았거든."

"진짜?"

"진짜야. 맘대로 놀릴 사람도 없고, 뒤에서 잡아당길 꼭두각시 끈도 없잖아."

나는 마크를 한 대 쳤고 우리는 함께 웃었다.

"너 아직도 나한테 축구 경기 한 번 빚졌어. 경기장 골라 볼게."

"좋아."

우리는 약속을 확인하는 의미로 서로의 주먹을 부딪쳤다.

"오늘 나와 줘서 고마워."

마크가 말했다.

"언제든 불러만 줘."

"진짜지?"

"두말하면 잔소리지."

마크는 앞머리를 잘라서 이제 두 눈으로 나를 보며 미소를 짓고 있었다. 마크는 분명히 나에 대해 더 많은 것을 알고 싶어 하는 것 같았다. 하지만 우습게도 나는 내 마음을 잘 알 수 없었다. 좀 더 정확히 말하면, 전처럼 그렇게 열렬한 감정으로 마크에 대해 알고 싶어 하는지를. 어쩌면 이제 마크와 정말 좋은 친구가 될 수 있을 것 같았다.

와, 기적이 일어났다! 여기 YMCA에서.

chapter 31

우정은 막대 사탕처럼

버스 정류장에서도 기적이 일어난다면 좋을 텐데. 금요일 아침, 나는 고등학교 댄스파티에 샌드위치맨 광고판을 입고 가면 어떻게 보일까 생각하며 버스 정류장에 서 있었다. 그런 어이없는 생각이 왜 떠오른 걸까? 네 명 중 셋은 내 사과를 받아들였지만, 가장 중요하고, 가장 용서받고 싶은 한 사람은 내 쪽으로 눈길도 주지 않았다.

내가 버스 정류장에 나타났을 때 아이들은 눈도 깜빡하지 않았다. 이제 이런 내 모습이 아주 평범해 보이나 보다. 나는 끈을 조정하고 몸을 따뜻하게 하려고 두 발을 번갈아 뛰면서 버스를 기다렸다.

"뭘 입을지 고민이라며?"

내가 아는 목소리였다. 몇 주 동안 그렇게 듣고 싶었던 목소리.

나는 슬쩍 돌아보았다. 질리는 나를 보고 있지 않았다. 버스가 오는 쪽 도로를 보고 있었다. 질리의 입에서 입김이 나오는 게 보였다.

"뭐라고 했는지 다시 한 번 말해 줄래?"

나는 예의를 갖추어 물었다. 어쩌면 내 상상일지도 몰랐기 때문이다. 질리가 내게 말을 걸어 주기를 너무 간절히 바란 나머지 내 머릿속에서 질리 목소리를 상상한 것일지도 몰랐다.

"그렇게 안에 검정색으로 받쳐 입으니까 아주 멋지다. 하지만 샌드위치맨 광고판은 벗어야 해. 그게 전체 조화를 깨잖아."

질리는 여전히 도로를 보며 말했다.

"그래?"

질리는 나를 돌아보며 말했다.

"내 생각에는 그걸 벗어야 할 것 같아. 하지만 그냥 충고니까 어떻게 할지는 네가 결정해."

나는 미소를 지었다.

"고마워."

나는 머리 위로 샌드위치 광고판을 벗어서 질리와 나 사이에 세워 두었다. 우리는 서로를 바라보며 섰다. 어색한 침묵이 우리 둘을 감쌌다. 한 번도 이렇게 서로 싸워 본 적이 없어서 우리는 화해할 때는 무엇을 해야 하는지 몰랐다.

질리가 주머니에서 뭔가를 꺼냈다.

"안에 얼마나 남았는지 봐."

질리는 반쯤 깨문 체리 맛 막대 사탕을 들고 있었다. 가운데 초콜릿 맛이 나는 둥근 갈색 부분은 아직 남아 있었다.

"어떻게 한 거야?"

가운데 부분을 남기고 막대 사탕을 먹은 사람은 한 번도 본 적이 없었다.

"쉽지 않았지."

질리는 씩 웃었다.

"가운데 부분이 많이 남았구나."

나는 침을 꿀꺽 삼키며 말했다. 눈에 눈물이 맺혀 얼른 눈을 깜빡거렸다.

질리는 막대 사탕을 응시하며 말했다.

"둘이서 나누어 먹는다면 얼마나 오래갈 수 있을지는 모르겠어."

"여기 또 있지."

나는 뒷주머니에서 막대 사탕 두 개를 꺼내며 말했다.

질리가 미소를 지었다.

"홈페이지에 써준 편지 고마워. 나도 너랑 하고 싶은 이야기가 많아."

질리는 내가 건넨 막대 사탕 중 하나를 까더니 빨아 먹었다.

나는 한숨을 쉬었다.

"그날 밤, 네가 내 방을 나가고 나서 난 거의 미쳐 버리는 줄 알았어. 내 일부분이 걸어 나가는 걸 보는 것 같았거든. 너무 슬프고 화가 나서 견딜 수 없었어."

나는 질리가 다시 멀리 가버리기라도 할까 봐 조용조용 말했다.

질리가 입에서 막대 사탕을 꺼내며 고개를 끄덕였다.

"무슨 말인지 알겠어. 네가 블로그에 마지막으로 쓴 글을 보고 나도 미칠 뻔했어. 세상에서 가장 비열하고, 가장 역겹고, 가장 끔찍한 짓이라고 생각했어."

나는 아래를 내려다보았다.

"알아. 난……."

"가만, 이제 내가 이야기할게."

질리가 손을 들어 내 말을 막았다.

"어떤 아이들은 네가 내 입에 망을 씌우고 싶다고 한 걸 가지고 나를 놀렸고, 어떤 아이들은 네가 마지막 페이지에 쓴 것 때문에 나를 불쌍하게 생각했어. 나는 그 마지막 페이지만 생각했지. 정말 화가 났어."

질리는 잠깐 쉬었다가 다시 말을 이었다.

"그러다가 다른 페이지도 모두 다시 읽어 보았어. 그리고 버스 정류장에서 어떤 아이가 베개에 키스하는 것에 대해 말하는 걸 들었지."

질리가 잠깐 멈추었고 나는 눈길을 돌렸다. 다른 여자아이들도 그런 짓을 한다 해도, 베개에다 대고 키스 연습을 한다는 게 모든 사람들에게 알려지는 것은 부끄러운 일이었다.

"그리고 네가 마크를 그렇게 좋아하면서 어떻게 나에게 말하지 않았는지 믿을 수 없었어."

질리는 이야기를 멈추고 눈을 깜빡거렸다.

"하지만 난 너에게 말할 기회조차 주지 않았어. 네 입장에 대해 생각해 본 적도 없었고."

그리고 한숨을 쉬었다.

"네 말이 맞았어. 난 너무 내 생각만 해."

나는 무슨 말을 해야 할지 몰라서 아무 말도 하지 않았다.

"'아니야, 넌 안 그래.' 라고 말해도 돼."

질리가 웃으며 말했다.

"그래, 하지만……."

"하지만 그러지 않을 거지? 왜냐하면 내 말이 맞다고 생각하니까. 나도 알아."

우리는 한동안 아무 말 없이 서 있었다. 나는 발을 옮기며 어깨를 움직여 보았다. 샌드위치맨 광고판이 없으니 어깨가 가뿐해 좋았다. 질리가 무슨 말이든 더 하기를 기다리면서 1월의 차가운 공기를 가슴 깊숙이 들이마셨다.

"내가 만약 내 이야기를 하지 않았다면 누가 나한테 관심이나 가졌을까?"

질리의 질문에 나는 깜짝 놀랐다. 질리의 다음 말을 더 잘 듣기 위해 가까이 다가갔다.

"내가 내 이야기를 하지 않으면 내가 뭘 하고 있는지 아무도 관심이 없는 것같이 느껴질 때가 가끔 있어."

나는 질리를 가만히 쳐다보았다.

"그게 무슨 말이야? 난 네게 늘 관심을 가졌다고. 내가 너에 대해 이야기할게."

"그래, 하지만 좋은 이야기도 좀 해줄래?"

우리는 웃었다.

"있잖아, 질리. 가끔 넌 정말 네 이야기를 너무 많이 해. 그래서 어떤 때는 지겹기도 해. 하지만 난 네가 싫지 않아. 넌 내 친구니까. 그리고 내가 원하는 걸 너에게 말한 적이 없는데 네가 어떻게 알 수 있었겠니? 사실 나도 내 자신이 뭘 원하는지 잘 몰랐던 것 같아."

질리가 고개를 끄덕였다.

"나도 내가 얼마나 바보 같은지 놀랐다니까. 네가 마크에 대해 어떻게 생각하는지 어떻게 모를 수가 있지?"

나는 깊게 숨을 쉬었다.

"내가 너에게 말했다면 달라졌을까?"

"솔직히 말해서, 에린. 나도 잘 모르겠어. 이번 일로 많이 생각하게 되었는데 내가 뭘 했을지 나도 잘 모르겠어."

질리가 입술을 깨물었다.

"아이, 이런 생각을 하는 것도 좀 이상해. 우리는 같은 남자아이를 좋아한 적이 없잖아. 그렇지?"

나는 고개를 저었다.

"세상에, 우리는 이야기할 게 정말 많구나."

질리는 새 막대 사탕의 포장을 벗겼다.

"네 방에서 너한테 두 사람 중 한 사람을 고르라고 했던 일 말이야. 그러지 말았어야 했어."

질리가 사탕을 입 안에 넣었다가 꺼냈다.

"예전에 너랑 나랑 마틴네 집 뒤에 숨었다가 마틴 아줌마, 아저씨가 발가벗고 헤엄치는 것을 본 거 기억해?"

나는 질리를 보았다. 왜 갑자기 그 이야기를 꺼내는 거지?

"그리고 내가 수두에 걸리고 나서 생일 파티를 열었을 때 너 혼자 왔던 일은? 아무도 오지 않았지. 전염이 되지 않는데도 말이야."

나는 고개를 끄덕였다.

"내가 길을 못 찾아 허둥대지 않도록 몰리브라운 중학교 교실 지도를 갖다준 일은? 넌 그날 세리나 푸펜데나에게 창피를 당했는데도 말이야."

나는 미소를 지었다. 질리는 전에는 그 별명을 부른 적이 없었다.

"진짜 친구만이 그 모든 일을 할 수 있어."

질리가 눈길을 돌렸다. 질리의 눈에 눈물이 맺혀 있었다. 하지만 잘 보이지는 않았다. 내 눈에도 눈물이 맺혀 있었기 때문이었다.

질리가 고개를 흔들었다.

"좋아, 심각한 이야기는 이제 그만하자. 내가 내 이야기를 너무 많이 한다 싶으면 신호를 보내 줘. 네가 신호를 보내면 이야기를 그만

하고 다른 사람에게 집중할게."

"신호? 정말?"

"물론, 그리고 이것 봐."

질리는 바지를 걷어 다리를 보여 주었다. 멍은 보이지 않았다.

"괴물은 없지?"

질리가 고개를 끄덕이며 말했다.

"침대 끝에 베개를 넣어 두었어."

그리고 질리는 미소를 지으며 막대 사탕으로 나를 쿡 찔렀다.

"네 블로그에 이 이야기도 넣어 줘."

나는 웃었다. 질리도 웃었다. 우리는 숨을 쉴 수 없을 때까지 웃고 또 웃었다. 버스가 모퉁이에 보이자 질리는 내가 샌드위치맨 광고판을 관목 뒤에 숨기는 것을 도와주었다. 학교를 마치고 와서 광고판을 처리할 것이다.

"진짜 정신없는 학기였어, 안 그래? 어떻게 그 많은 일들이 순식간이 일어났나 몰라."

질리가 말했다.

"그러게 말이야. 내가 그 일들을 헤쳐 나온 것도 믿을 수 없어."

나는 웃지 않을 수 없었다. 나는 그 일들을 무사히 헤쳐 나왔다. 정말 그랬다.

"그래, 네가 해냈어."

질리가 말했다. 질리의 목소리에서 존경심이 느껴지는 것 같아 조금 불편했다. 그런 일에 익숙하지 않아서였다.

"네가 나를 대단한 사람이라고 생각하는 거 알지만, 에린, 난 그렇지 않아. 네가 겪은 일들이 내게 벌어졌다면 난 헤쳐 나가지 못했을 거야. 절대."

우리는 버스에 올랐다. 앞쪽에 자리를 발견했다.

"걱정 마. 우선 넌 내가 한 실수를 하지 않을 거고, 만약 네가 어느 날 갑자기 미쳐서 정말 그런 실수를 했다 하더라도 넌 잘 이겨 냈을 테니까."

질리가 고개를 저었다.

"너한테는 내게 없는 게 있어."

"멍청함?"

질리가 웃더니 다시 고개를 저었다

"내가 어떤 일을 잘할 수 있었던 건 너나 다른 친구가 함께 있었기 때문이었어. 하지만 넌 너 혼자 해냈잖아."

나는 무슨 말을 해야 할지 몰라 아무 말도 하지 않았다. 이따금 침묵이 꽤 좋은 역할을 한다는 걸 알아 가고 있었다. 내가 발치에 가방을 내려놓자 질리가 일어서더니 통로 건너편 자리로 가서 앉았다.

"뭐 하는 거야?"

"로지가 앉을 자리를 남겨 두어야지."

"정말?"

"그럼. 너희 두 사람이 이야기하는 뜨거운 타말리에 대해서도 좀 들고 싶어."

버스가 출발하자 나는 미소를 지으며 등을 기댔다. 몇 정거장 다음에 로지가 차에 올라타 내 옆에 앉았다. 로지와 질리가 이야기를 하는 동안 나는 창밖을 내다보았다. 집과 나무들이 스쳐 지나가고 그 위 옅은 푸른빛의 하늘에는 단조로운 구름이 길게 떠다니고 있었다. 나는 유리창을 통과해서 하늘 위로 날아오를 수도 있을 것같이 마음이 한결 가벼워졌다.

나는 질리가 버스 보이에 대한 이야기를 언제쯤 할까 궁금해하며 두 사람이 소곤거리는 소리를 듣고 있었다. 아마도 열을 세고 난 후일 것이다.

깊게 숨을 들이쉬며 눈을 감았다. 우리 세 사람이 친구가 될 수 있을지, 남은 올해가 어떨지 알 수 없었지만 중요하지 않았다. 무슨 일이 일어나든 모든 것은 괜찮아질 거니까. 나는 괜찮을 테니까.

"에린?"

나는 웃었다. 아홉. 딱 하나 틀렸다.

 **6월 9일 월요일**

그래, 다시 블로그에 글을 쓰기 시작했어. 혹시 내가 영원히 돌아오지 않을 거라고 생각하지는 않았겠지? 하지만 이 CD가 엉뚱한 사람의 손에 들어가지 않도록 각별히 신경 쓸 거야. 모든 파일에 암호를 걸어 두었고, 나 이외의 다른 사람에 대해 이야기하지 않도록 노력할 거야.

4월에는 진짜 끝내주는 열세 번째 생일파티를 했어. 레크리에이션 센터에서 깜짝 파티를 했지. 질리와 엄마가 모든 걸 계획했는데…… 난 정말 아무것도 몰랐어. 그래서 질리가 아주 흐뭇해했지.

다들 그곳에 있었어. 심지어 세리나까지. 세리나가 아주 멋진 선물을 주었는데, 처음에 선물을 열어 보고 난 화가 났어. 그건 「피노키오」DVD였거든. 그런데 케이스를 열어 보니 안에는 「에린 브로코비치」가 들어 있었어. 세리나가 나를 놀려 주려고 일부러 장난을 친 거야. 마크는 YMCA에 들어갈 수 있는 정기권을, 타일러는 컴퓨터 게임 CD를 , 로지는 영화표와 타말리, 진짜 멕시코 타말리를 주었어. 진짜 다들 근사했어. 질리는 목걸이를 선물했고, 내가 스스로 고를 수 있도록 어느 상점에서든 쓸 수 있는 상품권도 주었어.

그 후로 학교는 평온했고 큰 사건이 일어나지 않았어, 라고 쓰고 싶지만, 절대 그렇지 않았지. 난 몰리브라운 중학교 농구팀을 만들었는데 한 플레이오프 게임에서 레이업슛을 하려다가 두 번이나 내 발에 걸려 넘어졌어. 스티브 덕분에 코트에 얼굴을 뭉개고 뻗어 있는 내 사진이 홈페이지 맨 앞 화면에 떴지. 스티브는 그냥 장난이었고 정식으로 올리진 않을 거라고 했어. 애당초 왜 사진을 찍었냐고 스티브에게 따지긴 했지만 난 그냥 웃어 넘기기로 했어. 내가 봐도 진짜 웃기게 나왔거든.

봄 연극에는 참여하지 않았어. (봄 연극에는 채소가 없었지만 과일 조각으로 의심되는 뭔가가 있었지) 하지만 몇몇 장면에 들어갈 컴퓨터 이미지를 만들어 주겠다고 제안했어. 그런데 불행하게도 질리가 등장하는 아주 중요한 장면에서 전기 회로가 고장이 나서 극장 전체가 정전이 되고 말았어. 불이 들어왔을 때는 관객 절반이 화장실에 가 있었고, 누군가 큐 사인을 잘못 알아듣고 실수를 해서 눈보라가 몰아쳐야 할 때가 되지도 않았는데 무대는 솜으로 된 눈으로 뒤덮이고 말았지. 하지만 질리는 전문 배우처럼 자기 대사를 잘했어. 마치 머리나 옷에 떨어진 솜으로 된 눈 따위는 없다는 듯 말이야.

나는 타일러에게 봄에 열리는 댄스파티에 같이 가자고 했는데, 알고 봤더니 B반의 어떤 여자아이가 이미 타일러에게 같이 가자고 했더라고. 내가 타일러를 좋아하는 건 아니지만, 타일러가 바보 같거나 이상해 보이지 않고 꽤 귀여워 보였어. 마크는 목감기에 걸렸고 난 함께 가고 싶은 친구도 없어서 (아무도 함께 가자고 하지 않았거든) 질리가 버스 보이와 함께 가려고 준비하는 것을 도왔지.

학기가 끝나기 직전에 누군가 포터 선생님의 사진을 홈페이지에 올렸는데 아이들이 사진을 조작해서 선생님이 고래 꼭두각시 인형을 머리 위에 얹고 테이블 위에서 춤을 추는 것처럼 만들었어.

스티브는 그 사진을 올릴 생각이 아니었고 우리만 보고 지우려고 했다고 했어. 결국 스티브는 하루 학교에 남는 벌을 받았고 포터 선생님 부부에게 사과의 편지를 써야 했지. (포터 선생님의 남편을 상상하는 일은 힘들었어. 그분에게 끈이 달려 있는 것은 아닐까? 아, 잠깐. 이런 생각은 위험해. 집어 치워.)

내 인생은 그렇게 계속되고 있어.

나를 놀라게 하는 것들

- 질리는 여전히 버스 보이와 사귀고 있어. 그 애의 이름이 존 래너라는 건 알지만 계속 버스 보이라고 부를 생각이야. 벌써 6개월째. 질리에게는 세계 신기록이지.
- 방학 이틀 전, 마크가 나에게 작은 베개를 건네주더니 키스를 했고 나도 마크에게 키스를 했어. 우리는 이렇게 시도해 본 것을 기쁘게 생각하고 다시는 하지 않기로 했어. 포슬로브스키 아저씨 말이 옳아. 좋은 친구가 남자 친구보다 더 나은 것 같아. 친구끼리는 손에 땀이 나거나 입에 냄새가 나는 걸 걱정하지 않아도 되니까.
- 가슴이 나오기 시작했어. 진짜 가슴. 트레이닝 브래지어(이제 막 가슴이 발달하기 시작한 성장기 소녀들을 위해 디자인된 브래지어-옮긴이 주)를 벗고 진짜 브래지어를 사야 해. 질리는 아직도 같은 크기의 트레이닝 브래지어를 하고 있어. 물론 그게 중요한 건 아니고, 난 그저 사실을 이야기하고 있을 뿐이야.

나에게 희망을 주는 것들

- 몰리브라운 중학교는 홈페이지를 계속 운영할 계획이고 다른 실시간 웹

사이트도 운영할 계획이야. 홈페이지와는 별개지만 만드는 건 똑같이 재미있을 거야. 모레노 선생님은 학교에서 승인하면 내가 지휘해서 디자인을 해보라고 했어. 여름이 지나면 작업을 시작하게 될 거야.

✱ 세리나가 빈정거리는 건 예전의 반으로 줄었어. 사실 세리나는 미소 짓는 모습이 예쁘지.

✱ 크리스 오빠가 진짜 멋진 여자아이랑 사귀고 있는데 내가 듣기로는 아만다 워싱턴이 질투를 한대. 상상이 돼? 세상은 참 오래 살고 볼 일이야.

✱ 마크와 로지, 타일러와 이번 여름에 같은 컴퓨터 캠프에 참가하게 되었어. 아, 흥분돼!

✱ 올해 5센티미터나 키가 자랐어. 그래 5센티미터. 어쩌면 발이 정말 그만 자랄지도 모르겠어.

와, 봤어? 내게 희망을 주는 것이 다섯 개나 돼.

로지랑 나는 다음 주에 축구 캠프에 가서 공을 차며 스트레스를 풀 거야. 타일러가 골키퍼를 해주러 함께 갈 거고.

중학교 1학년의 모든 일들을 이겨 내고 가을에 나는 2학년이 될 거야.

내 2학년 학교 생활이 궁금하다면 여기를 클릭해.

질리와 버스 보이가 7개월까지 간다에 투표하려면 여기를 클릭해.

스니커즈가 먹고 싶다면 여기를 클릭해.

클릭!